裸山

韓麗珠

推薦序　名為存在的山

張惠菁

……彷佛有一個新的宇宙在他破裂過的眼球中央等待誕生，而他不得不用「看不見」去拒絕外在的有形世界，新的世界才會成形。——韓麗珠《裸山》

在是枝裕和和樹木希林的對談集中，讀到過這樣一段話。大意是說：人如果在痛苦和難堪面前總是別開頭去，就會變成無趣的人。這話出自樹木希林的口中，讓我想起她非常擅長飾演的那些充滿人性缺陷的老人，看似虛弱，其實強韌，彷佛人間的機關與幕後設定她都已經看遍了，任你如何看她，她自存在。其實，比起有趣或無趣，這裡真正的關鍵字應該是「完整」。迴避痛苦的人，活得少了點完整。

韓麗珠也是個在痛苦面前不肯別開頭去的人。六年前的夏天，我和麗珠在吉隆坡重逢。那正是香港街頭大規模抗議風起雲湧，情勢尚未明朗的時刻。我在麗珠的臉書上讀她的專欄，她獨特的、文學的洞察，和其他回應香港時事的文章都不同。

我向麗珠邀書。那年秋天，我所收到的書稿就是《黑日》。次年，疫情爆發，香港施行了國安法，世界變得更加險峻離奇，她寫出了《半蝕》。《黑日》在台北國際書展大獎獲得非小說類首獎，《半蝕》得到梁實秋散文大師獎優選，原本主要創作小說的韓麗珠，以這兩本書在當代華語文學中留下了清楚的記號。

那是一種極為特殊的記號。寫作這兩本書的期間，她幾乎是實時地在面對和回應，正在不斷變得詭譎的外在現實，她往外看多少，就往內看多少；看見多少現在，就看到多少過去埋下的、和未來將要誕生的。韓麗珠以散文體、日記體所記錄的真實，是由事物的地下結構，與業力的蛛網所構成的。彷彿正因身外發生極端的現實，所以必須更向內、更向立足的腳下看；或正是這樣的現實，才打開了從前封閉的、某些理解自我與他人的通道，即便那是一條窄仄的，並不好走的路。

兩本散文之後，韓麗珠重回小說創作，寫出了《裸山》。

韓麗珠的小說，向來擅長描寫深藏在日常之中的謊言、未知，與變形。像細碎的耳語，不斷提醒著人們光天化日下的異常。到了《裸山》，這一切已不再是細碎的聲音了，而是轟然的聲響。整座城市都在震動著，日常的基底慢慢掏空，腳底下彷彿就要出現天坑。

我們走入一個搖搖欲墜的世界。這樣的時機，小說中卻有一位大學教授，在繪畫課上教學生們如何去看：「繪畫是什麼？就是一次又一次，回到前面空白的那一點，看穿在那裡似乎什麼也沒有的白之中，到底還藏著什麼。」這既像是藝術論，又像是教授暗中給予學生的求生指南。修這門課的兩個學生，雅人和暖暖，在課堂上相遇。他們本各有各藏起來的、從未暴露的祕密（誰不是呢？），各有各看得見、與看不見的現實，這些構成了當下的他們。然而整個城市正在經歷的變動，捲動所有人，形成新的暴露與隱藏。愈是如此巨變的時刻，能不能「看見」，愈發是重要的事，但這本小說又無時不在說明「看」之複雜、「看見」之困難，並非自今日始，而是長遠以來皆是如此：視而不見自己，視而不見他人，視而不見發生在身邊的壓迫，或是即便看見也要裝作看不見的裸露。

我們跟著雅人和暖暖學習新的「看」，也學習新的「裸」。我們跟著失去兒子的雲，在照顧他人的兒子中找到安定自己的錨。我們讀到雲為了照顧受傷的雅人，而做的菜、準備的滋補食物，而覺得自己也獲得照顧。亂世之中，人與人聚合又失散；暫時地隱蔽，又永久地暴露。如果人都是一無所有、無處可躲的，如果必須將自己裸露出來，赤條條地面對即將到臨的一切，如果這樣的危險既不可免，也已經在降臨，那麼藉由凝視這樣的赤裸狀態，我們是否可以，至少對自己的存在狀態更了解一點？——韓麗珠似乎在問。

其實寫到這裡，我就應該放讀者自行去閱讀這本小說了。登一座山唯一的方法就是動身。我只想再引一段，韓麗珠對小說故事發生地的立體描寫：「街是無法透過遠觀而理解的東西，人必須置身其中，才能體會街道的脈動。對雅人而言，街有其本身的意志和生命。空城的地，或說組成城市的『地』的部分，有三層：種植和支撐萬物的土壤、被政府規畫和建設的街道，還有居於其上的人——許許多多的人，時而聚攏，時而流散在不同的區域。」「空城的地殼從來不會猛烈搖動，可是空氣裡卻有恆久的震動。」這段話令我想起近年在世界各地，頻繁出現的都市內天坑現象——這個地質現象也彷彿一種隱喻，人類不斷在建造地上事物時，腳下堅實的土地也正在流失。不過，韓麗珠既是如此立體地看待一座城，也意味著她看到當中的孔穴與連結。

在勒瑰恩（Ursula Kroeber Le Guin）的地海系列小說裡，世界的彼岸，有一座名為苦楚的山。大法師去到彼岸，爬上那座山，修補了世界，而後返回。在韓麗珠的小說裡，香港似乎也就是這座山。不過，書名《裸山》還有多元的歧義，小說開始不久便說，「身體是一座山」。人既有身體，也就與所在的地方，產生逃避不了的連結。雅人與暖暖，還有許多人，在這座城市之中，其身體的存在，與各自乘載的命運，或許也是山。囚禁是山，逃亡是山，守護是山。名為苦楚的山，名為存在的山，活在此世的我們，能如大法師般，攀爬各自背負的山，修補世界，而後返回嗎？

在《半蝕》中有一篇〈反向醃製〉，如果環境正在將人們用恐懼加以醃製，她問，要如何將自己「反向醃製」？在強權命名秩序的時候，文學是一種反向命名。托妮·莫里森說：「敘事是根本的激進行為，在它被創造出來的那一刻，它也創造了我們。」韓麗珠以《裸山》的小說敘事，為雅人創造出了山，母體一般的山。那山是死亡的隱喻嗎？有可能是。但我總覺得，韓麗珠更可能是在文學中創造超越生死二元的路徑，並將路徑開放給所有得到默示的攀登者。這世界似乎持續在傾斜，修補將在何時發生？我們並不知道。又或許時間也只是個隱喻。無論如何我們都必須赤裸地攀登。我們是自己的山。

張惠菁，台大歷史系畢業，英國愛丁堡大學歷史學碩士。曾任衛城出版、廣場出版總編輯，現為鏡文學文學開發部執行總編輯。近作為《與我平行的時間》。

推薦序

尋「誰」啟事：《裸山》以及形形色色的暴力

張亦絢

巷弄中的布告欄，有過一則尋貓啟事。內容很仔細，有貓的外形、特徵與性格。結語是，「用牠的名字○○喊牠時，有時候會完全不回應。」——作為貓的肖像，描述完備。可我忍不住想，這要怎麼找到貓呢？到底是會回應或不回應，表示牠就是那隻貓？

格林童話〈名字古怪的小矮人〉中，小矮人以為別人猜不到他的名字，被猜中後，就把自己撕成了碎片。名字是祕密。名字有時也是負擔：「名字算什麼？玫瑰不叫玫瑰，還不是一樣香？」看過一則描述，謂台灣在二二八大逮捕時，警察何以能認出誰是誰。據說那時的台灣人有個習慣，西裝內裡會縫上名字。總之，有人因此失去自由或生命。人大概不能沒有名字。有難時，人與人會藉混淆名字掩護人，這是古老的智慧。尋貓已經相當複雜，尋人會好些嗎？人與人的關係要像什麼，才能彼此找尋？逃難時皮相也會更改，視覺不一定有用。

《裸山》接近尾聲時，名字的問題浮現。——有點令人震驚。烏克蘭戰爭剛開始時，看過新聞報導，父母趕緊給小孩縫名牌。但那是戰爭——沒戰爭的歲月，戴雅人與暖暖（「暖暖．不是名字」）兩個大人，誰會預防失散呢？茶餐廳一坐，兩人不相約也能同進早餐。說到早餐，這兩人也有《第凡內早餐》的味道。卡波提一方面寫友情，另方面揭露的是美國當時還合法的童婚。《裸山》裡沒有童婚，但有點難說，暖暖身上的「那個東西」，與童婚相比，哪個比較嚴重。兩部作品都處理了「不可見性」——《裸山》龐大許多，有不少面向與手法前所未見——也是前所未見的好。

賀淑芳寫「五一三事件」的《蛻》，又濡又糯。多少已開啟了「從血肉而非眼睛看回去」的「新血肉主義」——肉體或身體，都還太潔淨，難以傳達「與獸趨同又不同」的「體感」。韓麗珠的「血肉主義」，不太直接「肉化字詞」。但殺（剖）豬與剖人對比，重生是分娩——分娩又是帶血帶穢的——這使女體經驗作為修辭不再處低或懸高，而是種「又能形而下又能形而上」的「到處弄髒」不「弄璋」。說得快一點，《裸山》中的語言，有種完整明確拒絕殖民主義與父權主義的立場。難能可貴的不是理論上自成體系，而是它完全小說化了。

雅人眼傷後，不認缺損，而說那是「一個實際意義上的家」，這不是高調，而是更如實地訴諸感官——這裡感官已經脫離「好儀器」的傳統。關於「裸」的思索，會貫穿整部小說。在雕塑史中看到過這種說法，人一穿衣，就沒法擺脫社會地位與角色，但雕塑希望表現的，並不是這種外顯。所以會有裸體才平等的念頭與追求。——這樣的想法還是太簡單。那是世紀初的思想吧，現在必須對「裸」提問的東西，更複雜——也不能只限於阿岡本的「裸命」。

「裸」是什麼?小說出現的場景，比許多藝術史的探討都深入——我覺得留待讀者自行閱讀為佳，此刻先保留懸疑，但大力推薦。《裸山》也用了很多夢境表現暖暖，雅人似乎也有靈異體質——如果把夢與靈異包含到人身上，有另一個不同於「能力」的角度：因為會被夢與靈異經過，所以人無法擁有明確邊界，也難絕對封閉。如果有輪廓，會是實、虛線纏繞——有時把別人放進來也可以——就算不是袋鼠。應該把人想像成含有綻線、斷掉的觸鬚，或是如恐怖漫畫裡的，器官會邊走邊掉滿地——《裸山》並不採恐怖基調。《山海經》式身體出場時，很少予人畸變感，反而帶來回歸本然、更加完整、恍然大悟的感受。這當然是小說家無以倫比的功力。

會想到卡夫卡，也許不是偶然。在最初的閱讀中，韓江或大江健三郎都曾閃現。但很快地，我就發現，不完全能將《裸山》放入同樣型態，儘管對暴力的敏銳偵測與哲學高度，與絕大多數文學經典共通。「自我的追尋」這五個字，浮出我腦海。——都什麼時候了，還自我追尋？不會太奢侈嗎？相信有人會馬上拋出質疑——那個卡夫卡在世或離開很久以後，還常年造成的困擾與誤會。此處的問題非常嚴肅：存在什麼時空，人應該繳出「自我的追尋」？在那一刻，人豈不就已把暴政引入自身當中？再談追求價值，又有何益？或許應該從這個角度去看，小說中對藝術高材生轉入政治跑道的不認同。問題並不在投入政治，而是以政治或任何名目，就可以對藝術中自我追尋叫停的假設。

雅人被捕後，不久返家。大部分的東西都被毀掉，只留下一幅畫。雅人說了話——直到那時，我們才明瞭，他有多少想法——有多沉痛。雅人不善言詞。《裸山》提出了另一個尖銳的問題，是關於「離開或留下」。台灣過去也有過向外移民潮，除了某些是實際需要，部分是政治流亡，部分是認為台灣存在太多不確定性——有些人則單純認為需坐升等艙，不移民沒法彰顯地位。不知我的理解是否正確——雅人與暖暖都很早認識被遺棄。他們比其他人更了解，遺棄意謂了什麼。當離開代表了遺棄，也就代表了惡。《反離散》的作者史書美曾感慨德希達若留北非就更好（我是史的書迷，但不贊同這點）。珍雅各表示，以為待在鄉間比在城市有德，並不實際

——若要有利於鄉，要在城再在鄉，才能促成發展。拉圖寫了《著陸何處？》，反對不與土地連結的倫理怠惰。要給移動政治某種定論，並不容易。《裸山》直面了禁忌——儘管反移民持續成為各國右派政權的主打，保護移民的思考，仍累積了較「拒絕向外移民」更多的論述。如果支持人們留守，但同時不相聞問，顯然也不行。《裸山》帶來的思索，並不限於一時一地。

迷霧是暴力，暴力也是迷霧。如果考慮到雅人與暖暖，原就帶有的「不可見性」，他們可說都是「失蹤前的失蹤者」。失蹤不一定是死亡，但很接近。《裸山》的其中一個主題是「背叛」。然而，這裡要說的背叛，並不只是通常定義下的。因為，小說中還包括了不經意、無心、連自己也未必知道發生過的背叛。自我追尋的無限性，是小說預設裡，人應有的基本事物。但在敘述中，這樣的追尋，也並非毫無盡頭。他們都走到了盡頭。

雅人說：「所有失蹤的人，都會在某天回來。」——該如何詮釋這句話？大概可以確定，這話不會出自，沒有失蹤者的地方。閱讀《裸山》，像面對複合媒材構成的多則「尋人啟事」。然而，「尋人啟事」往往意謂「人」是我們知之甚詳、一眼可辨識者。《裸山》中的「人」，並不只是「某人」，往往還與「誰」，這個並非一覽無遺、並非別無他指的代稱輪流出現。從「尋人啟事」到「尋『誰』啟事」，《裸山》祭出對各種暴力最深沉、不妥協、非簡化的抽象造字與詰問。說《裸山》是近年最具重量的作品之一，當不為過。

張亦絢，出生於台北木柵。巴黎第三大學電影暨視聽研究所碩士。著有《愛的不久時》、《永別書》、《性意思史》、《我討厭過的大人們》、《晚間娛樂：推理不必入門書》、《感情百物》等數種。

第一部分：妄眼

雅人用一隻手掌掩著右眼，用完好的左眼盯著前方，但覺眼睛疼痛無比，眼前的世界如常地運作。

接著，換另一隻手掌蓋著左眼，奮力睜著右眼，眼前是模糊了的紗布。他全神貫注地盯著眼前的白很久，就像要用目光刺穿那種已死掉的白那樣。

從手術的麻醉中醒來後，醫生走到床前，湊近他的臉查看他的傷勢，叮囑他：「讓眼睛休息。什麼也不要看，如果不小心看到，也要假裝沒有看到。」他便花了許多時間閉目養神，然後在想像裡，繼續直勾勾地和那片白搏鬥。

「把紅、橘、黃、綠、藍、靛、紫這七種組成彩虹的顏色混合在一起，就是白。」白教授曾經這樣對他說。可是他卻無法驗證這句話的真偽，當他還在空城大學的油畫課，他的眼睛就已經沒有準確辨別顏色的功能，他看到的色彩總是跟別人眼中的相距太遠。受傷之後，他能正常視物就應該慶幸，但他心裡沒有任何感受。他已經有一段很長的時間，沒有想起白教授，而在這之前有更長的時間，沒有見過他。有許多東西，隱藏在眼前這片白之內，也許也包括白教授。

從醫院回到家的路不算太長，路途上迎面而來的人，大部分都對他視而不見，各自專注前方同時又沒有在看什麼。只有計程車司機從倒後鏡中看著他問：「你的眼睛怎麼了？」還有在電梯裡碰到的鄰居的小孩，緊握著身旁母親的手指著他的眼睛問：「會不會很痛？」

他差一點就衝口而出地訴說一切，但他知道他們並不真正在意他的答案，於是只好緊抿著嘴巴。即使，他心裡知道，是這個問題刺痛他，使他回想究竟發生了什麼事。他可以感到，記憶正在腦子裡逐漸流逝，就像被關在瓶子裡的空氣，都有著消散淨盡的時刻。

跟他活在相同城市裡的人，有的假裝忘記，有的怯於回應，有的自願把記憶暫時凍結起來，有更多的人在事情發生的當下就忽略了它。每個人記憶的面貌截然不同，唯有如此，他們才能無恙地在空城過活。但有少數的人是突兀的存在，而這樣的少數因為被捕、關押、監禁和流亡，漸漸變成更少數，甚至完全孤立起來。

＊＊＊

回到醫院複診的時候，醫生把檢查視力的特製眼鏡掛在雅人臉上。眼鏡有可移動的遮蔽膠片。雅人的右眼被蓋起來。他用左眼辨認白板上被光影打出來的字，然後逐一念出每一行愈來愈小的字。醫生掩蓋著他的左眼，洞就在他身前張開，比整個世界更大，沒有聲音。每一次他都在想，我看不到。只有風在他面前掠過。胡胡的哀叫，是記憶裡的殘餘物。

「看到嗎？」醫生問。

雅人把問題聽成：「在洞裡了嗎？」

「目前還不能。」他說。

「一點模糊的影像也沒有？」醫生追問：「譬如說，光和影子。」

洞看起來深邃但安靜。雅人搖了搖頭。

「從看到至看見，是一條遠遠比我們所想像的更漫長的路。」那天，醫生談話的意欲莫名地高漲，或許因為他終於下定決心，帶家人離開空城。他向雅人解釋：「當你以為你看見，其實是你想起，才看得見。眼前的事物，進入視網膜後，經過數百萬條神經線和血管，發送訊號至大腦，大腦像一個漆黑的房間，燈亮起來，你就見到一切。要是大腦黑房裡的燈壞掉了，記憶失去蹤影，即使看到，還是不能見。」醫生轉過頭去，看著雅人的臉說：「而你，現在還沒有看到，從看不到至看到，又是一段遙遠的路。」

雅人對他咧開感激的微笑。他不想承認，但他身上最脆弱的部分，那隻受傷的眼球，已成了唯一能讓他蜷縮的洞穴，一個實際意義上的家。

＊＊＊

三個月前，雅人在醫院的病床上醒來，眼前有一個巨大且不斷疼痛的洞。有時，那洞是一棵茂盛的樹不斷萌生新的枝椏，有時，那洞是液狀的，化成浪湧向他的腰，使他差一點就以為自己會再被帶到呼天不應的黑色房間裡。但他還是像在禱告那樣躺在床上，雙手交握放在腹部上，帶著一個被傷口和繃帶密鋪著的身體——碎裂的鎖骨、裂開的肋骨、撕裂了的膀胱、斷骨的小腿，被橡膠子彈擊中的右眼球——除了眼前的洞，他沒法真切地感到身體其他部分的痛楚。彷彿他和身體之間那根看不見的線已然被切斷。實在，當他在醫院的床上，從昏迷中醒來，世界就分裂成無數碎片。不久後，他將被告知，右眼已失去大部分的視力，而醫生安慰他：「有些人會在某天醒來後發現，眼睛恢復正常。」他沒有說大部分傷者的視力一去不返。

雅人在紗布下拚命盯著那個沒有人看見的洞，即使他還沒有足夠的勇氣走進去。

某個夜裡，幾個壯碩的男人，在非探病時段，闖進雅人的病房。他們的入侵，沒有被任何醫護人員阻撓，雅人心裡明白，眼前的陌生者，有著踰越醫院規則的權力。男人們走進房間後，視線並沒有落在雅人之上，而是搜索著房間的每個角落。花瓶、窗簾、天花、茶几，以至訪客的座椅。只有其中一個穿黑衣有佩槍的男人直勾勾地盯著雅人的臉良久，一種觀看獵物的神情，瘋狂的冷靜。雅人沒法仔細看清他們，只能以完好的眼睛，看著面對的闖入者，他看到他們既有流氓的目空一切的傲慢，同時又有著統治者的自以為是的無知。這時，黑衣男人在衣服口袋裡掏出一張證件快速地在雅人眼前晃了晃，以不帶任何情緒的聲音宣告：「執法者。」證件在幾秒之後被收回去，雅人什麼也沒有看到。

黑衣男人靠向雅人踏前一步，跟他非常接近，像一堵牆壁在他面前，對他說：「你是否曾在今年六月十二日出現在五號區域的隧道入口？」雅人閉起眼睛，想了好一會，腦裡一片空白。「現在，你涉嫌在今年六月十二日在五號區域隧道口非法群聚。」黑衣男人盤問他許多問題，包括他身上的傷口如何造成，都使他感到茫然。「那是因為你被捕時試圖反抗，又襲擊執法者，對嗎？」黑衣男人把臉湊到雅人的臉前約五公分的距離，使雅人想起一陣強光，久久不散，雙目一陣刺痛，便閉上眼睛，淚水沿著眼角滲湧出來，像壞掉了的水龍頭。

「你弄哭了人家。」穿深灰衣服，站在門旁的男人爆出了笑聲，另外的男人助慶地大聲笑起來。

只有黑衣男人硬著聲線說：「別以為這樣可以迴避問題。」

雅人的心跳便開始失速，他追不上自己的心跳動的速度，被遠遠地落在後方。接著，他的呼吸遠離了他，像一個又一個從他掌心飄走的氫氣球，最後一個快要沒入雲層之時，他想要呼叫，把嘴巴張得老大，卻沒有半點聲音發出來。

醫生推開房間的門時，嗅到執法者的氣味，倒流的胃酸，便湧上了喉頭，那是一陣熟悉的炙痛。三個男人同時轉頭看著醫生，醫生看到的是幾雙布滿紅絲的眼睛。

已經有好幾天，被送到醫院的傷者，身上都有著類近的傷口，譬如說，被胡椒噴霧灼傷、被橡膠子彈穿過，或被棍子重擊。對醫生來說，肉身上的傷口，比嘴巴會說出的話更直接坦率，更能表達真相。緊隨著傷者而來的，就是執法者。醫生擅長辨識誰是執法者，不是憑藉他們的證件，而是他們的眼睛。醫生見慣了各式各樣的流血的身體，對於其他對鮮血習以為常的眼睛，總是能迅速感應。很快，醫生就找到一種讓他們盡快離開醫院的方法——把自己想像成一部精密的機器，以專業而無情的態度，對他們說出夾雜著許多專有名詞的冗長句子，以讓他們困惑為目的，盡量使他們相信，躺在床上的病人，無法回答他們問題的原因，直至他們充血的眼睛閃過一絲猶豫，或因疲累而出現動搖，醫生就會充滿同情地對他們說：「何不下次再來？」不待他們回答，就攤攤手補充：「當然，你們要留在這裡也可以。」

那個下午，醫生擋在黑衣執法者之前，先在雅人的手臂注射鎮靜劑，然後對執法者說：「眼睛裡的視網膜是一層感覺神經細胞，當眼前的事物透過光進入視網膜，要經過上百萬條神經線和血管，傳遞至大腦，才能轉化成影象，而他的大腦，現在已成了一個被迫關了燈的房間。」醫生看了看臉色發白，漸漸陷入昏睡的雅人一眼，再說：「他的失明，很可能跟他失去部分記憶有關。任何外在的壓力，也有可能引發恐慌，甚至隱藏的精神病。」

當醫生看到黑衣男人滿布微絲血管的眼睛，掠過微微的遲疑，立即以面對絕症病患者才會出現的憐惜神情說：「何不過一段日子再來？」護士在病床旁為雅人量度血壓。

他目送三個男人的背影消失在走廊的拐角處，幾乎能肯定，他們都是長期失眠者。他並不同情這樣的失眠者，即使失眠是眾多無法根治的病症中最普遍的一種。

在醫院裡工作了三十二年的醫生，早已熟練了如何在不必施藥和打針的情況下，讓眼前的人信賴自己、知難而退或暫時失去判斷力，他只是從沒有想過，會在某天開始，使用這種能力，驅趕那些隨時闖進病房，使他無法專注地工作的執法者。那一段日子，醫生和城市裡大部分的人，都盡用了畢生累積的各種資源，度過生活裡一次又一次突然出現的失序而引起的慌亂，然後在暗裡舒一口氣，心存僥倖地告訴自己：「危機暫時過去。」便又躲到現實中熟悉而正常的部分之中。

* * *

醫生記住了雅人，但他感到是雅人掛在他的腦殼，無論如何也甩不掉。或許因為，雅人叫喚他的方式，使他聽到一種質詢的意味。

他總是直接呼喚：「醫生。」

他以各種方法提示了許多次：「我姓余。你可以叫余醫生。」

「魚醫生。」雅人思忖了幾秒：「你很會游泳。」

很爛的笑話。但醫生笑了起來。有時候，愈爛的笑話，愈容易引人發笑。令人想笑的是，對於童稚，或原初時期的自己的複雜情感，這情緒無處安放，便只好笑了。醫生很久沒有笑過，而且，有更久的時間，沒有人對他說爛笑話。在醫生的記憶裡，上一次聽到的爛笑話，在多年以前，出自仍是幼童的兒子口中。

眼前這個年輕人，早已不是孩子。醫生看著雅人這樣想。雅人反照出的也不是他的兒子，而是他從來不敢展現的那個自己。

每次雅人叫他「醫生」都使他怔了怔。如果醫生這個身分，大於他的姓氏甚至名字，先於他這個人本身，那麼，他是一個怎樣的醫生？他本來是打算成為一個怎樣的人？

他無法忘掉雅人，也有可能是因為，他為雅人完成手術的那個晚上，就確定了自己的嗅覺會帶來不可忽略的問題。記憶的迴路也像呼吸系統，人有時無法控制，自己會吸入什麼，又被什麼滲透了全身的每個毛孔和器官。

* * *

醫生被嗅覺改變了。三個月前，他的嗅覺就一點一點地出現狀況——一旦踏進醫院範圍，腥氣就無處不在。他無法對任何人說，醫院嗅起來簡直像個屠房。沒有人能理解這一點，在醫院裡工作的人的鼻子已被這座建築物完全馴化。

不消說，腥味來自剛被送院的病人。有些病患近乎無味，部分嚴重病患的氣味似有若無，可是，那些傷者，身上全都帶著濃烈的羶腥，使他想到童年時期家裡附近的一個海。每次他在病房或手術室遇上洶湧的腥味，便會看看助手和在旁的幾位護士，他們全都神態自若，彷彿完全沒有察覺令人不自在的味道。醫生便慢慢地確定了，這些氣味全都衝著他的鼻子而來。

他暗暗記下這批傷者的共通點，並不出乎他的意料，他們全是骨折、被棍重擊頭部、被腐蝕性液體澆在原本已有的創口上。好幾個年輕的女傷者，傷勢並不嚴重，但陰部不斷流血，她們整天用被子蓋著頭部。當護士為了確保她們有新鮮空氣而把被子掀開，便看到她們的眼睛全都像已死去多時的魚。跟隨他工作多年的護士長說：「見鬼一樣。」醫生巡房時，特意留神那幾個蜷縮在被子下的人形。果然，在她們身旁嗅到被陽光曝曬多時的魚乾的氣味，他記得，胃部在那個晚上持續脹痛。

雅人被送進急症室時，全身血跡斑駁。那段日子，失血過多的傷者數量每天持續上升，以至血庫的存量常常處於供應緊絀的狀態。

醫生在手術室裡，一邊為雅人進行眼部重建手術，一邊感到從四方八面而來的腥溼氣息，使他想到一大堆離開水後仍然胡亂蹦跳，被困在魚網裡苦苦掙扎於死亡邊緣的魚。牠們並不知道，自己正從活生生的生物，慢慢變成漁獲和食物。也有可能，牠們本能地知道了，只是仍恰如其分地嘗試逃離已臨到頭上的命運。這喚醒了藏在醫生記憶黑房裡的魚。被困在魚網的魚，被他父親拖到船上去後不久就會死。

當醫生仍是個孩子時，幾乎每天都看到，父親的衣服上沾滿發亮的魚鱗和棕色的血跡。醫生從小對血和腥司空慣見，從不曾凝神注視。

在手術室裡，壓抑多年的腥臭酸腐之氣突然全都湧進他的鼻腔，他的胃裡彷彿有一個池塘擠滿死去經年的魚。他有許多年沒有想起過父親，以及他身上沾滿魚血的圍裙。

完成雅人手術的晚上，他和幾位同僚到醫院飯堂吃晚餐，才吃了幾口，胃部就翻起了巨浪，他不得不立刻離開座位，跑到很遠的洗手間時，嘔吐物就通過喉嚨湧出了他的嘴巴。得到釋放後，他慢慢回到餐廳重新坐下。坐在他對面的醫生促狹地說：「傷者太多，做到嘔。」說罷便自顧自地笑了起來。醫生把臉埋在兩隻消毒過的手掌裡，那一刻，他需要像一扇門那樣的陰影。

⋆⋆⋆

醫院的路徑像迷宮那麼複雜，卻似乎只有醫生才會真正在意，那些散發濃郁腥氣的病人，都是執法者盤問的目標。或許，其他人都知道這一點，只是不動聲息？醫生無法求證這樣的想法。最初，醫生只是為了檢視自己的直覺而偷偷尾隨執法者，但慢慢地，醫生發現，只要那天他試圖打斷執法者的病房盤問，不管有沒有成功，他都不會有嘔吐的衝動。綽號「冷面機械手」的醫生，話漸漸多了起來。沒有人知道（其實根本沒有人真正關心）醫生的發言，並不是為了仗義，甚至不是因為對傷者的體恤，而是為了保護自己的喉嚨，避免被帶著酸性的嘔吐物灼傷。況且，醫生認定了，病房裡受傷的人，都是在他胃裡奄奄一息的魚。

他不能把被漁網圍困的病人棄之不顧。他不能把胃部棄之不顧。

「除非，把我們的腳連根拔起，離開我們出生、長大，並曾經以為會一輩子血脈相連的土壤。」

有一段日子，醫生把一個常常出現在腦海的念頭驅逐到被鎖上的抽屜裡。直至某個深夜，他從一個夢醒來，發現床的另一端空蕩蕩的，本來睡在那裡的妻不見了。

他走出房間，穿過客廳，在陽台的扶手椅上看到熟悉的背影。妻轉過頭來，向他吐出他藏在抽屜裡的那句話：

「我們離開這裡吧。」

＊＊＊

他們最後一次見面的時候，只有醫生知道，他們可能再也不會碰面。醫生不喜歡道別，因為傷感像汙垢。他在診症室為雅人複檢眼睛之後對他說：「你的眼睛將不會回復正常。」他深信，雅人能聽懂他的暗示，而且能理解，那是對雅人最誠摯的祝福，即使被捕或受審，他的眼球也可讓他免於最嚴重的刑責，讓他脫離險境。

畢竟，在那時候，他們的城市裡，充斥著各種暗語和暗號，那段日子發生在空城的事，在空城生活的人的共同經歷，為他們提供了解讀和意會的基礎。語言成了硬殼，藏在其中的話裡有話的果實。對醫生來說，是這些硬殼果，也是不斷湧上喉頭的，促使他嘔吐的胃酸（到了後來，滔滔不絕的話已無法平伏酸液的侵蝕）使他不得不離開這個城市、他努力了大半生的事業、他的個人歷史、他的房子和朋友。

他已經肯定，留在空城生活的代價，就是早晚會被胃酸擊潰他的胃，胃會間接損害他的喉嚨，喉嚨封閉了他的腦袋，腦袋會誤導他的眼睛。雖然他也曾跟自己辯論，在醫院裡的工作，他幾乎全都可以在沉默中完成，必須要說什麼時，護士、助理，甚至主管都可以代勞。但他還是做出了不理性的抉擇。以往的生活經驗讓他明白，他的妻子也知道，那些不是出於理性計算的決定，結果往往正確得令人吃驚。

醫生靜悄悄地辭去了工作，幾乎沒有告訴任何人移民的計畫，他們打算順利抵達彼岸後才公布去向。只是在為雅人最後一次診症時，醫生交給他一個白色的信封，內裡有一封轉介信，信上只有一個地址，代替無法說出的道別。他把雅人轉介給一位脫離醫院獨立診症的舊同事。他跟她已斷絕聯絡二十年。以往，他對於她偏離西醫傳統體系不以為然。他無法否認，她從醫院裡出走，背離西醫醫學訓練給他們的一切，多年來始終是他心裡的一個疙瘩（雖然他不能否認，他曾經想過自立門戶，並且認為那是可行的）。經過那一年，醫生深刻地體認到的是，他一直以為不可能的，終於在街道上、商場上、公路上甚至各個意想不到的公共場所爆發了；他一直認為不可行的，被許多人一起築成了路；而他一直相信的真實，卻被證實是假的。

在這個表面繁華，內裡卻破洞處處的空城，醫生可以送給雅人的只是另闢蹊徑的療法，那是少數屬於未知的。

＊＊＊

雅人從醫院回到家裡，立刻脫去鞋襪，光著腳掌接觸地板和塵埃，又走到每一扇窗前，逐一關閉所有窗簾。那些厚實的遮光布像疲倦的眼皮，所有窗子都成了閉合的眼睛，減低了攻擊者的欲望，他才倒在熟悉的沙發上，深深吸進一口他曾經以為再也無法嘗到的熟悉空氣，那是窩的氣味。他蜷起雙腿，把雙掌藏在兩個膝蓋之間，終於感到回到一個屬於他的什麼也沒有的所在。

那五個月像一座無人前往的山，雅人必須獨自閉目攀爬。一天之中的大部分時間，即使是在他清醒的日間，為了讓經歷激烈震盪的眼球、眼眶及附近的軟組織休養生息，他仍然需要待在沒有光的安靜房間閉著眼睛，彷彿有一個新的宇宙在他破裂過的眼球中央等待誕生，而他不得不用「看不見」去拒絕外在的有形世界，新的世界才會成形。

家務助理雲隔天來一次，打掃和做飯，設計符合他身體需求的營養餐單，把六份餐點裝在玻璃食物盒裡，再放進冰箱冷藏。那麼，即使在他獨處的日子，也可以隨時把食物放進微波爐加熱。醫生每三天致電他一次，不知為何，醫生的電話和雲的來訪，就像約好了似地從來沒有一次重疊過。每週只有兩天，他在一個空寂無人的房子，靜靜地待在孵化新眼的過程裡，兩年半後，當他經歷漫長的審訊，在法院裡進出，他再次感到有些新的東西在眼球深處蠢蠢欲動，等待爆破，炸出一個新的世界。

他一再想起，醫生在某次致電他時，留下的說話：「一個人常常看到什麼，就會成為什麼。眼睛受傷的人是幸運的，幾乎失去的眼球，讓他們得以重生。被迫閉著眼睛的日子，讓他們得以孕育新的視物習慣。」

雅人並不知道，當醫生對他說這番話時，已慢慢從「醫生」的外殼剝離，失去這個一直保護著自己的堅固外殼，他將會完全裸露自己的脆弱。這是他的選擇。

雅人可以正常地使用眼睛，是九個月之後的事。那天，當他如常到醫院檢查眼睛，發現診治他的人穿著一件白色袍子，坐在醫生的房間，卻是個徹底的陌生人，胸前的名牌顯示，他姓張。雅人便在心裡喚他：白袍張。

他向護士追問醫生的下落，護士才告訴他，醫生像許多人一樣，帶著家人從空城拔除了自己的根部，移民到另一個國家：「這所醫院有許多醫生都已離開空城，不過，在別的國家，他們很可能再也不是醫生。」她沒有說，有一批從南方城市新來的醫生，使她常常懷疑，他們究竟是不是貨真價實的醫生。

雅人聽到這個答案，又感到心裡那個空蕩蕩的洞，有風經過。他並不感到訝異，只是把他一直以來和醫生的對話，從頭到尾回想了一遍，發現他們談話的內容是眼睛，他們之間的橋梁是眼睛、他們保持聯繫的原因也是眼睛。醫生深信，一個人觀看的事物決定了他的世界呈現出何種模樣。那麼，這一年多以來，醫生看過這麼多破損的、灼傷的、潰爛的、流淚不止的、失去視力的眼睛，或許就是他無法繼續在這裡生活的原因。

雅人曾經認真地思索過好幾次，要不要離開熟悉的空城，但他並不認為自己有足夠的能力放下這裡的一切。他曾經在這裡目睹過的事情，烙在他每一根神經的深處，那翻轉了他對這個世界的認知。他知道，即使他拋下這裡不顧一切地出走，他還是在這裡。世上雖然有許多不同的國家，但其底蘊全都是黑色的，都是形狀各異的烏鴉。他感到，必定是因為他的眼睛壞掉了，要是他能改變自己的視野，即使他一輩子都被拴在這裡，他仍然可以無處不在。

他曾經以為，醫生在他生活裡徹底消失，代表著他正式作別舊眼睛。可是，某個清晨，當他從一個夢裡醒來後，看到重影。此後，重影就一直附在他的視線之中。對雅人來說，重影就是記憶的鬼魅。

「這是重影嗎？」他在診症室裡問坐在對面的白袍張。張醫生盯著電腦的眼睛不曾動搖過。雅人便把狀況簡單說明一遍，用手掩著健康的眼睛，只用受傷之眼所看到的，跟他用兩隻眼睛看出去時，有時會出現截然不同的景象。張醫生的眼睛始終不曾從電腦屏幕移開，但是嘴巴卻向他咧開了微笑：「重影和幻覺都是康復過程裡不可或缺的階段。別失去信心。」

複診次天是星期五。以往，醫生總是在週五早上巡房之後的空檔致電他。但那天開始，醫生的來電顯示，再也沒有在他的電話中出現過。自此，他們的對話更直接——醫生對雅人的困惑的各種回應，總是在各種毫無防備的時刻，撞進他的腦子裡。

那個週五清晨，雅人坐在床上，盯著陰霾密布的灰色天空，腦裡浮現的是幾天之前，他那受傷未癒的眼睛，在無意中瞥見的事情。

「那並非鬼影。」醫生的聲音出現在他的耳畔：「而是被你棄置，卻未完全死去的記憶。」這句話從他的尾椎，貫穿了他的下腹和心臟，使他禁不住打了一個寒噤。他曾經以為，眼睛是他和醫生唯一的連接埠，但原來，醫生是一根重要的線，連起了他的舊眼和新眼，他無法拔足而逃的過去。

受傷的眼球仍未痊癒，很可能永不復元。可以肯定的是，這場意外、災難，或無可抵抗的命運並沒有使他失去眼睛。人只有兩顆眼球，但眼睛卻遍布全身，隨著時間和生命歷程的改變，增多或減少，數量因人而異。心有眼、靈有眼、皮膚有眼、呼吸系統有眼、耳膜有眼。即使視野被粗暴地惡意禁絕，只要堅持睜開眼睛，還是能見著那些需要被看到和想要被看到的。從看到見，就是出發和抵達。有些人還來不及抵達就已失蹤或死去，有些人看到非常真實的夢魘。看見是需要勇氣的事。

「有一隻眼睛被迫閉上，就會有另一隻眼睛再度睜開。」

＊＊＊

雲看到檢測棒上，只有一根線是明晰的，另一根若隱若現，像午後天空出現的一抹模糊新月。有和無，陰和陽，白晝和夜晚同時現身，每一種可能性在眼前並列。

她致電雅人說：「我確診了。」接下來的一週，她無法到他家，也無法到任何人的家上班。

掛線後，她便陷入了日常規律被擾亂的焦慮之中。自從健音訊全無之後，生活裡每次出現最微小的改變，也會令她想起那個早上，她不斷致電健，卻只是出現語音系統不含情感的聲線：「你所打的電話號碼暫時未能接通……」作為母親的直覺告訴她，他不在這個世界；作為堅強的婦女，生存本能卻告訴她：「相對於死亡，失蹤是佳音，沒有發現屍體，即表示他仍活著。」

她的鄰居、朋友和少數的親戚，都期待在她身上看到中年女人的強韌。他們沒在她面前提及死亡，也刻意避免談及海裡頻繁地出現漂浮屍體的新聞報導。實在，他們對於她忽然就成了孤伶伶的落單者，心裡都氾濫著同情。甚至自願組成陪伴小隊，每天輪流致電給她，跟她一起在街上張貼尋人啟事；在暑天熱浪下挨家探看健的朋友的家，察看有沒有他的蹤跡，又去了他兼職的速食店向員工和老闆查問。每天都有人陪著雲，和她一起吃飯，以免她一直禁不住地想到最壞的角落裡。

三個月後，隊伍中各人陸續筋疲力竭，耗盡熱情之後，又回到各自生活的常軌。漸漸地，城市裡（包括健在內的）龐大的失蹤人口也成了一道尋常的風景。雲身旁只剩下一個平日毒舌且得理不饒人的多年好友，嚴厲地警告她：「你的痛苦，說實的，並不是因為兒子突然消失，而是你不適應沒有一個對象讓你繼續扮演母親。畢竟多年來，你已習慣這角色。」這位朋友以自己曾是醫院護士長的經驗告誡她：「快去把自己收拾一下！在徹底成為瘋女人之前，在眾叛親離之前，自己把自己從深淵拉上來，以免健回來後，認不得你。」

她建議雲應徵家務助理：「把那些擅長找碴的、麻煩且不講道理的客人，全部都當做孩子來照顧好了。」

雲便抹乾了淚水。畢竟，她在悲傷時流出的液體，早已耗費了大量紙巾。最初，朋友的建議令她感到荒唐，可是慢慢地卻體認到，她已無法回到會計部的辦公室審核數字。她需要工作避免掉進腦裡的洞，尤其是一種只需勞動，重複的、單調的、不必分析和思考的工作，要接觸他人，讓她有空隙忘掉自己。

雲到家務助理中心填寫應徵表格時，工作人員問她，想要在哪個區域工作。她想了一下：「請給我介紹那些失去了很多，尤其是失去了生命中重要東西的雇主。」

工作人員看了她的表格一眼，確定她剛剛完成了家務助理培訓課程，而從個人資料看來，她的教育程度和精神狀況，都跟城市裡大部分的人相若。

雲在家裡等待了幾天，便接到工作人員的電話，讓她得到家務助理的身分。再也沒有人以看著母親的目光迎向她或避開她的眼睛。她感到自己在身體內慢慢地枯掉，她不知道救活自己的方法，只能把拯救自己的渴望，轉移到照顧素未謀面的陌生人之上。顧客多半喚她「雲姊」，只有雅人叫她「雲」，就像過去的健直呼她的名字那樣。

＊＊＊

雅人的家距離雲的住所十個車站。雲會提前兩個站下車，走到菜市場和小型商場，在那裡買了所有需要的日用品、清潔用品和蔬果鮮肉，才慢慢地走到工作的地點。

「你要記得那是一份工作，那裡是辦公的場所，不是你的家。」工作人員在電話裡叮囑她：「只須清潔，盡量不要翻找也千萬不要丟掉客人的物品，除非得到他們的許可，切忌查問私事，如果他們主動提及，你要做的只是聆聽。」

單位的大門開啟後，映入她眼簾的是一個暗室。外面陽光正盛，室內卻被陰影淹沒。沒有任何理由，她感到這個住所是沉沒海底的船。開門的男人把頭和一半的身子從門後伸出來，向她微微點頭，臉埋沒在影子裡。那是一張沒有稜角的臉，眼神清澈，眼尾微微下垂，視線投放在地板，整個人像颱風後被吹倒的樹。

家務助理中心職員說，他的視力有障礙。她沒有問，是一隻眼睛壞掉，還是兩隻眼睛。她感到，許多答案，她慢慢就會知道。

雲看到他的雙目沒有焦點，視線也不在她身上，但她確切地感到，他正在打量她，注視著她。他觀察她的時候，使用的不是眼睛，而是視覺以外的其他感官。

她在大半輩子裡所遇到的人，多半都在面對面的時候，雙眼看著她說話，思緒卻跑到老遠運轉；或，雖然坐在她對面，嘴巴也在回應著他們之間的對話，可是眼睛卻在追逐著在他們兩旁經過的人，或發生在另一個地方的事情之上。她早已對於各式各樣的心不在焉瞭如指掌。這個初次見面的陌生者的全神貫注，令她感到微微的訝異。

健失蹤後，雲的身上多了一個嘴巴，那是一個肉眼無法看見，長在她的胃部，無論如何用力也發不出任何聲音，只是一直被塞進各種痛楚的嘴巴。「很可能，」她想：「非常可能，雅人身上也有一個類似的，隱形的驚恐嘴巴。」雲無法對沒有失去過孩子的人，訴說胃部的聲音，但也不可以一直沉默，必須定時說一些無關痛癢的話，讓跟她身處同一個空間的人感到安心自在。

可是在雅人的家裡，雲沒有必要假裝，因為他的眼睛毫不隱瞞悲傷，再也不想看到眼前這個世界的一種絕望。

* * *

對雲來說，雅人並不像兒子，他並沒有喚起她作為母親的感受和回憶。他比較近似她栽種在陽台上的簕杜鵑，在暴烈的日照下迅速生長和盛放，愈長愈高，粗壯茂密，像一棵花樹那樣成了陽台和外界的屏障。

健成年後，跟她的對話愈來愈少。大部分的時間，他都在上班或跟朋友約會，回家後則關上房門。

他們之間最親密的交流只有，健在房間窗前栽種的茉莉花、玫瑰、蘭花、多肉植物、迷迭香，甚至仙人掌，全都瘦弱、生病、奄奄一息，瀕臨枯萎時，他就會尋求她的幫忙。

「你是綠手指。」每隔一段日子，他都會從房間端出一盆垂死的植物交到她手上，而且像許下願望那樣對她做出這樣的評價。雲不知道自己做了什麼，或，她根本只是做了最簡單的事：把盆栽安置在陽台上，定時澆水、保持通風，注意日照的角度轉移不同植物的位置，有時跟它們談話，或對著它們哼歌，最後忍不住為每一個盆栽起名。

不久，茉莉花就在夜間發出迷人的香氣、玫瑰鮮豔地怒放、蘭花嬌嬈、多肉植物愈來愈潤澤肥大，不得不換到更大的盆裡；迷迭香可以摘取放進沙拉裡；仙人掌每季都開出繽紛的花朵。那曾是一段好日子。自從健失蹤之後，盆栽逐一軟倒在泥裡，返魂乏術。

最初的兩週，每次她到達雅人家，他出來給她開門之後，便消失了蹤影。在那四個小時裡，她一邊做飯或處理各種家務時，都禁不住懷疑，房子只剩下她一人。直至她把熬了兩個小時的杞子陳皮瘦肉粥、灼青菜和豉汁蒸黃花魚放在桌上，呼喚他吃飯的時候，才發現他在睡房的床上，用被子蓋著全身。她只好在離去前把食物罩子蓋上，留下一張紙條。

第二週的最後一天，她打算下班，經過房間時再次瞥見他側躺在床上，用棉被包裹全身的景象。那喚醒了她的記憶。那是植物因為缺水或水分過多，乾枯或溺死前的姿態。「窗簾阻擋了所有的陽光。」她環視了房子一遍，迅速歸納出雅人終日昏睡的原因，便果斷地拉開了所有的遮光窗簾，讓中午熾烈的日光流瀉到房子的每個角落。她又掀開雅人的被子，讓突然暴露在紫外光之下的雅人低吼了一句髒話。他用雙掌掩著眼睛：「光線令我的眼睛很痛。」

「人的身體需要陽光。」雲堅持。

雅人反駁：「我不是人，不需要陽光。」出乎雲意料的是，聲音裡既沒有憤怒也沒有雇主的盛氣凌人，只有深沉像海那樣的悲傷。那裡還有別的什麼，但她無法清晰地指認出來，只是忍不住暗裡打了一個寒噤。

「除了陽光，也需要食物和水。」她假裝聽不到他反對的聲音，催促他出來吃午餐，便鑽進廚房清洗鍋子和拭抹爐頭。

當她再次走到客廳，雅人已回到睡房，只是在桌上留下空的碗碟和筷子。他吃光了所有的飯菜，一點也沒有剩下來。由此，她判斷他是個有禮的年輕人。她打開房間的門，只見藏在被子下的他的身體像一座小山微微地、有節奏地起伏著。那是一座活火山。

她走路到車站時，一直在想，下次要給他一壺放進兩片檸檬和幾片萬壽菊的水。

＊＊＊

雅人必須再次面對眼前的空白。

「繪畫是什麼？就是一次又一次，回到面前空白的那一點，看穿在那裡似乎什麼也沒有的白之中，到底還藏著什麼。在世上眾多顏色之中，白是最可疑的，也是，可能性最多的一種。保有著這樣的白，同時不要被任何白駕馭和欺瞞。」那是六年前，白教授在他第一天踏進美術室上油畫基礎課，說的第一句話。他抄在筆記本上。

那是一個星期三。從一個被他完全忘記的夢裡醒來後，他就接到雲的電話，說她確診了，無法來。

「可是你今天就沒有飯吃了。明天和之後的幾天也沒有。你會餓壞。」她在電話的另一端幾乎在低聲慘叫。

他忍不住笑：「我不太容易餓。而且，飢餓是很好的事。食欲可以刺激思考。」

就在他叮囑她多喝暖水，而她突然咳嗽得一發不可收拾時，他們便匆匆掛線。

他知道，房子將會在一個寂靜而空蕩蕩的狀態，至少七天。他的身體內某根緊繃的神經便放鬆了下來。總是在無人的時候，他感到四周盡是親密的擠擁，或許那是他自己的影子，也有可能是被他悉數遺忘的夢。只是，他突然感到餓。

那樣尖銳的餓意，並非源自肚腹。他聞到房子裡的空氣仍然存留著煎荷包蛋和烤麵包的香氣，便站起來走到廚房，打開冰箱，查看那裡還有沒有儲存著可以吃的東西。空腹是一件美好的事，但他沒法控制自己的身體反應。他本來期望在尋找食物的過程中，會忘記飢餓。可是當他百無聊賴地打開冰箱的左門，再打開右門，在蔬果格的深處撈到一個玻璃瓶子，圓柱形瓶身。他拿在手中掂量，冰冷感從掌心傳遞至全身，使他忍不住哆嗦了一下。他閉上眼睛全神貫注，不久便感應到冷冽的藍，在他的腦海出現寶石似的深藍，他緊緊記住。他旋開瓶身查看，內裡空空的，什麼也沒有，又把鼻子湊近瓶口，沒有任何氣味。最後，他把瓶口覆蓋在受傷的眼睛上，彷彿，眼眶內也有一個胃囊，這樣做能止住飢餓。他以有缺憾的視線往瓶內探看，看到一個幽深的洞穴。

「有沒有人啊？」他很想朝那個外太空似的洞穴大喊，但喉頭卻緊鎖著，像被人捏著。

有沒有人？有沒有人？

有沒有人？

為什麼沒有人？

你在哪裡？

他聽到自己的聲音。只有自己的聲音。

毫無疑問，在他面前的是一張白紙。

「看第一遍是最容易的，只要活著，有眼睛，就可以看。不是每個人都會看第二遍。把已成過去的人和事重拾起來，客觀地審視第三、四遍以至之後的無數遍的人則少之又少。畫畫的人就是，把消化過無數次的景象，描摹在一張白紙或白布上的人。」

六年前，雅人第一天踏進空城大學的美術室。在油畫基礎的第一課，白教授這樣說：「第一次看到，都是了無痕跡的，第二次再看，有心的烙印，可是握著畫筆的人要保持眼光的清淨，把看過的再挑出來看一遍，從內部去看，看得透澈的時候，才是真正的看，然後看到平日不願面對的，不能忘記的，甚至不想承認的存在。能畫下來，值得畫下來的，都是已看過、看透、看穿而仍然很重要的。」

那是上午十時半的課，課室內沒有椅子，所有人都席地而坐，除了穿著球鞋和藍色有破洞的牛仔褲的白教授走進來後，一直站在那裡之外。

「畫紙比我們所想像更廣闊。」白教授把一直捏在手裡的一張白畫紙放下。「課室是紙、天空是紙、地面是紙，甚至在這裡的每一個初次見面的人都是紙。有時，我們也是自己的紙。」

白教授說：「第一課是關於，看這張紙。」他要所有學員在課室裡挑選一個夥伴，結成二人一組。「未來三年，你們將會是搭檔，不能分開，也不可中途更換夥伴。」

有人驚訝地低叫：「不能分開？」竊竊私語的聲音像一片浪。學員紛紛朝著右方和左方每一張陌生的臉看了又看，都湧起了不能置信的表情。

「你選擇的人不一定會選擇你，而那些選擇你的人，又不一定是你願意接受的。」白教授補充：「相信在座有不少人對這種情況經驗豐富。」

課室裡刮起細碎的笑意像風吹過野草。

白教授收起了臉上的戲謔神情，講解分組的守則：「建議你們去找喜歡的人，那個人會令你感到安心、信賴，看著就會放輕鬆的，同時，你不會過於靠近的。你有信心，可以在彼此之間建起一堵牆，牆上有一扇可以隨時關上和打開的門。」

用背部挨著牆壁而坐的女孩叫了起來：「可是我們才第一天看到對方，甚至不知道對方的名字，談不上有任何了解。」

白教授轉過身子，在白板上寫：「直觀／觀人」，接著說：「觀人，就是『見』。你如何見？見到了什麼？就是我們在第一課要練習的。」

一個一直坐在課室中央深鎖眉頭，盤膝而坐的男同學舉手說：「看錯了人怎樣辦？」

白教授憐憫地注視著他的臉半晌說：「或許那不是錯誤，只是出乎你的意料而你不願承擔的結果。」

一個坐在地上太久以致雙腿麻痹的同學，一邊改變坐姿一邊說：「如果中途真的合不來要分開怎麼辦？」

白教授一個字接著另一個字慢慢吐出：「你們的這一科都會不及格。」

課室內的人同時倒抽一口涼氣。

白教授離開課室，關上門之前，只拋下一句：「我給你們半小時。當我回來時，每個人身邊都要有組員。」

* * *

雅人感到眼睛很痛，即使是沒有受過傷的眼睛也痛得無法睜開來。他用仍然冰涼的玻璃瓶口蓋住眼周，雖然只是無用的安慰。

他摸索著走到窗前的書桌，從抽屜拉出幾張散落的畫紙，那是白色的，像一塊很大的紗布。

不久，他又從另一個抽屜找出白袍張給他備用的獨眼眼罩。他把眼罩拿在手裡摩挲片刻，便決定了那是黑色。

張醫生把獨眼眼罩交給他時說：「這個可以幫助你適應新的世界，還有以後的人生。」他接過眼罩之後，一直深深地懷疑，他並沒有留在舊的世界，也沒有順利地進入新的世界，只是在一個世界和另一個世界的渾沌之間，來去徘徊。

他先把眼罩覆蓋著受傷的右眼，痛楚仍然源源不絕地從頭顱深處湧出，就像火山的熔岩終於得到出口那樣。他便把眼罩拔下來，蓋住了一直無恙的左眼，疼痛感突然緩和下來。他耗盡力氣地坐在椅子上，面向窗外的日光。一旦把目迎上去，無畏地看，就有可能被剝奪視線、眼球、完好的頭顱、完整的耳朵、嘴巴、喉嚨、皮膚、乳房、四肢、銀行戶口裡的全部存款，甚至自己的名字。他不由得用瓶子把唯一暴露在外的眼睛蓋住了。

透過瓶口，他想起一片暗紅。那是一個人，不是他看到，而是感到，不是他憶起，而是她在擠壓著他。她一直蟄伏在他的神經和血管之內，靜靜地膨脹，愈長愈大，成了一個不明的內臟，或腫瘤。

他只能把一張畫紙鋪展在面前，不是他的手需要，而是眼睛的需要，卻不知從何開始，只知道無法使用任何顏色，綠色帶著虛偽、黃色過於天真、橙色暗藏猙獰、紅色令他頭皮發麻，灰色是皮膚灼傷的記號。

他的手放下炭筆時，摘下獨眼眼罩。一如他所料，當他看著自己剛完成的部分，眼前只有重重疊疊的影子。那時，他非常渴望房子裡有另一個人，讓他可以借助另一雙眼睛去確認，他所畫下的有多接近他心裡打算呈現的。然而，當他認真地想像那個人，卻發現這世上已沒有任何可以讓他不顧一切地信任的人。

⋆ ⋆ ⋆

「你為什麼選擇我？」在雅人對面的女生，坐下來後就先發制人地問他。

「因為你穿著暗紅色的衣服。」他說。

「這是黑色。」女生糾正他。他像習慣承受誤解那樣並不解釋或反駁。

雅人以為自己必定是最後遺留在課室角落裡的落單者，然後在不得已的情況下和另一個落單者勉強湊合成一組。可是，當白教授離開課室之後，他漫無目的地在課室蹓逛，還來不及仔細觀察每一個同學的臉，就看到在課室另一端，個子瘦削的女生，眼睛裡有流動的水。最初只是涓涓的小溪，不久，那成了湍急的瀑布，後來又變成了一個很小的窪，忽然又成了山泥傾瀉的水柱。女生在哭泣，雅人能肯定這一點。

但定睛看久了，他才發現自己錯了，她在笑。那笑容就像城市裡大部分人的笑，笑容包裹著的並非愉悅，而是達到別人期待的表情的安心感。雅人不禁點了點頭，就像肯定了自己的想法那樣。女生以為點頭是組成夥伴的暗示，便拉著他的衣袖，把他帶到一個沒有人的角落坐下來。

「告訴我你的名字。」雅人說。

「叫我暖暖。」女生說：「但這不是我的名字。」

「所以你的名字是『暖暖．不是名字』。」說完，他自顧自地咧嘴露齒笑了起來。暖暖也恰如其分地笑了。對雅人來說，那是一個自我保護的笑容。

他們沉默，全神貫注地觀察對方。暖暖注視著他的眼睛，就像翻看一本書那樣逐頁翻開了他的視網膜、虹膜、角膜、鞏膜、水晶體、玻璃體、上直肌和下直肌。雅人的目光則停留在她半裸的頭皮上。暖暖緊貼頭皮的頭髮極短，頭顱渾圓。他感到她有一股被壓抑在肚腹深處的勇氣，那是他欠缺的，長期以來，他有的只是不敢表露的飢餓。他們之間，就像有一條靜僻幽深的隧道慢慢地建了起來。

白教授再次回到課室時，室內交談的聲音像洶湧地撞擊著岸的浪，而他臉上掛著一個意料之內的冷靜笑容。

他站在白板前，示意眾人安靜。「選擇是困難的事，那困難在於，你會看到的自己太多。有時候，人們寧願放棄選擇的權利，以避免任何不舒服的感受。」他把一疊白色畫紙交給一位同學分發眾人。每個人都得到兩張有如雙掌並攏大小的畫紙。

「剛才你們已做出了第一次選擇，但接下來還有另一次。」白教授要他們選一張白畫紙代表「付出」，另一張代表「接收」。「哪一張代表什麼，不必告訴組員，自己心裡知道便可以。然後，你們有二十分鐘的時間，跟對方分享以下任何一個題目。」

他在白板上寫：「生命中第一次失去色彩的經驗」／「最大的祕密」。

他要他們全都面向組員而坐，閉上眼睛和嘴巴，深呼吸數次之後，慢慢地把所有注意力全都傾注在對面的人之上。「有時，不去看，反而看得更透澈。你要感受對方身上獨有的色彩，每個人都至少擁有一種專屬自己的色彩。色彩就像任何一種體驗，並沒有對，也沒有錯，都是中性而純粹的。用你的方法，抓緊那色彩，使用那色彩，創作一幅畫送給組員，作為初次見面的禮物，也是道別後永不再見的禮物，因為沒有任何人能肯定，我們還有明天，或下一次。」他要他們，付出的時候，舉起分享的畫紙，而接收的時候，則繪畫送給對方的作品。他說：「在分享之前，你要做的是，對自己誠實。」

然後，他便從課室外搬來一張椅子，坐在角落，觀看他們，像博物館裡的保安員那樣，空著眼睛看著場內的展品。

有一組學員為了辨別對方的色澤，走出課室到達外面的空地，一起繞著課室的建築物慢跑一個圈；另一組同學，則看著對方眼睛良久，再閉上眼睛擁抱更久。

暖暖還沒有反應過來，已看到雅人舉起了一張白畫紙，覆蓋著自己的雙眼，讓自己整張臉只剩下額角、鼻子、嘴巴、下巴和耳朵。

* * *

那年，雅人感到眼前有一片東西，把世界和他分隔開來，無法抹去，也躲不過，因為那東西隨著他的視線移動，即使他把眼皮合上，那東西仍然擋在他的視覺和眼皮之間。

「那是什麼?」母親問他。冬日的清晨，他從無夢的淺眠中睜開眼睛，本來色彩豐富的白天，就褪了色，像一張在一夜之間變舊了的紙。但他無法告訴母親那是什麼，那年他十二歲。

母親把他帶到眼科醫生的診症室，醫生往他的眼球滴下放大瞳孔的藥液，使他的視野一片模糊，像把眼前整個世界粉碎，推倒重來。「看不到顏色之前，發生過什麼事?」醫生仔細檢查過他的角膜後問。

「他尿床了。」母親回答:「三歲之後，他不曾這樣弄髒自己的床單。」

雅人被母親聲音中的羞愧感衝擊了一下，久久無法平復過來，尤其在她說「弄髒」二字的時候。或許，這樣的羞恥感，一直沉睡在他心的底層或骨髓深處。他一直深信，羞恥的源頭是母親，而他只是無辜的感染者。

那夜，當他突然驚醒過來，發現身子下的床單溼了一大片，開燈便看到一個圓形的暗黃。以往，他從不感到尿是髒的。他在沐浴時排尿，像一個遊戲，甚至在游泳池裡靜靜地做無人知曉的事。可是那個夜，他覺察了的髒意，再也沒法清洗和逆轉。他先把床單掀出來，放在蓮蓬頭下沖擦，又把它泡在浴缸內，注進浴液。可是，床褥仍留有一片證據般的灰黃，他不得不去敲父母房間的門。

母親顯然睡眠不足，但仍然強打精神為他換上乾淨的衣服，用梳打粉清理床褥，抱著他安慰：「不要緊，有時身體會違反我們的意志，這不是一個錯誤。而且，我們可以換一張新的床褥。」

清晨之後，在他眼中的一切，顏色就慢慢地改變，全都帶有髒意，像一陣無處不在的霧霾。怎樣也拭抹不了，無法消毒或清除。排泄物般的腥悶，滿布了所有的角落和細節，總是在各種始料不及的時刻不斷陣陣散發出來。

「有可能，你再也看不到色彩。」醫生對於母親描述的狀況，好像並不在意：「也有可能，這是心理障礙形成的短暫色盲，不知道哪天會突然恢復過來。」雅人原本期待醫生會繼續追問，尿床之前所發生過的事，可是他並沒有這樣做。對當時的他來說，醫生就是典型的對於各種明顯的破綻得過且過的成年人。

嚴格來說，母親並沒有撒謊，只是沒有說出事實的全部。雅人的十二歲是一個分裂的時期，母親、醫生和他的現實，是經歷地震後裂開成不同碎片的島。只有謊言可以把所有碎片黏合在一起。

尿床之前的兩個月，每個週四和週六的下午，母親都會替他換上整齊筆挺的衣服，自己也塗了口紅，揹上精緻的紅色皮包，牽著他的手（被他一次又一次地鬆開），和他乘車到市中心，先到一家華麗的咖啡店，給他點一客香蕉梳乎里，自己則喝百利甜酒黑咖啡。接著，帶他鑽進密密麻麻的商業大廈之間，其中一條巷子裡的一所舊大樓，按下大門密碼，待門開啟，再走進電梯按「5」字。門打開，向左拐，落地玻璃門的房間頂部掛著黑白字體的牌匾。後來，雅人始終無法想起那醫生的名字，他只記得婦產科。登記處的白色小洞裡總是空無一人，候診間也沒有等候的病人。只有從窗外透進來的陽光，讓室內顯得異常靜謐，令他想到教堂。母親一旦身處在候診間，臉上的神情就會愉悅而輕省，甚至比身在家中更自在。即使在長大之後，雅人仍然認為診症室彌漫著令人放鬆的多巴胺。那是烙在潛意識裡的印象。當然，醫院和醫務所也是讓人不得不袒露身體的地方，只有身體不是最後堡壘的人，才不會在那裡遇上危險。這也是烙在他的潛意識裡的刻痕。

是在那一段時常到那醫務所的日子，讓雅人明白，窺探所愛的人，是無比快樂的事。母親進入診症室之前，總是叮囑雅人要坐在沙發上耐心等待他，不要亂跑。

百無聊賴的雅人，常常在候診間一邊踱步，一邊把掛在牆壁上的醫生的畢業證書和鏡子上鍍上的字細讀一遍又一遍，又一再撫弄放在茶几上的人體構造模型，尋找拆解它的方法。他用指尖劃過模型的喉嚨、氣管、肺、胰臟和腎臟，順著它的腿部神經，一直抵達它的腳掌。他的視線滑過候診間的所有角落，最後才看到玻璃大門上寫著的診症時間。那是診所休息的下午。那麼，他和母親在這裡做什麼？他想了很久，也沒有答案。終於忍不住躡足走到診症室門外，把耳朵貼在門上，房間裡發出了一些零碎雜音，但不足以拼湊成訊息。他忍不住以最輕微的力度，小心翼翼地把門打開了一道縫。即使只有一道縫，可是下午四時半，從對面大廈的玻璃窗子折射到房間裡的陽光，還是足以使他像盲了一般，被刺痛了眼目。母親和醫生躺在診療床上的身子，被陽光鍍了一條金色的邊。那是他生平第一次，感到眼球的中央，被刀子割開一道缺口。但他還是強忍著不適，為了看清楚眼前的景象。沒有穿白袍的醫生，看上去並不像醫生。他從工具箱裡取出一柄棒子、一把鉗子、一個夾子、一副聽筒、一根探熱針，逐一探進母親身上的各個孔洞裡。接著，他用自己的手指關節、腳趾、鼻尖和手肘，探索母親身體的凹陷處。他的神情非常嚴肅，像在進行一項實驗。十二歲的雅人以為，治療就是兩個人合力製作一張身體拼圖。他看到房間裡的兩個人，身體成了拼圖後，同時具有破碎的脆弱，又有合一的輕盈，閃耀著一種灰黑色的光。在徹底瞎掉之前，他關上了門。

母親在兩小時後從房間走出來，就像卸下了身體內沉重的包袱，臉部緊緻的皮膚被一層光輝籠罩著，眼睛充盈著光彩。

雅人回到家裡的書桌前，便找出素描本，對著一張什麼也沒有的白紙，重新把他看見的世界，安放在那裡。在他眼中消失了色彩，他可以用手抓住鎖進紙上。畫紙完全屬於他，不必任何人的允許、肯定和認可。每一管油彩上寫著的色彩名字，都引發他對色的聯想，勾起色的記憶。眼睛抓不住的顏色，他就用顏料瓶上的顏料名稱和序號，混合腦內的記憶，調製出牽牛花的紫色重現那個下午，母親和醫生的身體反射出來的灰黑光芒。診症室裡眩目的光是血紅色。空氣是海洋藍。在畫畫的時候，雅人才發現，母親在診症室裡，臉上的微醺是出逃者的惶惑和迷失，又帶著面對陌生世界的驚喜。那不是在家裡的母親，而是一直住在母親身體裡的另一個女人。可是那時雅人不知道，沒有診症室內的那個女人，家裡的母親也無法如常地運作。

母親是他最初也最重要的觀眾，在以後的日子，一直都是。她讓他深刻地體會，自我揭露的後果，即使那並不是在他的預計之內。母親站在他的書桌旁，把畫捧在手裡仔細看了起來。他沒有轉過頭去看她的表情，只是他們的身子幾乎併攏著，他感到她身體的寒意一陣又一陣傳到他身上，不久後，房間就被窒息感籠罩著。她一言不發地放下了畫，為他關上房門，轉身走向客廳。他的呼吸便細弱了起來，彷彿只剩下虛弱的影子而失去了本體，他渴望可以把自己的存在隱藏。

於是他明白，畫畫於他是一件怎樣的事。母親通往他的門被關上後，他腦裡湧起許多問題。「我要成為一個怎樣的人？」他問過自己好幾次，要不要跟他們一樣，動不動就假裝自己記不起某些重要的事？對他們來說，那甚至不是撒謊，因為謊言和掩飾已成了不必思考的自動反應。

雅人知道，母親也知道，這才是他的視野褪色的真正原因。他相信，要是他站在母親面前，質問她為何不向醫生或父親和盤托出事實的全部，她必定會一臉淡然地反問：「有發生過這些事嗎？我已無法想起來。」在成人的世界裡，當他們難辭其咎，不想負起責任，或要若無其事地迴避不想面對的狀況時，他們會說：「忘記了。」彷彿，遺忘就是讓社會及人際關係能暢順運作的關鍵原則。

雅人從抽屜裡取出一張新的白畫紙。紙張中立而純粹，因為那裡一無所有。他決心接納自己的眼睛，他所看見，或無法看穿的一切。這跟誠實無關，只是為了躲開謊言的勢力範圍。畫紙的空無，讓他可以毫無顧忌地表達，而不必擔憂坦白或撒謊是不是一種殘忍。因為在畫裡，殘忍是一種用色的方法。他的畫不必任何觀眾。當他根據顏料瓶上的標籤確認色彩名字再揉合對光和影的記憶調配出他想要的顏色，用畫筆塗在紙上時，筆觸以及手部肌肉的動作，把他帶到另一個精神層次，在那裡，沒有任何人，連他自己也不存在，只有心之景象本身。對於雅人來說，那是初次的體驗。

母親眼看他把自己關在房間內多天，晚餐時不發一言，眼底有深深的黑眼圈，以為他在煩惱色盲的事，便溫言對他說：「這只是像乳齒掉落後更換恆齒，現在，你只是換上了另一種觀看世界的目光罷了。」

雅人驚訝地看著母親，並不是因為她的話，而是對於她帶著慈愛的母親角色，並不感激，也不喜出望外，只是漠然地觀看著她對他溫柔而充滿鼓勵的微笑。畫畫讓他清晰地觀察四周的人和事物。無論如何，他和母親之間，不必坦誠相對，但已互相容納，像眼睛容下了一顆眼砂。

幾週後，母親攜他到眼科醫生的醫務所。坐在醫生對面的雅人，神態自若地說出，他已看到大部分顏色本來的模樣：「一切就像從前那樣。」

醫生為他檢查視網膜，又要他念出投影器播放在牆壁上的所有字體和顏色圓點，他憑著想像、記憶和猜測一一回答，過程中感到自己像個專業賭徒。醫生滿意地點頭，母親放心地笑了起來。雅人來回看著這兩個人的臉，忽然察覺原來人和人之間一直存在著的一種自由，來自不真正在乎對方。無論遇上什麼問題，只要每個人互相配合，演出安好的戲碼，日子就可以如常過下去。

＊＊＊

在課室裡，用白畫紙掩蓋雙眼的雅人說：「我看不到準確的顏色，也看不見裸體。」

「請暫時保持這樣的姿勢。」暖暖說：「直至我告訴你，放下它。」

他耐心地等待，被眼前無垠的白不斷入侵自己。放下畫紙時，他低頭看到暖暖放在他盤坐大腿上的畫，只有掌心的面積，被一隻眼睛占據了，眼眶內有眼球，眼球內有一個男人，男人沒有穿衣服，抱著自己的膝蓋，捲成球狀。是炭筆素描，只有黑和白。

「那麼，你的分享？」

暖暖用手環抱著自己，把下巴放在膝蓋上：「我還需要很多很多的時間。」接下來的課堂時間，除了沉默，她沒有發出任何聲音。

但他聽到很多，便拾起空白的畫紙，沒有打草稿，直接用上深深淺淺的各式的紅。畫交到暖暖手上時，她看到密密麻麻的無望灰色。他一邊畫，一邊張開了全身上下所有的耳朵。他從來沒有從一個人身上，聽到這樣的轟隆轟隆，像有火車不斷經過的聲音。

那是整個學期唯一一次不必公開講評的繪畫練習。

* * *

雅人回過神來，先動了動手指，再轉動一下僵硬的脖子，拾起書桌上的炭筆，在白得死寂的畫紙上描摹時間的迴圈。

自出生至十二歲是核心的第一個迴圈；在中學的時光是第二個圈，像重複的路；十九歲那年進入大學，認識暖暖之後，開展第三個迴圈，那個圓較小而且單薄；二十至二十四歲，整整五年，快速運轉，激烈變化之後，轉動的圓像一股龍捲風。已屆二十六歲的雅人，又置身在另一個昏暗的迴圈之內。他畫下無數以一個月、一週、一天，甚至只有幾分鐘為時間單位的小迴圈。他常常在一個迴圈中難以自拔，只有在稍微察覺到自己的思緒正在捲入一個死胡同時，就從一個迴圈的窗口，觀看另一個迴圈的倒影。隨著年歲增長，他的迴圈愈來愈多，壓迫著他，似乎他面前可能的出路，只是從一個迴圈走出來，逃進另一個看來還沒有崩塌的迴圈裡去。畫紙空白的部分只剩下很少，不足以再畫出另一個更大的，未知的迴圈。

有時，他用左手握著筆，有時則換成習慣使用的右手。他有時把眼罩蓋著左眼，有時則掩著右眼。畫紙上布滿像浪的曲線。他想到一個構圖，又有另一個他否決了這意念。

最關鍵的景象像祕密那樣種在他心裡，但他無法確定要不要讓自己的記憶成為世間可見之物。

＊＊＊

雲站在門外按鈴很久，又大聲呼叫和拍門，可是沒有任何回應。她心裡湧起了不安感，把耳朵貼在門上，但屋內沒有動靜，一片死死的寂然。

她想了一下，掀開放在門口的腳踏墊子。果然，後備鑰匙在那裡。

門被推開的時候，從窗子透進來的陽光猛烈如片片刀鋒，雲不禁半瞇起了眼睛。眼前的景象使她湧起一種難以辯駁的直覺：「他死了。」只見雅人倒在窗前書桌上，身子像一座崩塌的山。她的呼吸停頓了好幾秒，來不及在玄關脫鞋，扔掉手上袋袋重物，就直奔到雅人身後。他伏在一堆畫紙上。她先用手碰了一下他的脖子，那裡尚有暖意。仔細看了看，背部也在微微地起伏，呼吸粗重。她確認了一下，他沒有受傷或昏迷。

她終於大口喘著氣，虛脫般在沙發上坐著好一會，才有足夠力氣站起來。她檢視了他好一陣子，確定了眼前只是一個疲勞過度的人。

她慢慢走到廚房，喝下一杯水　，打開冰箱察看，內裡幾乎沒有可以吃的東西。她把剛買的食材和日用品收拾了一下，用麻油、鹽、燒酒和醬油把雞腿和雞翅膀醃起備用；把南瓜連皮切件放進玻璃保鮮盒內；把西蘭花浸泡在鹽水裡洗淨；最後，把豬肉放在砧板上剁成肉餅，再用麵粉、油、鹽和黑胡椒碎醃著。處理完食物之後，她的呼吸節奏回復和緩，她暫時忘卻了各種會引發恐懼的事。

接著，她從廚房開始，有條不紊地打掃這所已一週沒有收拾過的房子。幾個月以來，她按照工作時間表，到不同的居所，清潔、整理雜物和做飯。她幾乎每天都一邊處理眼前的塵埃、汙漬和穢物，用稀釋過的漂白水清洗，一邊把藏在心裡多年的夢魘掏出來，沒有發出任何聲音地跟自己對話，梳理那些糾纏的結。有許多真相是人難以承受，也有許多心結是永遠沒法解開，她接受這一點。她很快就愛上了家務助理的工作。成為家務助理之後，她不必再像以往那樣每天清晨塗上面具般的妝容，戴上任何符合別人想像的表情，也不必穿上盔甲般的深色套裝。當她埋首消毒和掃除累積的灰塵時，神情可以放任地陰鬱懊惱，顧客以為她只是工作認真，甚至因為房子太髒亂令她工作格外辛勞，而感到微微的愧疚。

四小時過去後，她完成那天的工作，把當天的午餐，包括海帶秋葵拌豆腐、蒜蓉西蘭花、豉汁南瓜蒸雜菌和鹹蛋蒸肉餅，整齊地排列在餐桌上。她決心等待雅人醒來，看著他吃完午餐，把碗筷清洗妥當才離開。這越過了家務助理和客戶之間的界線，但，為了使自己不必擔憂他在家裡廢寢忘餐而暴斃，她決定做一次奇怪的事。

她坐在雅人對面，書桌的另一端，仔細看著被他壓在頭顱和手臂下的素描。沒有被遮蓋的部分只占畫的一半。她看到幾個人懸浮在厚厚的烏雲上，使她想起《基督受難圖》，但畫中人數卻有點太多。

雅人醒來時，用雙掌遮掩著眼睛。雲意會是午間烈日強光刺激著受傷右眼，便拉上窗紗，使室內光線蒙上一層薄影。

他沒有問她為何還在屋子裡，只是慢慢地打量四周，彷彿剛剛重回這世界。

* * *

雲坐在餐桌的一端，雅人坐在另一端。

她告訴他，她目睹了那場意外，那場始終沒有人跟她確認過的災難。屋內就像剛被入屋行劫的賊子洗劫過那樣凌亂不堪。「櫃子裡的東西，全都被掃到地上。所有抽屜都被拉出來。」她以為，會在某個角落發現早已躺在那裡的屍體。可是，那裡只有幾個神情剽悍的執法者，吆喝著問她：「你的兒子在哪裡？」

事情過去了很久以後，她仍然在臆想著那場無人告知的災難的所有細節。

「一定像我所想的那樣，否則，他怎麼會一直音訊全無？」她低頭看著地板的木紋，好像在問他，也像在問自己。

雅人並不知道，當雲談及這件事時，腦子裡浮現的是不省人事的雅人。對她來說，世界早已成了一個廣袤的湖，處處充斥著恐怖的影子，一個影子成了另一個影子的實體。

他一邊專注地聆聽，一邊把鹹蛋肉餅弄碎拌進白飯裡去，再塞進嘴巴裡，以咀嚼代替回應。

「你覺得，他會回來嗎？」最後，雲這樣問。

雅人把嘴巴裡的食物全都吞下，再喝半杯水，才逐字清晰地說出：「所有失蹤的人，都會在某天回來。一定要這樣相信。」

雲不會知道，這是大半年以來，在他心裡反覆出現的一句話。

* * *

「你明天要到學校去，還是要去占領區，『躺在我們的地上』？」

不一會，傳來另一句：「對你來說，什麼比較重要？」

雅人收到暖暖的訊息，是在週日的深夜。

「你知道嗎？我已經咳嗽了好幾天。」雅人在手機屏幕上一邊慢慢地打出每一個字，一邊承受著從肺部深處湧出的震動。一旦咳嗽開始，他整個人都在晃動。彷彿，他的身體深處有一個地震帶，震央在肺。有時候，他只是看著白色的牆壁發呆，咳嗽就像許多隻揮動的拳頭自內部擊打他，提醒他：「我在。」

「自從執法者在廣場施放催淚彈驅趕聚集的人群，空氣裡一直有什麼在刺激著我的氣管或其他器官，讓我無法止住一波又一波的咳嗽。」他把話放在訊息的盒子。

「那夜你在那裡？」

「我在家裡。但，催淚氣體的殘餘粒子一直附在這城市的空氣裡，散落在不同的地方。難道你沒有感覺到嗎？」他忍受著橫膈膜的劇痛，把字一個一個打出來。

訊息已讀。

雅人再收到暖暖的訊息時，已經過了一小時的空白。

「正如消除痛苦的方法，是回到痛苦的源頭。治療咳嗽的方法，也許是到達那個讓你咳嗽的地方。」

他告訴她自己的選擇，令他感到始料不及的是，立即收到她的回覆。

「我們一起去？以油畫班小組的身分。」她提出這樣的建議。

此前，他們從沒有正面討論過空城的分裂，以及他們的腳是站在哪一塊迸裂開來的碎片之上。但他大概能猜到她的取態。油畫課第一課結束後，她就告訴他，加入了「裸體研究社」，而且因為成員太少，她順理成章獲選為「下莊」的事。「裸體研究社」全名是「裸之體驗研究社」，跟肉欲、色情或裸露無關，只是探索在生命中的各種「裸」的經歷。

「這個團體成立的目的是要會員如實地面對自己想要成為一個怎樣的人，通過種種生活實踐，把這樣的自己活出來。」暖暖這樣解釋。候任內閣的成員，對「裸」都有不同的體會。譬如，主席X擅長「裸辭」；康樂N有多年「裸遊」（在毫無準備和計畫之下，突然到外地旅遊）經驗；環保主義者S多年來均是「裸買」；而財政Y則是「裸生」的學習者——她竭盡所能把人生保持在一無所有的狀態——沒有情人或親密好友、遠離家人獨居，租住的房子保持極簡的狀況。只有外務副祕書長暖暖，是人體寫生模特兒，最接近一般意義下的裸。

「手無寸鐵，一往無前」是裸體研究社的格言。

在油畫課的第一天，他們都以為大學三年是一段漫長的歲月，可是到了第三週，罷課運動正式展開。無論是多麼堅固的常態，內裡其實是不堪一擊的。

在學期第二週，醞釀罷課的聲音在整個校園沸沸揚揚時，雅人就留意到聯署名單上有「裸體研究社」。

「你不是跟社員一起去嗎？」

「占領的現場是一張白畫紙。在這張畫紙之下的東西不斷在變化。」暖暖傳出這個訊息後，似乎還要說什麼，卻在那邊靜止了很久很久。

雅人在等待的時候，放下手機，走到窗前，看著街道。街是無法透過遠觀而理解的東西，人必須置身其中，才能體會街道的脈動。對雅人來說，街有其本身的意志和生命。空城的地，或說組成城市的「地」的部分，有三層：種植和支撐萬物的土壤、被政府規畫和建設的街道，還有居於其上的人——許許多多的人，時而聚攏，時而流散在不同的區域。

雅人從十三歲開始，直至上大學之前的暑假，常常獨自往外跑。有時在巴士上看街，有時在步行時看街，或爬上一座靠近城市鬧區的山，在下山時遙遙俯瞰街。空城的地殼從來不會猛烈搖動，可是空氣裡卻有恆久的震動。

他始終沒法忘記中四那年的冬季，在空城商業區最繁忙的街道上，無數穿著西裝和拿著公事包，高跟鞋和皮鞋交錯，行色匆匆的人之間，有一群穿著白衣的赤腳者，排列成整齊的隊伍，動作緩慢而有規律。他們垂著頭，攤開的掌心捧著一些東西置於胸前（後來，他才從新聞報導裡知道，那是種籽和白米），步伐一致地走二十六步，停下來，跪倒在地上，向前俯伏，以額頭觸碰地面，稍停，又站起來，走二十六步，再重複膜拜土地的動作。雅人看到隊伍的最前方有人高舉著寫上口號的旗幟，才意會到那是一場安靜而沒有聲音的示威。在擠擁而喧鬧的城市裡，無聲的示威根本無法引起任何波瀾，卻最接近日常裡無數苦難的真實處境。在那個空城人仍然擁有示威權利的年代，街頭隨時都有零星的、只有少數人參與的，被視作一道尋常風景般的抗議行動。

雅人跟隨遊行隊伍，旁觀了很久，為了讓這般景象停留在眼睛裡更久一點，他沒有掏出手機拍照，那天之後，也沒有在素描本裡做任何速寫。苦行的畫面一直留在他心裡，他卻沒法清晰地把握，那在他內心形成的漩渦，究竟包含著什麼意義。

昆蟲和飛鳥能以生物本能偵測到從地心傳來的徵兆，在大難臨頭之前採取行動，戰鬥或逃亡。當雅人看到街道從各個方向湧進本來並不屬於那個區域的人，或，本來蟄伏在城市邊陲者，頻繁地往來那些被劃為示威區的地帶，表現出平日隱藏的面向——無論那是，在鬧市席地而坐、買下大量食物贈予陌生的示威者，或高聲朗讀詩集裡的句子，都會令雅人感到，世界出現了一種新的面貌，都觸動了他某種生存的本能。他不擅長戰鬥，但也無法轉身逃跑，只能僵住在那裡，彷彿腳掌長出了根，陷進土地深處。在大部分的情況下，雅人的眼睛總是違背他的理智，而他對於內在的自我爭吵，早已習以為常。很可能，他因此對網路上關於各種議題的論戰和各執一詞的爭辯，深感興趣。

早於罷課行動正式開始之前，占領城市各個地區的討論，就在社交媒體上燃燒。鶴金斯持續更新的占領言論，令雅人忍不住每天追讀，最初帶著蔑視的心情，後來卻忍不住認真地思考他的觀點。沒有人知道鶴金斯真實的身分。在網上發表言論的人，多半享受著匿名的樂趣，也有可能實在不便公開在現實中的身分，只有在隱姓埋名的時候，人們才能重拾某張真誠的臉。

鶴金斯提出，「人們應該盡用自己身體的每一吋，重奪這片土地。」「因為，住在空城的每個人大抵心裡明白，這個城市並不屬於任何人，既不屬於你和我，也不屬於我們的父母輩，或父母的父母輩。這裡本來就是個移民者聚居之處，一個龐大的收容所。

沒有土地的人，不一定無根，但必然欠缺最基本的生存安全感和自尊，無法肯定明天醒來時，腳下的地是否仍在，居住的房子是否仍能安身。沒有尊嚴的人，既無法自重，也難以真正尊重他人。如果說，空城人有一種普遍共通的人格特質，那必然是『性工作者人格』(Prostitute)，為了生存需要，可以出賣肉身、靈魂以及所有。」

鶴金斯所說的「性工作者人格」是由榮格學派的美國靈性作家安．格列弗（Anne Gulliver）提出的人類心靈原型的其中一類。在安的理論之中，「性工作者人格」源於童年時期所受的心理創傷，未能在成年後痊癒而發展出來的一種自我保護和生存機制。「性工作者人格」是屬於「受傷內在孩子」(Wounded Child) 的其中一個分支。

鶴金斯的文章在網上發表後，「性工作者」一詞觸動了許多讀者敏感的神經，大量留言責罵鶴賤視空城人，也有人批判鶴歧視性工作者。有更多的人反駁他的立論並不完備，只是一種泛身心靈主義的淺薄偏見。

「可是，我們應該盡量利用『性工作者人格』裡的正面特質，並由此把潛力發揮至最大，以爭取我們渴望的未來。」鶴沒有回覆任何留言，只是隔了一天又更新了一篇文章，繼續抒述觀點。

「試著想像，空城的八百萬人，八百萬具身體，全都平躺在地上，密鋪地面，並把視線投向天空，你會看到一個比目前和過去更遼闊的世界。

不過，全身投入占領，把身體投向土地，意味著跟這片跟我們密不可分的地面同生共死。沒有任何革命不需要犧牲。活著本身就是一種獻祭，分別只是把自己奉上給什麼價值，是你的老闆、地產商、當權者，還是自己的信念。你還有自己的信念嗎？

以身體占領地面的後果，有可能是土地歸於人民，也有可能是土地吸收了人們的血作為養分。」

雅人認為，鶴金斯暗示的是，既然打算占領，就要有血流成河的準備。

徹夜淺眠的雅人，在次天清晨醒來時，打開手機，才看到暖暖在凌晨時分給他的長長的訊息。

「現場是一片地，但更像一個海。身處在那裡總是會發現自己原是又輕又薄的生命，比想像中更容易被不同的力量、風向或氣流捲走。人會一次又一次想要逃離，不是因為各種狀況下的身不由己，而是，接近窒息。當人還沒有克服差一點就會窒息的恐懼，就會本能地求生，離開那裡。

「我們需要一些比我們的生命本身大一點的，更沉重一點的東西，當作錨。例如像無底深淵的白晝紙。

02：30 am」

「例如『付出』和『接收』，我們可以在那裡再做一遍類似的活動。

02：44 am」

02：56 am」

＊＊＊

一個人永遠不會知道，自己在那個地方可以做的是什麼，除非他把自己安放在那裡，狠狠地，同時不動聲息地經歷，在那裡發生，或永不發生的一切。

集會現場的地勢像一個巨大的鍋子。走進那裡的人，默默地同意將會降臨在自己頭上的任何命運，例如被快速地撞碎，或被發生在那裡的事情，緩慢地煎烤或熬煮多年。

雅人坐在一棵瘦弱的樹下很久，想到決定罷課的時候，他以為到達這裡是為了觀察，但他正在做的其實是等待，包括等待一個新的自己出現。

暖暖穿過密密麻麻的人群，看到雅人，並擠挨著坐進他身旁狹窄的空間裡，就感到身體內有一團火在熊熊地燃燒著。她原以為在那裡要做的事，是摧毀一個每天都在壓迫他們的腐壞制度，可是在悶熱的廣場裡，只有不斷徘徊的人潮，有些人前來向他們派發退熱貼，有些人問他們要不要瓶裝水。

暖暖站起來好幾次，穿過馬路，走到比較空曠的地方，抽一根菸，以火攻火時在想，眼前這些人在做什麼，自己又在做什麼。

「不如我們再往前一點。」她返回樹下，對坐在那裡看書的雅人說。那是一棵在城市裡常見的低矮的樹，根部像八爪魚的爪不斷往外伸延盤纏，他坐在兩條像路軌那樣的根部所形成的凹陷位置，鋪墊著的黑色垃圾袋，隔絕了泥土的溼氣，可是時間久了，坐在那裡的人就像陷入了一團泥沼。

「好的。」雅人環顧四周，廣場是一個寬闊的圓形：「可是，究竟哪裡是前方？」

他掙扎著起來，像從沼澤裡拔出自己的身子。

「我現在並不知道。」她承認：「但至少，我們得找出那個核心點。」

雅人揹著背包，跟在暖暖的身後，向前走，只要有路，他們的腳就走過去。他先看到廣場是巨大的圓，停留在廣場的人則以無數面積和人數各異的圓，填滿了這個空間，像宇宙之內正在運行的難以數算的星體。他們持續地向前走，漸漸地，他看到的廣場成了湖，組成了一個又一個的圓的人群，像分布其上的漣漪。多年後，雅人透過瓶子再次細看那個廣場，發現那裡是一個深邃的海，而散落在人群裡的便衣探員是暗湧。

暖暖領著雅人前行，一遍又一遍地繞著圈子，不自覺地細細察看，或坐或臥在廣場地上的人，他們在等待的時候，所做的事情。有些人躺在平日行車的公路上，遙看夜空裡幾顆若隱若現的星；有些人圍坐成圓形在討論著什麼；有些人低頭彈奏吉他；有些人讀書，有些人滑手機；有些人盤腿閉目打坐；有些人在拍照；有些人用木板製作了一張長桌，幾個穿校服的學生伏在桌上做功課；有些人在彩色報事貼上寫字，而圓柱上已貼滿了不同的報事貼，全都有著綿密如蜂的句子。

許多人在圍觀著一個人的演講。在另一個角落，好幾個人合力把鐵馬往外移，讓占領之圓形範圍，更廣闊一點。

雅人看到，每個人都把對家的想像在廣場上實踐。一直以來，他們遵從著各個公共地帶的明文或暗藏守則。與其說這個城市是他們的家，倒不如說，他們是讓這座城市機器每天暢順地運作的零件更貼切一點。即使如此，面對著眼前的景象，雅人仍然禁不住滿腹懷疑：「這裡就是核心所在嗎？」

暖暖搖了搖頭。

彷彿，他們剛才逛了又逛的不是運動之圓，而是他們自己內在的，譬如說，困惑之圓，忐忑之圓，猶豫之圓，或，焦躁之圓。

他們不自覺地又回到一堆鐵馬之旁，那是一個隨時可以爆發衝突的區域，也是讓人隨時可以離開，回到日常生活裡的出口。

他們不約而同地停下腳步。暖暖咬著牙齒說：「明天再來。」

「我們要為這個行動組織起名。」走了幾步後，雅人突然停下來說。

「什麼？」她一時沒有弄懂他的意思，只能站在原來的位置。

「我和你，繪畫和行動。」他解釋：「一旦起了名，便賦予了生命力。」

暖暖禁不住皺眉，對於這樣的詮釋，不是不認同，只是不喜歡。「叫什麼好呢？」

她咬著唇想了一下說：「乾脆叫：『再往前』。」

他笑著同意：「英文就是"Escape"。」

她笑：「中英文意思完全相反。」

「不！」他堅定地說：「是同義詞。」

＊＊＊

雅人躺在熟悉的床上，久久不能入眠。生命裡每個重要的轉折期，身體也會以無眠來進行自衛般的抵抗。他不斷回想在示威區中，人們走路的姿態、路的形狀、公共洗手間門外那長長的隊伍，以及在夜幕之下，商業區的建築物休眠般的死寂面貌。

終於，身體沉重像一座正在溶化的雪山，融進了床單和床褥裡，滲進了床架和床腳，落到地板，沿著大廈的鋼筋和混凝土，埋進了城市的地面，直進入了地心。那裡，黑暗而燦亮。

次天早上，他帶著露營用的帳幕出門，到達示威區會合暖暖後，便一起走到已癱瘓的公路上去，駐紮屬於他們的帳幕。

不久後，他們並排坐在狹小而幽暗的三角形內，既身在示威區內，也把自己從那裡隔絕。

「如果這片地是一幅寬廣的畫布，我想要成為上面的一點，仍在移動的一點，只要時間一點一點地過去，就會延伸成一根線，再過去一點，就會組成一個難以磨滅的形狀。」他們之間的話題也是一根長長的，捲成球狀的線，是暖暖起的頭。

「一個怎樣的形狀？」

「不顧一切，赤裸的。」

「只是暴露，還是要挑起欲望的意思？」雅人想到的裸，是不穿衣服的後果。

「這是關於揭露的勇氣。」暖暖的語氣異常堅定：「考驗自己真實與否的勇氣。或許，裸也需要他人的眼睛，透過那些目光給予的折騰，人會更肯定裸的意義，不計代價。」

她想了一下再說：「譬如說，遇上忽視的目光，你會更清楚地知道被自己身體包覆在內核的價值；遇上色情狂的目光，你會感到虛無；要是遇上盜賊，就能學會在赤手空拳的情況下保護自己。」

「你會在群眾之中脫光衣服嗎？」她看著雅人的眼睛問：「你怎樣看裸露者？」

他搖了搖頭說：「我沒法一絲不掛，也看不到裸體。」

暖暖無從理解看不到光裸身子的意思。

雅人想到的是中學課室裡，許多青春期男生身體擠在狹小空間內的荷爾蒙氣味。那是中一級的班房裡的角落。小息時，男生擁擠成一個圓，像井，窄小的井口是一本由其中一人從父親的抽屜偷偷帶來的雜誌。彩頁上全是各種姿勢的女體，雅人看不到，只是從男生的表情和說話裡猜到。對他來說，別的男生的臉是水面，神情則是所見之物的倒影。

他們說，乳房像圓月，肚腹是凹陷的陶碗，鎖骨可以放下兩副嘴唇，小腿和大腿是他們想要踏上的斜坡。「這片恥毛像黑色森林。」其中一個剛發育的矮小男生說。

雅人看到的卻是模特兒身上的風景，有的是厚甸甸的灰雲，有的是狹長彎曲的海灘、墨綠色山巒，也有的是乾燥龜裂的土壤、浪花、榕樹的氣根。那些自然的風光壯麗優美，但在雅人眼裡，這等同沉悶無聊。在同儕之中，他勉強壓住了打呵欠的衝動，模仿其他男生臉上的神態——為了掩飾羞澀而故意格外誇張的笑，好奇又興奮的眼神。他只是想要留在那個圈子之內，或至少不要被攆出去。

「我在那裡熟習了各種偽裝的技巧。」雅人這樣告訴暖暖。

「可是，怎樣才算是真正看見？」暖暖沉默了好一會之後說：「或許，乳房其實等同岩石，肚臍是山洞，脖子是一條隧道，而膝蓋是兩座山峰。」

她剛說完這句話，就聽到帳蓬外淅瀝淅瀝，彷彿有許多人同時在遙遠的地方一起呼叫的聲音。雅人掀開帳幕的一角，如箭的雨就飛進來。

他們同時想到要去外面走走，畢竟，他們來到這裡的目的是面對暴烈的風雨。

⋆ ⋆ ⋆

雅人從來沒有對暖暖說出，他所體驗過的最深刻的裸露就是他們的對話，那是一種不由分說的剝開。他感到，那樣的揭露，就像砸破一件精緻的瓷器，讓它暴露出核心的材質、粉末和凹凸不平的鋒利，足以削開他的皮肉、血管和神經，使他短暫地魂飛魄散。這也是示威給他的感受，就像硬生生地劈開一張桌子，讓它露出中央的木材；砍下一棵樹看到年輪；鑽破一堵牆壁，才能修補埋在其中的破水管，或，暫停日常生活的軌跡，才能看到自己身在哪一種處境之中。

認真的交談和示威都是毫不留情的揭破。之後，便無路可退。

＊＊＊

次天清晨，雅人睜開眼睛，突然感到整個世界只剩下他一個人。

他起來，掀開帳幕的一角，看到外面處於黑夜盡頭與白天初始之間的交界，那道路、樹、大樓、街燈、天空和路旁的自動販售機，全都是不同深淺的灰色，坦裎著赤條條的面貌。他來不及穿上外衣，就走到帳幕外，那裡並沒有任何醒著的人。一隻珠頸斑鳩在他身旁盤旋，不久後，停留在他腳旁，另一隻緊接抵達，第三隻聞風而至，接著是第四隻、第五隻、第六隻、第七隻⋯⋯一群灰鴿迅速把他包圍。牠們擠進城市的縫隙，並不害怕人類，甚至，在面對人的時候，會適量顯示身上殘存的，並未被文明磨平的野性，使人類生出微微的怯懦之姿。尤其當牠們鴿多勢眾，而人類落單的時候。

雅人背靠著帳幕，看著鴿群，不禁去想牠們為何如此信任道路上沒有沾滿毒藥、汽車不會突然衝過來把牠們輾斃、那些向牠們投麵包屑的人不會把牠們誘捕然後折斷牠們的翅膀。在日光仍未完全從雲層掙扎而出的昏暗中，雅人想到鴿子身上的灰，跟政府總部大樓的灰、帳幕的灰、樹幹的灰、柏油路的灰，以至，自己雙掌的灰，彷彿都是從同一個調色盤中稀釋出來的不同亮度的陰影。

珠頸斑鳩像一片浪那樣向他步步進迫，以致聽到聲音從帳幕探出頭來的暖暖不由得尖叫，叫聲把鴿群嚇得集體拍翼飛往別處。

他們看著到了遠處的灰影好一會，直至牠們各散東西。

雅人先開口：「牠們對於人類，還有這城市裡一切可能的危險，已經失去了所有防範之心。」

「我們也確實沒有要把鴿子烹調下鍋，或虐待鴿子的欲望。」暖暖沉吟了一下才回答。

「我們早已失去發洩暴力的原始需要。」他似乎在對她說，其實在對自己說。

「大部分的人都習慣了假裝那樣的需要並不存在。」暖暖一邊思考一邊說：「然後又有了別的需要，以一種需要掩飾另一種需要，於是有些人就有了足以吞吃許多人，甚至整個世界，但仍然很餓的黑洞。」

雅人注視著飛到極遠處樓梯扶手上的一隻珠頸斑鳩，既非憐惜，也非厭惡或恐懼：「牠們至少應該保留一點點野性，那是最基本的保護自己的能力。」

「保存本性或野性是一件很累的事，就像每天都做帶氧運動那樣，還是去吃別人掉在地上的飯粒或麵包屑，比較輕省容易。」

暖暖說完這句話，便看到陽光已經投進街道和廣場，光的範圍逐漸擴大，在他們對面和隔壁帳篷內的人，也一個接著一個走出來，手上拿著漱洗用品，往公共洗手間的方向走去。他們朝著陌生的夥伴點了點頭。那時候，他們身旁可見之處，已沒有任何鴿子、鳥或動物，人類清醒的時候，那片灰也在雅人眼前消失了。

⋆ ⋆ ⋆

他們在廣場上駐紮的第五天，暖暖提議輪流回家梳洗和換洗衣物：「留一個人在這裡看守。反正，這樣的占領，不知道要多久，補充精力非常重要。」

「讓我在這裡。」雅人像說出一句承諾那樣。他們和廣場上的素昧平生的同伴，暫停了以往日復日的循環和規律。那段時光，彷彿是他們生命裡一個缺口。暖暖離去後，雅人幾乎用上所有時間坐在帳幕前，觀看和思考，而他確信，什麼也不做，只是思索，就是這個城市裡的生產線，以及身處其中的每個人，每一顆釘子、螺絲和齒輪暫停運作的最大意義。這個城市早已是一部反噬自身的機器，有一部分的人被吃掉了，接下來還會吃掉更多的人。無論是政府發言人、執行長或其他官員，總是反覆地說：「受影響的只是一小撮人。」這句像是安慰的話，也有恐嚇和分化的意味。對現行制度不滿的是一小撮人，企圖分裂城市的只是那一小撮人，他們似乎深懂人皆自私的本性，每個人都可以用「一小撮人」來排拒生活裡敵對的人。人們都留在自己的自私裡，心甘情願地把社會裡的少數捲進機器的最深處攪拌，並誤以為那是必然的命運。

雅人躺在地上，看到的是廣闊而蔚藍的晴空。以往，他只看著地面或迎來的人臉或風景，卻鮮有抬頭看著天空。暖暖離去前曾經提醒他，要是執法者突然出現，把他們包圍，甚至清場，「就跟其他願意留下來的抗爭者一起躺在地上，手肘緊扣著手肘，組成一個人體的網，在地上建起另一片人形的地面。」他們都知道，這是為了增加移動留守者的難度。雖然，他們都沒有真正面對過任何激烈的對峙和衝突。

那時候，並沒有執法者，人們像假日野餐那樣在廣場內徘徊，神情疲乏而偏執。雅人張開手和腳，躺下來緊貼地面，原是為了體驗一種跟土地共存的感覺。可是，當他攤開自己的身子毫無保留地交付予大地，卻不由得想起了鶴金斯的評論——「性工作者人格」：那是一個順服的姿勢，承受任何臨到他們頭上的對待，為了存活，不惜代價犧牲一切。雅人把身子跟土地融成一體，感到無比自在，似乎自有意識和記憶開始，他從來沒有在這個城市體會到如此不受拘束的快慰。當城市正常運作的時候，人們總是配合著各個場所的規條，忍受著保安或管理員的勸阻或訓斥，讓走路或站立的方式、臉上的表情、動作和音量都壓縮在標準的形狀裡。雅人睡在廣場的地上，那是少數逸出規則、「性工作者人格」的時間。

不一會，他翻過身子，坐了起來，從背包取出素描本，翻到空白的一頁，畫下第一幅關於廣場的草圖——農夫在柏油路上犂地，種出了帳幕，帳幕內是不合比例的袖珍的人，遠處有天橋、汽車和商業大廈，體積像模型玩具那樣大小。當他低著頭，一筆一筆地描畫著紙上的土地時，才確切地明白，其他守在廣場裡、沒有回家的人，卻在這戶外的地方溫習、讀書、做家課、即席演講、製作環保酵素，或表演默劇、寫信，然後把信張貼在圓柱上……他們把某種理想生活的面貌，移植到廣場上。因為他們渴望發出的聲音是如此複雜而細碎，無法簡化成一句鏗鏘的口號，重複呼喊。

暖暖回來時，默不作聲地站在他身後，看著他握著炭筆的手在紙上移動，不知為何生出了一種類近妒恨的複雜感受。這使她不解。實在，只要坐在他身旁，取出素描本，就可以進入如同禪定的畫畫狀況，可是雅人被一股氛圍環繞，任何人也無法走進他的圓圈之內。

雅人察覺到身後有熟悉之人的氣息，轉過頭去，卻仍忍不住吃了一驚。

她放下手上的行囊，視線在廣場各處游移，彷彿在注視著什麼，也好像什麼也沒有看到，同時卻已看穿所有：「這裡的氣氛，怎麼說呢，過於鬆懈，像是一個……大型派對現場，或，怠倦的露營大會。」

他靜默了好一會才說：「或許，以生活的本質，對抗突如其來的鎮壓，都是這樣子，也唯有這樣子吧？」

她沒有說：「世上沒有一種生活，足以對抗暴力。」她以為他沒有體會過真正的暴力。

他閉上眼睛，於是更清晰地接收到從皮膚和神經之間感受到的震動所傳來的訊息。那是，從地底深處傳達至尾龍骨，再沿著腹部傳到心臟的洶湧。也許那是錯覺，也有可能是真實。

「有些事情即將發生。」他說。但他無法和盤托出心裡所有的話。在他看來，暖暖的臉光滑緊緻如同初生嬰，所有皮膚摺紋裡，皆無陰暗祕密。

他說不出，十二歲那年，再也無法辨清顏色和裸軀之後，卻總是在各種肅穆的場合、初次見面的陌生人身上，或，那些衣冠楚楚的人、感情生疏的長輩面前，直接而無可迴避地感應到他們的性欲，就像雷殛那樣攻擊他。那些未經他允許，赤條條的蒼白身子，互相攻伐的器官，壓成了一幅又一幅像是拼貼的畫面，密布他的腦袋。他必須費盡力氣和這些畫面搏鬥，有時為了平伏這些內在的騷動，不得不跑到郊外，以急促的步伐，把這些亂流埋在山野之間。

當雅人置身在廣場，不禁懷疑，這一切都跟他無關嗎？在偌大的示威區，無數鐵馬組成的圓圈之內，來來往往無數陌生夥伴之間，性欲的氣息像烏雲壓頂，連空氣也格外稀薄，他的呼吸像被某種外力剝奪那樣。

「你的臉色很白。」暖暖生起不安的預感。

他一邊嗅著空氣裡的腥氣，一邊把身子蜷成一團，把臉埋在膝蓋之間。微微痛楚本來只是在左半邊頭顱醞釀，不久後就形成了裂開來似的劇痛，沿著耳背，流到脖子，直抵胸口和肺部，像有一柄鋒利的刀子，不斷把他從頭頂中央切開。他環顧廣場的四周，並沒有任何執法者，便否定了疼痛是一種預感的懷疑。實在，那幾天的抗爭現場，彷彿成了一個伊甸園，沒有任何執法者或看上去像是便衣探員的人，無論是空城的市長、發言人或政府官員，都突然不再譴責罷課和占領街道的行動。

「偏頭痛快要吃掉我。」雅人短暫昏厥之前，說出這句話。

* * *

雅人覺得，身體是一座山，他難以攀登頂峰，或跨越它。可是在六年前，城市各處在進行罷課行動的時候，他正在艱辛地爬坡，還沒有清晰得可以縱觀全景。他以為眼前要命的斜坡是生命本身，是城市的命運，甚至是存在的本質，但沒有想到，在他可以直面外在的事物，或形而上的體會之前，他賴之以成為人的血肉之軀，像一堵冷森森的牆壁那樣把他撞倒。

罷課行動結束之後，暖暖跟他再也沒有談及偏頭痛，並不是以事情從未發生過的姿態而略過，而是像他們會刻意繞過已恢復正常運作的示威區域，避免踏足那裡一樣。無論是偏頭痛或是示威的區域，都成了城市裡巨大的隱形地洞，人們試圖以不同的方法，謹慎地過活，以免一不小心就掉了進去。

因為避而不談，在雅人的腦海裡，事情隨著時日過去而成為了逐漸加強的印記。

他的記憶迴路時常卡在從廣場撤退的那個下午。無論他如何努力地把注意力轉移，或遏止身體的感受，也無法迴避全身上下從骨骼深處湧出的天崩地裂般的痛楚，終於，他的意志力出現了一個缺口，便在帳幕前嘩啦嘩啦地嘔吐了兩次，在第三次嘔吐之前，他剛好來得及跑到公眾洗手間。

暖暖召來了救護車，簡單地收拾了一下便陪著他上了車子，把他送進醫院的病房才離開。她本來只是打算回家睡一夜，次天一早再回到廣場上的帳幕，可是在她清晨準備出門時，軍隊般聲勢浩大的執法者帶著步槍和盾牌，衝進被劃為示威區的廣場、公路、街道和公園，把為數不多的留守者包圍起來。

離開醫院之後，雅人只看過一次新聞片段的錄影。那個熟悉的地區，被存封在一個小小的螢幕裡，他再也無法走進去。於是，他的身分就從參與者被攆到旁觀者的位置。那些最接近險境的中央（或自由）的人，那個人丁單薄的群體，組成了一個圓，全都躺在地上，所有人的手肘都穿過他人的手肘，彼此緊緊扣連成一塊。不久，執法者把他們逐一抬起來，分解那些交纏的肢體，搬到黑色的，像籠子那樣的車子上，運送疑犯的囚車列成隊伍，在曾經癱瘓的馬路上暢通無阻。

雅人看到那一個又一個活生生的，看來無力卻又迸盡力氣掙扎的參與者、示威者、抗爭者和叛逆者，全都躺在地上，成了原有土地上另一層新的土地。可是這層土壤畢竟太薄弱，太快就被連根拔起，彷彿沒有留下任何痕跡。

那一層由抗爭者的身體鋪墊而成的新土，在那麼短的時間內被迅速清理，或許最重要的原因並不是他們像流沙那麼弱小，而是他們還遠遠不夠微小。要是他們小得連肉眼也無法發現，就不可能驅趕、威嚇或被捕。

一個人要如何作為，才算得上是土壤的一員？雅人在以後的人生裡，耗上許多光陰思索這問題。

要是暖暖向他問及那夜突然發作的偏頭痛，他就會說：「是一種被什麼乘虛而入的感覺。就像有一柄冰涼鋒利的刀刃，從頭殼中央劃下來，頭骨被刀子切割，分成了劇痛和完好的兩部分。可是，那畢竟是同一顆頭顱，不久，原本沒有痛感的那一半，也像壞死的組織那樣，彷彿不再屬於自己。此後，痛感就無所忌諱地乘虛而入，在骨頭的虛隙，在細胞之間，在神經末梢，在皮和肉的夾層乘虛而入。可是，人還是要在這千刀萬剮之中，拚命把碎成粉狀的自己牢牢抓緊，維持人的形狀。」

但暖暖一直沒有提出關於偏頭痛的疑問。

她只是記住了，雅人被偏頭痛騰折得意識迷糊時，對她說出的這句話：「性欲的根源，是無處發泄的極端暴力。」之後，她沒有再向他提及，也沒有問他這句話的意思。她隱約感到，平日的他，和偏頭痛發作時的他，有著不同的人格。

* * *

雅人總是感到有一堵玻璃橫在他和包圍著他的世界之間。

外面有許多他伸手而不可及的東西。那些在烈日下趕路送外賣的人、牽著小孩上學的母親和外傭、穿著西裝結著領帶滿臉焦慮的人……街頭人潮湧動如蟻群，他們知道自己要往哪裡去，即使不是真正知道，也假裝得非常逼真。

那些曾經被罷課行動抗爭者占領的道路、公園、廣場和高速公路，也在窗外，又回復了本來的模樣，曾經鋪展在土地上的一層由人組成的土壤，被沖散、稀釋、分解了，有時，他甚至感到玻璃外有另一個自己，如常地過活，就像什麼也沒有發生過那樣。因為有那個自己在那裡，這個自己才可以坐在車廂內。無論他身處在什麼地方，都感到自己在一輛行駛中的車子上。外面的風景不斷地倒退，彷彿是這個世界把他丟棄了那樣，時間消磨了外面的一切。

他很可能置身在一六三號巴士裡。巴士站在茶餐廳門外。每個週三早上七時半，雅人會推開這所茶餐廳的門，尋找暖暖的身影，如果找不到，就隨便坐在任何一張卡座裡，告訴店子的老闆：兩位。然後，只是瞄一眼餐牌，就做出了風雨不改的決定：炒蛋三文治和熱奶茶。食物送來後，當他專心致志地吃著的某一刻，暖暖就會突然出現，坐在他對面，向侍應要一客營養早餐，餐飲是熱檸水。當加入煉奶的牛奶麥片送上後，她就低頭靜默地吃著。巴士抵達之前的八分鐘，他們會不約而同地離座，結賬，步向巴士站。

這並不是一個約定，可是在每個星期三的早上，雅人都知道在茶餐廳會碰到暖暖。

巴士穿過城市裡錯綜複雜的街道。暖暖的視線透過窗子落在街道兩旁的店子，逐一細看店名和招牌，直至巴士拐彎，緩緩爬上地勢更高的所在。

「我們在這裡生活，而這裡被一種比所有人加起來都更巨大的力量反覆捅出了許多洞。但，除了這裡，我們再也沒有別的地方可以去了。」暖暖說出這句話時，他們坐在巴士的上層。他們熟悉巴士的路線，畢竟，每個星期三的早上，他們都坐在這輛巴士上一個多小時，以趕上十時半的油畫課。

雅人點了點頭，以為她所指的是城市，或她的家，並沒有想到，她所說的其實是自己的身體。

「最困難的部分，並不是離開這裡，而是在一次又一次被隔絕在外的情況下，再次進入這裡。我只有這副身軀，再也不可能有另一副軀體了。」暖暖無法把這句話坦然告知雅人。她確信，他們之間有迥然不同的身體，以及隨之而來的不同體驗。

雅人總是讓暖暖坐在靠窗的位置，這跟禮讓無關，他只是要離窗子更遠一點。他們都知道，巴士經過隧道之後，就會看到大片靛藍的海，不久後，就是曾經被群眾占領的示威區域。當他們置身其中的時候，偶然會看到在遠處走過，並不打算參與集會的路人，對他們投來懷疑、不安，甚至鄙夷的目光。要是當時的雅人毅然走出示威區，跟路過的人交談，必會聽到這樣的指控：「我們的生活還過得下去，為什麼你們要帶來破壞，擾亂原來的秩序和社會安寧？」但，雅人從來沒有想過要這樣做，也根本不相信城市內抱持不同觀點的人，可以通過交流和溝通互相理解。

在空城，沒有人會主動地把自己的腳放進別人的鞋子裡，因為這裡的人從小就要走太多的路，腳掌滿布著大大小小的傷口。

孩子不懂得如何把腳放進任何鞋子裡；男人不願意把腳放進女人的鞋子裡；年輕女人害怕要把腳放在年老女人的鞋子裡；老人不耐煩地拒絕把腳放進任何人的鞋子裡，畢竟他們一生穿過太多不合腳的鞋子。地產商在沒有獲得任何利益的情況下，絕不會把腳套進無家者的鞋子。無家者常常在睡醒時發現自己的鞋子被偷走了，又不小心踩在流浪狗的尾巴上。流浪狗的腳掌赤條條地踏在八月滾燙的柏油路面，站在狗的不遠處的是幾個穿靴子的執法者，他們有時會在沒有搜查令的情況下，直闖進疑犯家裡大肆搜掠證據，當然不會在進入屋子之前先脫去靴子，畢竟把鞋印留在別人的地板上是他們其中一項任務。他們執行的任務也包括，有時要把陽具放進性工作者的性器裡，蒐集到證據後，便把她們拘捕。性工作者被客人搶劫之後往往來不及穿上鞋子，便赤足跑過許多窄巷和街的暗角，她們的工作是必須習慣身體各處布滿傷痕，而她們遺在路面的血，將會被清道夫掃除。清道夫必須保持打掃的動作敏捷，以確保所有不被允許的事物在城市裡消失，包括他們自己的影子，以及一些屬於抗爭者的鞋子。

雅人不願意對任何人（包括他自己）坦承，讓人和人建立深層連結的，並不是聆聽和交流，而是巨大的失喪。

巴士經過政府大樓和公園時，雅人的視線剛巧和反映在窗子上的自己的臉碰個正著，而暖暖正在盯著車窗上自己的倒影。他們的臉壓過許多風景，卻不曾在任何地方留下痕跡。

⋆ ⋆ ⋆

雲看到雅人的眼睛因充血而通紅。她壓抑著叫出來的衝動。

已經有好幾個星期，當雲打開大門，就看到雅人昏迷般睡著——不是躺在沙發，就是俯身在一堆畫紙之中。她總是要先確定一下他仍有氣息，才開始工作。每次，當她發現他仍是活的，就會感到如釋重負。

一個人是從什麼時候開始，一點一點地從世界消失？自從健失蹤後，這個疑團一直在雲心裡，困擾了她的睡眠和食欲。當她走進房子，看到雅人可能暈倒、昏迷，甚至死去的狀況，她最深層的感受不是恐慌，而是疑惑：「這個人是在消失的過程之中嗎？」她已經無法見證兒子的消逝，只能下意識地抓住身邊所有可以作為補償的東西。

要是那天，雅人在她完成工作的時候仍未起來，她就會耐心地坐在沙發上等待，直至他茫然地轉醒，她才把當天的午餐逐一鋪展在餐桌上，看著他吃完。彷彿這是一個儀式——雲認為這是未雨綢繆，必須要為未來出現的分別而率先預備一點什麼。

雅人的眼睛微絲血管爆裂那天，她做了冬瓜枝竹火腩飯。當他把湯汁澆在白飯上的時候，她問他：「一個人失蹤之後，我們仍有可能看到他嗎？」

「你的意思是，找到他？」

「即使找不到，還有可以看到他的機會嗎？」做出了最壞的打算之後，她並不放棄尋找希望。

雅人把碟子裡的枝竹整齊地排成一條隊伍，再把火腩的脂肪連皮分毫不差地和瘦肉分離，才對她說：「所謂的看見又是什麼？」但沒有等到她的回答，他便自顧自地說下去：「如果看見是眼睛被外界刺激後，在自己的記憶裡找到相關的影像，於是可以向自己證明『我看到了，就是這個』，那麼，我們或許可以反過來，每一天，每一分，每一刻，把記憶中關於那人的一切片段，掏出來，再掏出來，反覆掏出來，片刻也不忘記。那麼，我們就會看到，外面的一切人和事物之中，處處都是失蹤者的影子。即使那些人早已杳無音訊。」他把在許多個萬籟寂滅的深夜，鼓勵自己無論如何都得保留性命的說話，一一告訴雲，讓她以為，他在安慰她。

雲並不知道，這是失喪者常見的狀況——她仍然身處在相同的世界，這裡也有著幾乎一模一樣的風景，可是她已置身在世界的反面，在這個反面的世界裡，看起來堅固完整的事物已經布滿了蜘蛛絲似的纖幼的裂痕，雖然肉眼難以察覺，可是只要掠過一陣巨風，或地殼突然震動，一切都會成為碎片和粉末，人比事物更脆弱，每刻都有太多可能引致死亡的意外，使他們的肉身化為塵土，被風吹散。健的不在，把她帶進反面的世界，在那裡，她使盡力氣做出補償，在每個她伸手可及的人身上。

在雲心裡的角落，早已審判了自己，她對自己的裁決是，沒有及時發現健的消失。後來，她才慢慢想到，一個人的肉身，是最後才逝亡的。早在這樣的事情發生之前，他的思緒、心神和意念，必定已經不知所蹤。可是，健仍假裝待在自己的軀殼裡。雲反覆想著，要是她能及早發現異樣，必定可以阻止悲劇發生，把他拴在家裡。

這樣的念頭，在她的腦裡每天至少重複出現九十九遍。她這樣度過了九十九天之後，身上便長出了抓緊一切的力氣。當她看到雅人渾身乏力倒在一堆畫紙上，她便決心要抓住他。

雅人把心神都耗在瓶子和重新投入的繪畫之上，渾然不覺雲看著他的眼神異常認真而充滿擔憂。

「你的眼睛是否過勞？要不要再到醫院去檢查，順道複診？」那天，雲提出這個問題時，已把地板抹得一塵不染，洗衣機的衣服全都晾在小陽台，所有的玻璃窗剛被擦過。雅人才剛醒來，面對著餐桌上的一鍋湯，蓮藕、冬菇和花生的氣味刺激著他空虛的胃部。他感到自己的飢餓，有一半來自跟雲之間的承諾和契約，他一直以為，雲是為了傾吐自己的煩惱，才堅持看著他把午餐吃完，而從來不知道，她是為了抓住他搖搖欲墜的命。

雅人喝了一口湯。「白袍張非常忙碌，並不關心我看到或看不到什麼。」他再喝一口湯，嘗到腰果、眉豆、桂圓和蜜棗混合的味道，便把在腦裡浮現的話吞下去。

他不會說出，「看見」是世上其中一件最寂寞的事。一個人所見的，永遠無法鉅細靡遺地向另一個人轉達。每個人都只是活在自己能見的世界，從沒有兩個人所見的完全相同。人們只能看到已見過千遍萬遍，或他們早已願意接受的世界，只有極少數人洞悉這一點。只有那些眼目仍然清晰，內心仍然純淨無懼的人，才有勇氣冒險，跨出自己的邊界，看到新的事物，譬如說，孩子，或那些在生命裡還沒有被深深傷害過的人。

他禁止自己說出，去看，去見證，並記住所見，是仍有眼睛的人的義務和責任。空城內的孩子已所剩無幾。

城市裡的人，要不就是皮膚和肺部殘留著催淚煙霧的痕跡，要不就是被橡膠子彈擊中過，要不就是被棍子、靴子或其他器具毆打過；要不，被其他形式侵入過；要不，被拘捕過；要不，被通緝；要不，被監禁；要不，逃離了這座城市；要不，停滯在旁觀了太多事情的驚駭之中。

白袍張一再告訴他，他右眼的傷勢已差不多完全康復，無論看到或看不到，都是心理因素所致。雅人一碗接著另一碗地把整鍋湯全都喝光了，就把所有想說的話，全都嚥下食道和胃部。溝通是熬煮，沉默是湯，骨碌骨碌地喝下去、消化、吸收之後，便容易理解。雅人把頭湊近湯鍋，確認過那裡再沒有任何湯之後，看著雲說：

「很好喝。」

雲看到他的臉隱隱地發出亮光，知道那並非謊言，她把碗和鍋子收拾和清潔後，便滿意地離開了他的家。

* * *

八月三十一日的陽光像火，走在街道上，雲自覺是身陷火海的人，只是當她放眼看去，街上的人全都若無其事，便重新想起災難已成為一種常態，於是放鬆了緊皺的眉頭。

對雲來說，無法從記憶裡磨滅八月三十一日。並不是她主動記住，而是，時間是圈套，她是被繩索綑縛的蒼蠅，每天都努力飛翔企圖逃出生天，可是每天都環繞著相同的圓，在那個圓裡只有重複的點。光是想起831這三個數字，她就感到處身於地獄最灼熱的所在，可是她不得不一再想起，這是她跟兒子健最後而且是唯一的聯繫。要是健再也不回來，她起碼要記得關於他的最後回憶。失蹤日期是尋回他的重要線索，愛的義務就是記念，而抓緊記憶只是其中一種義務。

雲發現，愛和地獄非常相似，二者皆不由人選擇。

第一年非常漫長，足以令她記住每個時刻的難熬。她總是希望時間能更快地過去。時間在折騰她，而她的存在又使她感到那種折騰。但她無法丟棄時間或她自己。即使等待中的每天都在磨蝕她的希望，但要是某刻無法等待，她就會立刻陷入絕望之中。

她決定，八三一那天並不乘搭地鐵或巴士，改以自己的雙腿走路回家。在回家之前，她會經過夜市場。夜市場曾是她給自己開出的其中一道藥方。每次當她感到待在家裡無法忍受，便步行半個小時，前往只有天色入黑才會開始營業的夜市場。

夜市場布滿了各式算命、預測流年運程和開卦、占卜和測字、販賣薰香、銀器、看人類圖等等的攤檔，一張又一張鋪著不同顏色桌布的桌子，列在那一塊空地上。對雲來說，那些攤子是窗口，讓她可以用不同方法重複地呼喊那個沒有答案的問題：「他什麼時候回來？」

只要她掏出金錢，就會得到暗示，由不同的攤檔主人創造一個給她的回覆。一個難解謎語的謎底、像詩那樣隱晦不明的句子、一張圖卡、一串數字……都能讓她的注意力暫時被這些像迷宮一樣的答案分散。她需要短暫的麻醉。

她的腦海偶爾出現一個圖象，那是小阿爾克那裡的寶劍八——那個戴著彩色民族風大耳環，說話時鼻翼的銀環閃閃發亮的塔羅師指稱牌卡。雲從來沒有研究過塔羅牌，因而無法理解為何記住了那個畫面。塔羅師向她講解牌卡：一個穿紅衣的少女，雙眼被布蒙著，雙手被反綁在身後，八支直立長劍組成劍陣把她包圍，象徵家園的高山和城堡在劍陣遠遠的後方。少女身子僵硬，臉容緊繃。

「『劍』是心智和思緒。」塔羅師解釋：「他暫時被迫離開熟悉的家——但這只是他的想法，其實他身前或身後都沒有劍阻擋。他並不知道這一點，因為他看不到真實的狀況。要注意的是『8』這數字，把『8』橫放，就是莫比斯環，一個代表永無止盡的符號，而8由兩個四組成，四象徵平穩和安全，但反過來，也有討厭過於安定，以致感到沉悶和煩擾的意思。」

塔羅師懂得適可而止的藝術，並不把話說盡。雲把鈔票交給她，就起來離去。那不是她願意聽進去的答案。

⋆⋆⋆

復課後的第一個週三，白教授的油畫課，沒有一個人缺席。可是課室內的二十一個人，包括白教授，都沒法投入上課的狀態。他們的心神散落在很遠的地方。

課堂開始，白教授把一個小碟置於課室中央，在小碟上放上一枚三角椎體塔香，把塔尖點燃。不久，一縷縷輕煙像蛇繚繞至天花板。白檀和乳香氣味充盈著整個空間。白要所有同學以塔香為中心圍成一個圓形，坐在地上。有些同學脫去鞋子，有些同學背靠椅腳。有幾個人乾脆躺下來。

白宣布，課堂的第一個環節是：靜止。

「什麼是靜止？」他問，然後逐一看著他們的臉。

「不說話。」

「不行動。」

「不吃不喝。」

「不呼吸。」

圓圈裡爆出一陣笑聲。但笑聲裡沒有歡樂。

「不愛不恨不憎不怒不慍不火。」

「死了。」有一個人突然說。

「變得空洞了。」暖暖最後說。

雅人記得她的嗓音改變了，像一片很薄的玻璃。

白要他們閉上眼睛：「想像我們現在走向一片竹林。風吹過，竹葉互相碰撞，發出沙沙的聲音。你現在走向它，慢慢走向它，選一根竹，細看它，觸碰它，然後，成為它。

現在，你是一根竹，光滑、翠綠、油亮亮的，任何事物，包括經驗、聲音、光線、氣味，都可以穿過你，不會傷害你，只會充滿你，堵塞你。」白停頓了片刻，彷彿，那靜默就是空無。

「靜止，在數字上是0，一切還沒有開始。萬事萬物即將誕生。」

雅人感到自己內部空蕩蕩的，什麼也沒有。然而，當他接近空，感受空，置身在空之中，迎向他的卻是爆炸般的擠擁。廣場上的鐵馬、坐在帳幕前的人、溫習區裡穿校服的學生、清晨的街道，甚至是密密麻麻的各種形狀的報事貼上，那些整齊的或歪斜的字，全部都被切成了零碎的畫面，快速地掠過他的腦海。他發現原來頭顱一直脹痛，便試著放鬆頭皮和頭殼，才察覺整個頭部的皮層都非常緊繃，直至腦裡奔竄的念頭快要把他撐破。他陡地睜開眼睛。

課室的光線就像褪去了一層膜，所有的東西，他身旁的同學還有白教授，彷彿都出現了深層的變化。他卻無法準確地指出那轉變了的部分。

暖暖在靜靜地流淚。那是第一次，他看到她的眼淚，雖然他一直感到她深沉的悲傷。

白教授的下巴和唇邊布滿髫渣，頭髮亂蓬蓬的，襯衣充滿未經熨平的摺痕，個子比他的印象中瘦小，閉目靜默的時候，一臉喪氣。有人說，他跟妻子對於罷課運動抱持著相反的立場，令原本已有裂痕的婚姻加深了矛盾。甚至有人說，他已經離家，暫居學校附近的旅館。

有人緊緊皺著眉頭，彷彿身處惡夢，也有人雙手緊抱胸前，頭顱斜在一旁。他們睡去了。

不久，雅人眼前的這個空間，這些人，所有的陳設和用品，線條和形狀都渙散起來，只剩下模糊的影子，彷彿又褪去了一層日常的表相之皮。

他看到一個情景，在現實裡從沒有真正出現，但他切實地體驗過，真實由許多層薄膜組成，掀去了一層，就會出現不同的表相，而每一種都是真確的，而完整的真實，即是由千萬種形相所組成。

他感到內在的湧動要被畫下來。立即，或永不。他便站起身子，以最輕柔的動作，離開靜止的圓，在窗子之旁，找到一個空曠的位置，把畫布置於畫架，取出素描本，翻開空白的一頁，速記傘子。許多傘子取代了頭顱，接合在人們的脖子，脖子以下是各式的身體：孕婦、女學生、穿高跟鞋和窄短裙的女人，穿背心短褲和拖鞋的男人、穿西裝的人、穿雨衣的人、穿風衣的人、穿瑜伽服的人……全都懸在城市的半空（他禁止自己去想任何超現實主義的畫）。天空是滿布灰雲的陰暗，右方高樓的窗子後，露出不同住客的臉面——有一張臉，雙眼被布蒙住，只剩下張得大大的嘴巴；左方窗子內另一張臉，微笑看著雨傘，低層住客的窗子擠著兩個小孩的腦袋，他們的嘴巴被膠紙密封；中層的某一個窗子，那張臉架著望遠鏡，嘴巴叼一根菸。

他把自己埋在畫裡，絲毫沒有察覺，圓圈內其他同學是在什麼時候，逐一找到自己的座位，以及各自要完成的事。

直至綽號「詩人」的聶偉達衝到白教授面前低吼：「我們還在這裡做什麼？」聶的聲量很低，卻像強化玻璃突然內爆的悶響，使課室內的人同時抬頭。聶瞪視白，額角現出了隱約跳動的筋。他同時也在質問著課室裡的每一個人。

白教授的語氣平靜，胸膛卻在劇烈地起伏：「我們就盡力去做每一件本來正在做的事。」

「外面失火，整個城市都快要被火燒光。」聶的聲線高了起來：「我們還在這裡畫畫，畫各種不吃人間煙火，沒有人明白，而我們也不理解他人疾苦的畫。這究竟有什麼意義！」說到最後，他大聲高叫。幾個同學放下畫筆，慢慢走近他們。

白教授注視著他號叫的樣子，耐心地等待他叫完，才對他說：「這究竟有什麼意義？這就是讓我們尋找失敗的意義。不久後，你們都會明白，失敗就是歷史的主要成分。它占據了一個人生命經驗裡的大半。事與願違是常態。如果火在蔓延，而你手上沒有水，就只能在地裡挖掘找出水源，而我們現在，沒有水。」

「這只是盛行於你們那一代人之間的失敗主義。失敗即安全。就是因為這樣，你們才不敢走出課室，不敢離開藝術的世界。別用這套東西來教育我。」聶直視著白教授的眼睛，把話咬牙切齒地吼出來後，就回到自己的座位，取回自己的背包和外套便快步走向門口，經過雅人身旁，瞥到他的草稿，便停下腳步，盯著他的臉好一會，然後以無比冷靜的語氣說：「像你這樣的人，只活在自己的世界，根本無法跟群眾真正深入地溝通。」說完，他就走出了課室。

第二部分：假面

白教授在學期開始時第一天的課堂中說：「你們可以在這課室、你的畫布、素描本，以至任何可供你們塗鴉和創作的範圍之內，盡情地瘋狂，找回原初的力量。」暖暖把這句話拴在心裡。是這句話令她更嚮往這個學系。

她很羨慕那些看起來勇於發瘋和放肆的同學，例如那天在課室裡，質問教授後就頭也不回地離開，再也沒有來上課的「詩人」聶偉達。

狂妄和神經失常最大的分別是，前者是一種當事人熟練得渾然不覺的技藝，在有意違反日常倫理規範和無意的失控之間，精準地取得主宰環境的權力，而且可以適時地全身而退；後者則是一種會被放逐至社會邊緣的病。暖暖從沒有得到發瘋的機會，或許，她從來不具備當眾發瘋的權利和資格。在她的經驗裡，並不是每個人都可以發瘋而不受譴責和懲罰，只有那些天生占著某種優勢的人，才能操弄發瘋的技巧。

暖暖比同齡者更謹慎，也更緊繃地過活，酒醉後唯一的反應是昏昏欲睡。升大學前的公開試結束後，她決定拚盡全力瘋狂一次，跑到理髮店，請熟悉的理髮師——那個有著一頭波浪長髮的可愛女生，替她把一頭長髮剪掉。

「我要的不是短髮，而是極短的，恍如初生嬰般薄薄的一層，僅僅覆蓋住頭皮的髮。」暖暖提出這樣的要求。

理髮師一邊梳理她長及腰肢的黑髮，一邊看著鏡子裡的她問：「是受了什麼刺激嗎？」

暖暖說：「我要分開。」

「一起多久了？」理髮師遲疑了一會兒之後，小心翼翼地問。

「一輩子了。跟這個舊的我。」暖暖說：「我被這樣的自己厭煩了多年，一直以來卻什麼也不能做。」她知道理髮師能理解這一點。起碼，在頭髮這件事上，她們無所不談。當理髮師用手掌按著她的頭皮，又掂量她的頭髮細看，她感到被尊重地對待。

暖暖步出理髮店之後，走到車站，乘搭一輛巴士，前往隔了一個海的區域的咖啡店，赴友人的約會。在車站、車廂裡，在路上和咖啡座裡，共有二十一個人呆呆地看著她好一會兒，包括為她泡咖啡的店員，以及鄰座的客人。暖暖以微慍的眼神，無畏地迎上他們的視線時發現，在他們的眼睛裡，並沒有碰到瘋子或異類時的驚懼或憤怒，只有一種令她感到陌生的癡迷。她感到，他們從她身上看到的根本不是她。她便把視線從他們的眼睛轉移到落地玻璃上自己的反映，她看到一張被貼著頭皮的短髮襯托得輪廓分明而神情倔強的臉，而脖子以下的身體，則是被圓領橫間上衣和半截裙包裹著的女性化曲線。她看到的不是瘋狂，而是媚俗的反叛，但她追求的不是無害的叛逆，叛逆的力量太小。她迫切地需要的是，可以拯救她心裡那個軟弱無力的自我的力大無窮的癲狂。

因此，白教授在第一堂課所說的話，使她生出新的希望。在藝術的世界裡，任何人都可以讓現實裡的自己，以及自身的經歷暫時歸零，然後在創作的過程，掏出內在早已被遺忘、被壓抑、被禁錮多年的瘋狂，交換更多力量。

或許只有在藝術的國度裡，瘋狂才可以把野蠻和無處安放的能量，轉化成精密和細緻。她終於待在一個，可以不必把自我苦苦隱藏，而是鍛鍊瘋狂的地方。

復課後的星期三油畫課，暖暖把畫架挪到雅人之旁，在他身旁度過課堂餘下的兩個多小時。下課時，她一邊收拾畫具，一邊對雅人說：「聶偉達所指的不是你，是我們所有人。其實他最想痛罵的人是他自己。」

雅人聽到這句話裡的安慰意味，像一根刺卡在他的腦殼。那使他更確定在過去的三小時裡的感受——身上所有羞恥的部分都被聶偉達硬生生地扯了出來，晾曬在眾人的目光下。雖然課室內的人的視線全都故意迴避他，只是各自盯著眼前的畫布。

整整三節課堂，他的腦袋都被聶偉達的那句話脅持著。他就像一尾被捕獲的魚，被剖腹去鱗，掀出所有內臟，直至下課時，暖暖在他耳畔所說的那句話，彷彿拾掇起他所有的內臟還給他。他瞥了一眼她還沒有合上的素描本，看到密密麻麻的赤裸軀體。

暖暖以幻覺般的透視筆法畫出土地底下的狀況：那裡由沒有腐壞，或永不腐壞的眾多屍身組成。失去衣服和生命的身體，橫臥著，層層分明地堆疊在那裡，構成了一個寂靜的世界。遠方有比例上異常渺小的工廠、高樓大廈和各種形狀的建築物。雅人忍不住說：「這是我畫不出來的畫。」

她聽到善意的客套，或友誼的交易。她感到藏在畫裡深處，非常內在的部分再次被忽視，而這樣的視而不見，讓她感到熟悉而安全。

最初，她常常跟他待在一起，只是對於白教授分組規定的無可無不可的順從。不久，她慢慢地忘掉了他們是組員，或同學，而只是適應了他的目光，那種當她站在他面前，他還是忽略了她的目光——不是冷漠或鄙夷，而是為她而設的慎重，彷彿他早已瞭然於胸，她不想被任何人看到的需求。即使在他注視著她時，仍然給她保留著躲藏的餘裕。她確信，對於她不想跟任何人分享的祕密，即使袒裎在他面前，他還是會禮貌地別過臉。

＊＊＊

下課，雅人跟暖暖吃過午餐後，獨自到圖書館，待到「當代藝術史」課開始，便到課室上課，直至黃昏，課堂結束。雅人走出課室，發現夜已把校園浸沒。整整十六個小時，聶偉達的話都像一團龍捲風包圍著他。以致，當時的氣氛，課室的光線，聶聲線裡的質感，還有他站立的姿勢，都像一個漸漸膨脹的房間，殘留在他身體裡。

深夜，他坐在電腦前，搜尋聶的資料。

畢業於空城北區傳統著名男校，十六歲得到少年藝術家獎，得獎作品描繪在世界末日後重建的現代城市。雅人無法在網路上找到那幅畫，只找到報章校園版的簡短訪問裡的文字描述。接著，他讀到四年前的的報導，題目是〈在城市苦行〉：

為了表達反對強行徵收農地改建高鐵站，支持被迫遷的農夫和村民，苦行者掌心捧米，在車水馬龍的街道，二十六步一跪。他們赤足，以自身的節奏，無視街道上匆匆而過的人和車子，從一個地鐵站，走到另一個地鐵站，在每個地鐵站旁都撒下一點米粒（那些米粒後來被麻雀和白鴿吃掉），直至苦行隊伍裡所有成員的手上和背包裡都沒有米粒。他們才穿回鞋子，宣布行動結束，走路或搭巴士離開。

報導中列出了所有行動者的名字，雅人看到「聶偉達」。不但有他的名字，還有他俯身跪倒在地的照片。在照片中，他的額頭緊貼地面，沒有穿鞋的腳掌灰灰黑黑的，沾滿了泥巴塵埃和各式髒物，彷彿，他整個身子就這樣沉沒到地的深處，成了柏油路的一部分。

雅人腦裡的課室形狀漸漸鬆脫、瓦解，成了一顆豆子那麼小，積累了一整天的疲乏向他襲來。他倒在床上，橫渡到睡眠的途中，腦裡湧現暖暖的素描草稿：在眾多屍體鋪展而成的土地上，只有一個穿著衣服的身體，那是閉目的聶偉達。

次天早上，雅人醒來後，便完全忘掉了所有殘餘的夢。

＊＊＊

夢像列車的其中一卡車廂。那些情節和主題相若的夢，為數眾多。雖然人物、地點和事件迥然相異，但置身在夢裡的暖暖，總會在某一刻瞭然：「我又回到這裡。這一次，我會希望結果有所不同嗎？」只是，在每個夢的末端，她醒來的前一刻，往往仍然卡在似曾相識的骨節眼上。要是她醒來後，夢的碎片仍殘留在記憶表層，她就會把夢寫在一本黑色硬皮筆記本內，筆記本有一個名字：夜行列車。那是她從十四歲開始寫的夢境札記。

十四歲是一條分隔線，橫在她生命線，像蛇吐出的舌頭。

《夜行列車》以夢境的種類劃分不同章節。例如「露出」收集了六十個夢；關於「返回中學課室」的夢有二十二個；「走進異域」記錄了九十個夢；「他們的憎恨」有六十三個條目；「洗手間」則是她最常夢見的場景，有二百零三個。有一段很長的日子，她無夢，或在醒來後迅即失去夢。沒有夢的人生跟夢境紛陳的生活，表面看來毫無差異，也同樣過得下去，只有她知道內在裂紋增生，隨時破碎。

《夜行列車》久久無人翻開，被薄薄的灰塵包裹。

如果她把《夜行列車》打開，重新讀一遍自己所記下的夢，那就像她在車窗外旁觀自己坐在夢境列車的其中一節車廂，和自己搏鬥。窗外的她愛莫能助，而且她清楚地知道，不久後，她將會坐在同一輛列車的另一節車廂內，做類似的夢。

「罷課行動」尾聲，當時她並不知道行動即將迎來失敗的結果，她從醫院回到家裡，睡了一覺醒來，打開電腦連結到新聞網站觀看直播，一邊吃著馬鈴薯蛋沙律三明治，一邊把衣服和清潔用品塞進背包，準備再次出門回到示威區。可是電腦內突然出現的畫面讓她停下手裡所有的動作，即使她知道，無論她做什麼或不做什麼，也無法改變發生在另一個地方的結果。

戴著頭盔、面罩、盾牌和棍子的執法者忽然從各個角落湧出，包圍著散落在街道、公園、草坡和廣場上的抗爭者。她看到兩種不同的身體，一端是配備精良、看不到臉、壯碩也無從分辨誰是誰，彼此融成一團的部隊。另一端則是每個單薄、鬆弛、臃腫或憔悴的身體和臉容都清晰可辨，一堆參差不齊的群眾。從電腦的螢幕上看來，那就像堅固的岸和流動的河的對比。

「你在慶幸自己不在現場嗎？」她心裡突然響起一把尖銳的聲音詰問她。每次當她感到羞愧，這把聲音就會出現，只是為了擊倒她。她不回應，只是眼睛無法從螢幕移開。不過，電腦的畫面還是在她的視野褪去。一個夢浮現在她的記憶邊緣，在那一刻，她就知道，造夢的那夜，是她和雅人決定留守廣場的第一個晚上。

那是暑熱正盛的初秋，她躺在帳幕裡，隔著睡袋仍隱隱感到地面傳來的微寒溼氣。延遲了這麼久，才想到那一夜所做的夢，雖然絕無僅有，但也非絕不可能。她懷疑，雖然當時一無所覺，但示威區的地面，必定有一種肉眼無法發現的，種植夢的根部，從廣場的地底，穿破土壤和睡袋，長進了露宿的人的頭顱，激活了被她擱置在腦袋密室中的夢。

在夢裡，她和雅人置身在一個簡陋的單位，牆壁受潮，布滿霉點、蜘蛛紋和油灰剝落的痕跡，空氣陰冷。

「我們到外面去吧。」她在夢中對他說。他建議她在出門前，先脫去褲子，語氣裡雖然不帶威嚇的成分，但那種理所當然的態度也叫人難以拂逆。「反正在街上，沒有人會留意你的穿著服飾。你可以隨心所欲地穿衣，或裸身。偶爾，街上也有裸露下身的人，在這裡，這是極其尋常又自然之事。而且，把下身的影子留在家裡比較安全。街上的意外畢竟比較多。」

她便把那些可以保護身體的東西，長褲、腰帶、內褲和皮包，全都留在房子的那張色澤暖和的木椅子上。

她和雅人沿著陌生的街道，鑽進巷子裡，再走出來就是鬧哄哄的菜市場。她不由得把雙手緊抱胸前，畢竟，身上的襯衣是她僅有的東西了。過了好一會，她忍不住想要抓住雅人的手，在那裡，她只認識他一個人，她要握住他的掌心以確認她並非獨自一人面對那個世界。可是，她的右手找不著他的左手。於是她細看迎面而來的每一雙眼睛，深恐錯過唯一熟悉的那一雙，可是面前的所有眼睛，都有著冷漠的眼球，眼眶則是素昧平生的形狀，本能地略過她。她費了好一會才明白，是因為她身上私密的器官是外露的，他們只能假裝看不到她。

菜市場不能容納她，她只好朝向海的方向走去。海灘入口的沙灘椅上，躺著一個銀髮的女人，彷彿一直在等待著她，不待她開口，便說出：「你不是唯一把影子遺留在屋裡的人，而你的同行者，早已躍進海裡，前往各自的目的地。」暖暖瞇起眼睛看著海，海呈暗綠色。她感到海可以遮蔽身體，卻不肯定是否應該再次輕信別人的話。

銀髮女人自顧自地哼起一首歌，有幾句這樣的歌詞：「踏上屬於你的路，你會遇到一直在尋找的問題，問題帶來強盜，你的老朋友強盜，他把你的執著還給你。」

銀髮女人臉上的皺紋，就像陽光下閃閃發亮的海的波紋。

暖暖一直向前走，把身上的襯衣丟在海灘上，穿上一片暖洋洋的海。

＊＊＊

暖暖打開《夜行列車》，把這個夢記在「露出」一章之下。放下筆之後，她再讀一遍。那些歪斜而潦草的字跡，連她自己也幾乎無法辨識，這讓她感到安心，即使筆記本被誰偷走翻閱，也無法看穿這些扭曲像蚯蚓的字體究竟在訴說什麼。

她找到一塊舊的畫布，在布上像犂田那樣，把夢鋪展出來。連續七天，她吃過晚餐後，便坐在畫架前，描摹在夢裡遺落的細節。彷彿，她是在用畫筆撥開遮蔽著眼睛的重重迷霧。現實就是一層不會消散的濃霧，使她成了視力正常的瞎子。直至天亮，她才累極而睡，睡一陣子，又起來去上課。

第三天凌晨，她在畫布上開始看到六個女人，兩個面朝她，三個只呈現側臉，一個背向她。她們跪坐在一片貧瘠龜裂的土地上，把自己的兩個乳房像種籽那樣埋進泥裡。每個女人的上半身，都有乳房被挖空後留下的圓洞：有的藏著兩張男人的臉；有的一邊是嬰孩，另一邊是太陽；有的是兩片漆黑的夜空，都有星星；有的是其中一邊藏著一柄刀；背向她的女人，兩邊的肩胛骨都長出了翅膀。

第七天的清晨，她盯著已經完成的畫，卻沒法睡。她的腦裡浮現治療師微依，而且渴望告訴她，她終於再次想起，又記錄了自己的夢。她打算告訴她，在廣場睡了十一個晚上之後，頭顱內的夢之樹再次結出了果子，她成功地摘了下來。但，她沒法聯絡微依，因為在進入大學的半年前，她在通訊錄上刪除了微依的電話號碼，為了向自己證明不再需要任何治療的決心。

多年以來，暖暖始終無法忘記微依辦公室裡，充滿著薑餅的香甜辛辣空氣。微依總是在她面前放下精緻的茶點，即使那時她根本什麼都吃不下。

暖暖十六歲的那一年，無論吃下什麼，都會忍不住立即吐出來。終於，她在鏡子裡看到自己的身子像一根可以隨時抹除的虛線，便升起了一種因為妥善匿藏而生出的愉悅。不過，學校裡的社工卻老是盯著她看，而且看著她的眼神，就像發現了一件損毀的家具。不久，她皺著眉頭交給暖暖一封信，信內有微依辦公室的地址。社工叮囑她在週五下課後就立刻前往：「否則，我要通知校長，校長會通知你的家長。」

暖暖常常懷疑，微依住在辦公室裡。否則，她怎麼會在窗前栽種仙人掌、羅勒和黃玫瑰？書架上按作者名字井然有序地排列著精神分析、心理學和哲學書籍。衣帽架上有連衣裙、大衣和圍巾，書桌下方放著三雙鞋子。在房間的另一端，是開放式廚房，流理台上有烤箱和杯碟架。

每個星期五，暖暖進入她的辦公室時，茶几上已放著冒著白煙的茶或咖啡。微依會一邊問她那天過得如何，一邊把剛烤好的軟曲奇餅端出來。要是微依要求她在那裡留宿一夜，她必定會答應。當然，微依從不曾提出這樣的要求，她只會問她要不要吃下兩片由她親手製作的燕麥曲奇。暖暖每次都會搖頭。

餅乾的溫暖香氣，從鼻腔滲進了她的肌膚、細胞和神經，使她感到自己的胃部是安全的，於是就有勇氣拒絕。氣味成了一種記憶，潛伏在暖暖的身體內很久。

「為什麼？」微依坐在茶几另一端的沙發上，垂目看著躺在治療床上的暖暖。

「有很多夢塞在我的腸子裡，已經有很長的一段時間，早上醒來時，我想不起自己做過的夢，只是想要嘔吐。」

暖暖說完，看著微依的眼睛。但她其實只看到，微依臉上架著的平光鏡片所反映的自己的倒影。

「要是夢可以被消化，順利地離開腸子，我不但可以吐出夢，還可以吃得下。」

暖暖說完，感到自己把話像石子投進眼鏡一般的湖裡。

微笑像一個漣漪，在微依的臉上盪開：「那麼，或許我們可以試著閉目垂釣。」

你有釣過魚嗎？」

暖暖搖頭。

「垂釣是一個近乎本能的動作。」微依的聲音很軟，像從很遠的地方傳到暖暖的耳蝸，使她感到一種睏意。

「垂釣沒有任何技巧，唯一需要的只是等待的決心。你什麼也不必做，只要專注地看著面前的大海。我們已在海邊，水很深，我們坐在石塊上，手中有釣竿，那些等待被想起的夢是魚，牠們正在漫無目的地游泳，牠們也正在等待，又不知道在等待什麼。」

暖暖感到自己的意識是一層皮，舊皮在褪落而新皮正在迅速長出。

「你也在垂釣自己的夢嗎？」她只是來得及這樣問。

微依說：「在這裡，你才是被照顧的人。」

海掙脫了意識的表層之後，出現在她們身前，她們並排坐著，釣竿就在手裡。微依提示她，只要把呼吸的節奏，調整成跟海浪的起伏一致，夢就更容易上鉤。「但垂釣的目的並不是獲取夢，而是為了忘記等待的目的，甚至忘記我們正在等待。」

暖暖深思這句話，腦袋發沉，恍如走進長長的走廊裡，愈鑽愈深，她渴望抵達盡頭，但前方只有無盡的路。就在這時候，手中釣竿在猛烈晃動，似乎有夢上釣，它們不斷掙扎。她感到手裡的夢那麼巨大，可能比她的身子更大，而她並非掌握者，也許只是抵抗者。

「把夢慢慢拉上來。你能做到。」微依冷靜地說。

「我好像無法控制它。」暖暖說，我想去洗手間。

「不要屈從於逃避的衝動。」微依把嗓音放得更輕，卻有不可違抗的力量：「好不容易，才有一個夢可以衝破各種限制，來到你的記憶之中。」

暖暖咬了咬牙穩住身子，使盡全力拉住釣竿，夢破水而出，來到她們面前。暖暖和夢直面彼此。

夢比暖暖所知道的世界更廣闊一點。她不是沒有後悔，把它從意識的深海撈上來，只是她別無選擇。

夢是一個陰灰灰的房間。房間沒有窗，只有一扇緊閉的門。她霍地坐起來，那是她十四歲之前，一直居住的房間。

「這不是夢。」她告訴微依：「這是我的過去。」

但微依說：「這不是夢，也不是過去，這是你的故事。」不知在什麼時候，茶几上已沒有茶點，換成了一個盒子，旁邊放著一塊黑色天鵝絨布，一堆小偶躺在絨布上。

「選一個玩偶代表你，然後說出你的故事。」這是微依的指引。

暖暖抿著嘴唇，彷彿只要拚命咬緊牙關，房間的門就不會打開，她可以繼續漠視門對她發出的尖叫，過門而不入。

微依勸說：「進入你的故事，在故事裡取出你再也無法負荷的，交給我。」這句話在暖暖聽起來，像一句咒語。房間的門在她眼前開啟。

她在小偶堆中選出一隻灰色的袋鼠，放在盒子的左下方，遠離大門，靠近由兩堵牆壁形成的直角。

「這是狹小的，充滿溼氣的房間，牆壁有長期滲水而形成的裂縫。房間內只有一張雙層床，也有一張小書桌面向牆壁。沒有窗戶。這曾經是袋鼠的房間，但，小書桌並不屬於牠。牠睡在雙層床的下舖，但，床也不屬於牠。其實，牠的身體也會隨時被他人瓜分和取用，也不屬於牠。牠的命是他人給予的，也不屬於牠。唯有牠的意志，懸而未決，不知道屬於誰。」

「注意不要涉入故事太深，以免被困在那裡。你只要走進去，把對你構成障礙的部分取出來，轉交到我手上。你不必一直在承擔那個部分。」微依把聲線提高，就像在呼喊她的靈魂。

暖暖閉上眼睛和嘴巴，彷彿突然睡去那樣。微依只能耐心地等待。當停頓維持太久，微依懷疑，手中的釣竿，魚絲已斷掉。

「袋鼠被偷了。」暖暖突然說，儘管雙目仍然緊閉，聲音卻清晰可聞，就像被緊捏多年的喉嚨終於重獲自由那樣。「這很可能是一場延續了多生多世的偷竊，當袋鼠還不是袋鼠，而是另一種生物時，牠就不斷被偷。而且，這麼多輩子以來，牠也無法正面直斥偷竊牠的人，因為一旦把盜竊的事情揭破，牠和扒手都會損失慘重。為了讓生活可以如常過下去，袋鼠每天都要獵殺自己，用不同的方式阻止自己尖叫。」

暖暖張開了眼睛，把袋鼠的左前肢拆下來，再把右前肢拆拔掉，接著逐一把兩條後腿從軀幹分解出來。然後，她費力地把袋鼠頭從脖子扭下來，可是那是連接的。

「袋鼠的脖子太硬了。」暖暖不好意思地笑了起來。為了補償失敗，她把袋鼠的四肢塞進牠空蕩蕩的袋子裡。

微依把袋鼠從她手裡接過來：「牠第一次被偷發生在何時？」

「五歲。」

「偷竊者是誰?」

「袋鼠的爸爸。」

「找一個玩偶代表袋鼠爸。」

暖暖在小偶堆中撥弄了很久,把一堆小偶捧在掌心又任它們從指縫間落下。終於拈起了一個綠色的袖珍紙袋造型,放在盒子的中央,跟袋鼠有一段很遠的距離。

「它們都有袋子。」微依說。

暖暖從微依手裡奪回袋鼠,放在盒子裡原來的角落,只是從牠的袋子裡掏出四隻腳,緊捏在掌心。

「袋鼠在被偷了許多次之後才發現,那些失去了的身體部位,那些曾經支撐著牠過活的皮膚組織肌肉神經,藏在肉眼可見的軀殼之下,一層又一層,飽滿、豐富而多姿的,通過牠精神的深處,那些看不見的身體,像飛蟻的翅膀那麼薄,又容易掉落。任何人只要身處在一個有利於搆到他人身體的位置,動了念,就可以收集飛蟻翅膀。他們看到女人、小女孩、小男孩,或任何可供剝削之人,像飛蟻那樣丟失了翅膀,受辱、羞憤、陷於災難,都會格外滿足,像服用了特效維他命那樣。」

微依不再打斷她的敘述，讓她繼續打撈自己。每個人的身體內都藏著無數已死的自己，做夢則是釋放死體的過程。實踐催眠治療多年的微依，這樣理解夢的功能。

「可是在那時候，袋鼠並不知道這是偷竊，而且認為，自己為了這樣的事而痛苦才是問題所在。紙袋每夜都以不同的方式宰割袋鼠，那種偷偷地宰的方式，比暴打令袋鼠更難受。袋鼠睡在紙袋和媽媽之間，根本無處可逃。」

微依把暖暖從敘述中喚回來：「找一個小偶，代表媽媽。」

暖暖迅速抽出一個白色的花瓶，就像早有預備那樣。但她只是太熟悉母親而已。她把花瓶放在盒子的邊緣，是房子的大門之旁，離袋鼠最遠的所在。

「花瓶說，這是紙袋愛袋鼠的方式。花瓶這樣說：因為他的本性如此，他就是一個大袋子，要罩住他所愛的人，讓人無法呼吸，他才會感到盡了自己的責任。花瓶還說，在一個家庭裡，每個成員都必須付出。有許多年，袋鼠都以為，要留在安全的房子裡，或一段關係裡，要活著，就必須犧牲和受苦。」

「袋鼠十歲生日之後，花瓶說牠長大了，要牠睡在另一個房間，那個房間屬於哥哥，只有一張雙層床，和一張書桌。」暖暖在小偶堆中，找了一下，便找到一棵墨綠仙人掌。「仙人掌非常不高興，它從不打算跟任何人分享房間。它不會在嘴裡吐出任何酸言酸語，但眼神和行為，無時無刻不在表達這樣的訊息。袋鼠不能使用書桌，只能窩在自己的床舖做家課，累了就睡在書本上。」

暖暖從掌心裡的袋鼠肢體中揀出兩隻前腳，放在盒子的右方角落。仙人掌則在殘肢之旁。

「每到深夜，仙人掌就從上鋪爬到下鋪，像紙袋那樣，每天都偷袋鼠的身體。袋鼠已經長大得有一點知道那是盜竊，但牠的身體也已經所餘無幾，甚至，牠有時會無法感到自己的身體在哪裡。」暖暖把袋鼠的連著頭的軀幹移離盒子，放在嘴巴，用牙齒輕輕地啃咬袋鼠的脖子。身體很稀薄。雖然，從表面看來，稀薄的身軀，跟其他身體沒有兩樣，可是核心會愈來愈虛弱，到了最後，只剩下像蟬蛻那樣的空殼而已。因為連接著身體和靈魂的橋梁也被偷走了。十四歲時，袋鼠已被偷走了太多，本來只會發生在晚上的事，白天也會以夢的方式塞在她腸子裡，她吃不下任何東西，很多天，以致在學校暈倒。他們把袋鼠送進醫院。病房裡有六張床、疲累又凶巴巴的護士、常常喃喃自語的病人，還有刺眼而令人無法入睡的死白光管。可是，沒有人會在晚上偷袋鼠的身體，每個人都自顧不暇。那裡也有一扇窗，窗外有樹。留醫期間，袋鼠沒有做凌亂的夢，睡不著的時候，可以仔細地點算身體內僅餘的部分，很薄，有些被扯破了，有些永久地損毀了，但，她知道自己可以活下去。袋鼠實在很希望可以一直在醫院住下去，可是空城的醫院病床是珍貴的資源。幾天之後，袋鼠就被趕出醫院。不過，袋鼠沒有回家。她確定了，她的家不在那個沒有窗的房子，而是在她破破爛爛的身體內。

暖暖放下袋鼠軀幹，看著微依的眼睛說：「你知道嗎？家人是一種可以彼此吃掉的關係。」

微依把袋鼠軀幹和殘肢，全放回盒子之內，再把整個盒子移到另一張桌子上。「把這個夢交給我。把你的故事交給我。我們可以在意識中，用火把夢和故事都燒光。你回去後，在身體裡栽種新的身體。」

* * *

生育和出生都是血腥和骯髒的事。當暖暖坐在治療床上，把藏在身體裡的夢魘，自內部深處扯出來，感到全身滿滿的都是黏答答的汗，彷彿她把收藏多年的自己誕下來。羞恥的腥。

從微依辦公室回家的路上，暖暖感到自己是一尾剛離開大海的魚，而她無法擺脫自己的氣味。不過，她對自己說：我是富於經驗的離家者。這一切無論如何都可以克服過去。

必定是身體記住了垂釣的動作。她想。在回到微依房間複診前一週，每個早上，都有早已被遺忘的，她不願再想起的，以及她一直忽略了的往事，出其不意地重現在她的腦海，以致，擠滿了她的喉頭。

這樣度過了七天。當她坐在微依的辦公室裡，茶几上有剛烤好的暖呼呼巧克力瑪德蓮，她說：「我們不必花時間垂釣，夢已浮在我的喉嚨，等待我傾吐。」可是微依好整以暇地給她遞上冒著白煙的花草茶：「慢慢來，把茶喝光再說。」

微依不會跟任何個案說出，那些被夢反噬的人的遭遇——催眠如狩獵，捕夢的人，從另一個角度去看，也隨時會成為自身的夢的獵物。任何前來求助的人知道了這一點，並不會得到任何好處。微依只會給他們一杯有鎮靜神經作用的茶。他們在喝茶的時候，內心暗角已在選擇，把夢釋放，還是被夢吞吃。

但，暖暖避開了她的手和花草茶，從治療床上站起來。她清楚地知道，以自己目前的狀況，無論喝下什麼都會吐得一塌糊塗。她要達到的不是嘔吐，而是表達。

她也不是要清空自己的腸臟，而是刻畫自己的經驗。

她走到窗前，有日光的所在，微弱的陽光給予她一點言說的力量。

「離家後，我寄居在他家裡。」暖暖決定，不給予這個人任何名字，他只能得到一個模糊的指稱。「我以為，離開了原生家庭，就不會遇上盜賊。也有可能，我以為自己已具備辨認賊人的能力。他看起來整潔溫文，願意跟我分享他獨居的房子。在衣櫥給我留一半的空間，讓我占用一半他的書櫃，他的廚具和冰箱，我也可以盡情地使用。我也可以睡在他的床上。『而我們的身體，也可互相分享。』他這樣說。即使我剩下來的身體，已不成形狀，或許只有碎屑，但他仍渴求著。他說是因為愛，但我其實知道只是餓。那種餓，並不針對任何對象或肉體，只是餓而已。但凡沒有吃過的，他都想吃。」

「那時候，我的經驗仍太少，不知道這世上有些人，可以把一切都轉化為自己的食物，尤其是別人的痛苦，既可解他們的餓，也可解他們的饞。當我身歷其中時不願相信，當我終於不得不相信，也就是知道了，承認了，卻不敢貿然離開他的房子，因為我已無別處可去。他看穿了我。或許一早已看透我的心思。他常常對我說：『沒有人會願意收留你。』『以你的成績，絕無法入大學。當我的助理就好了，你在別處還找不到這樣好的工作呢。』這些話總是令我憤怒，因為我害怕他所說是對的。一旦我沒有順從自己的心意而離開，當我留在那裡只是因為恐懼，分享就不再是公平的給予和接收，而是不對等的交易、苛索或予取予求。」

窗外的陽光漸漸猛烈起來，微依不得不瞇起眼睛看著她。她說話的速度愈來愈快，聲音又愈壓愈低，微依無法聽清楚她在說什麼，在考量著該在什麼時候介入。

暖暖感到，這些埋藏已久的話，不是要對一個人說。她要公開予地板、牆壁、天花、所有家具、電器、書本、食材、衣服、植物，以至每一顆空氣粒子，看得見的或不能見的東西，讓他們知道，讓它們全都知道。

「他把舌頭伸進我的口腔舔我的牙齒和牙肉抽取了屬於我的語言。在那裡植入他的編碼他喜歡在我身上造成新的傷口。他說疤痕像抽象圖案而我的皮膚是他的畫布他把陽具插進來像把刀刃刺進我的身體。他在我身上像離開了水的魚那樣用力地躍動一邊動一邊說：我在你之內很深很深的部分。這是一句警告意思是當我們的身體分開了他的影子仍在我身上他的目光監視著我所做的每一件事。」

愈來愈多說話卡在暖暖的喉頭，無論她的語速如何加快，也無法清理那些像巨石的話。她開始氣喘，便走到房間內另一個位置，不斷轉移所在，嘗試找到空氣更流通的一點，同時一邊伸展四肢一邊說下去。她不能停止訴說，否則，喉嚨可能會永遠封閉起來。

微依只聽到她在發出動物似的悲鳴，那樣的久久的嗥叫令她起了雞皮疙瘩。她趕緊說出：「把這個故事也交給我，讓我把它燒成灰燼。」這句話聽起來既像命令，也像懇求。

「我一直以為自己的身體只剩下一點點無論誰都不想要像碎屑那樣的一點點可是這個人讓我發現原來我身上可被盜取的東西仍然多是很多不可勝數而勒索就是偷竊的變種勒索者說：是你自願交給我的。」暖暖彎下腰。微依以為她在乾嘔，但她其實是無法呼吸，大口大口地喘著氣。

微依站起來走向暖暖，但她又迅速地抬起頭，繼續舞動著身子，盡量利用辦公室內所有的空間。暖暖從不曾說過這麼多的話，就像語言要藉著她的嘴巴逃生。

當我以為我已被偷無可偷什麼也不剩下來卻仍會散發出被偷過的氣味那些經驗老到的或潛質優厚的偷竊者一旦嗅到就會激發他們發掘可偷之物的想像力和行動力像富於創新的廚師對著一堆野草和動物屍體總可找到聞所未聞吃所未吃之可口部位或像那些殖民者為了占領土地可以任何殘忍的手段迫害土地上的原居民必要時則趕

盡殺絕……

暖暖在不斷地旋轉。她已沒有發出任何聲音，微依只是看到她的嘴巴在嚅動且念念有詞。

她嘗試喚醒她。

但暖暖從來沒有如此清明，澄澈得彷如在深眠之中，洞悉世間的一切。

我在那個人的房間並不是絕對的孤單因此我才有足夠的力氣不進食又來到你的辦公室除了我以外還有兩扇被他用力摔的木門時常被他踹的桌子被他詛咒的馬桶和洗臉盆一面從中央裂開卻還沒有解脫的鏡子許多被他撕掉的畫我畫的畫還有一隻被他時而摟在懷裡疼愛時而打罵的老狗那些噩夢連連的日夜我沒法對任何人說出的事都被它們和牠目睹而且全都義無反顧地站在我這邊以牠和它們的方式支持我除了我的身體我什麼也沒有除了它們沉默的理解當我閉上眼睛把自己當作木門桌子牆壁鏡子馬桶洗臉盆和老狗馬哈我便遠離了自己的痛苦當我取出畫紙畫筆畫下門桌子牆壁鏡子馬桶洗臉盆和馬哈我便可以暫時遠離這個世界……

暖暖倒在地上之前，微依看到她誇張的動作，像在跳一齣她無法明白的現代舞劇，一人的獨舞。

暖暖轉醒過來時，看到微依的眼神，無比清晰地發現，她們之間沒有理解的橋，「言語無法建起溝通的橋。」暖暖下了這樣的定論。

＊＊＊

如果把所有在生活裡遭遇的壓迫，只留在身體之內，壓在心裡最隱蔽的部分，只攻擊自己，只對自己發動戰爭，只讓自己受傷，只對自己暴虐，把受害者的數量限制在自己一個人之內，是否就可以和世界融合無礙地共處？

進入大學之前，有一段很長的日子，這個問題都是雅人心裡最主要的困惑。當他的思緒糾結而沒有出路，心裡的雜音漸漸增加，幾乎淹沒了他的腦袋，他就強迫自己背誦歷屆試題的模擬答案。

那時他非常慶幸，修讀的是中國歷史、西方歷史和中國文學，全都有著不求甚解，搬字過紙和機械化準備應試的空間，那些重複的字句，日夜蟄伏在他腦裡，成了沒有意義，卻可以幫助他取得優異成績的咒語，或，鎮靜他起伏思潮的經文。從模擬考試到公開考試的幾個月之間，他進入了一種專注得近乎真空的狀態，除了反覆背誦，溫習試題，在家裡假裝自己在試場做模擬試題，訓練書寫和答題的速度，直至右手痠軟，鬧鐘響起，才稍作休息，生活再也沒有其他，像一個永遠不起波紋的湖，使他聯想到死亡。如果死亡就是這樣的一種永恆的平靜，他也可以死。

* * *

復課後的第二週，白教授的油畫課，主題是「潛在欲望」。那跟課堂大綱上列出的並不相同。同學提出疑問時，白說：「丟掉那個大綱吧。從今天開始，這個課程沒有大綱。事情已發生，我們無法再使用以前那一套。舊模式和舊計畫放在今天已不管用。反正課堂目標只有一個，那就是，盡力在生命裡創造。」

課堂的第一個小時，室內無光——窗簾緊閉，燈關上，窗外是陰雨天空。每個人各據一個角落，禁語，找出心裡的陰暗所在。「如果那是難以啟齒的，如果是不能見光的，卻令你奮不顧身去嘗試突破規範，那就很接近『欲』。」白提示他們。

每次課堂實施禁語，就會有人被迫到極限，課堂禁止使用手機，他們沒法分心或掩飾。有些人閉上眼睛昏昏欲睡，有些人焦躁難耐。

雅人遠離窗子、門，以及所有人，以一個畫架把自己和外界分隔，闢出了一個僅僅能容納他一人的三角形，背牆而坐。彷彿跋涉了很遠的路，他想要抵達的，只是一個容許他暫時脫序的空間，那空間不必廣闊，但是必須無人干擾。

他在畫布上直接畫下草稿，塗上底色。他需要利用線條整理雜蕪的思緒，把不同顏色混合在一起，稀釋，再調出一種接近他所看到的世界的色澤。他也需要繪出足夠的陰影來讓他休息和躲藏。很可能，他真正需要的，並不是一幅畫作，甚至也不是繪畫的過程，而是在尋找他要畫下什麼，以及抹除什麼，在思潮起伏和情緒翻湧的同時，碰到的一個全然陌生的自我和世界。那使他確切地感到在呼和吸之間，他是活著的。

他把藏在身體深處的東西掏出來，用畫筆把顏料抹在畫布上，顏色不斷堆疊，漸漸生出厚度，成了有形的實體。他集中注意力，再往身子內部尋索，穿過身，探進腳掌所踏的土地之核，又穿過頭頂，直達天空。然後，從耳朵擴展至課室外的樹，掠過樹葉間的風和站在枝椏上的鳥，到達了一層又一層意料之外。畫布成了承載他的洞穴，當他來回往返內在和畫布之間，頻繁地出現看起來一點也不像是出自他腦袋的意念。他的意念遊移至示威的廣場，落在鐵馬之上，鐵馬分隔了渴望如常過活和亟欲尋求改變的人。然而，很可能，他們都在保衛屬於自己的遠離繁囂三角形。只是，他們身處在城市裡不同的位置，有些人的三角形仍未被各種敗壞腐蝕，而另一些人的三角形早已潰不成形，尖叫和抵抗是他們對於作為人類的自身最基本的尊重。

在雅人的心、腦袋和手，三者之間都有明顯的空隙。他在努力地修補那空隙，期求三者達到一致的步伐，而他又確切地明白，經過他的手所生出的作品，都跟他所想像中存在分歧和差異，而且反映了他從不知道的，或不願面對的面向。看著自己畫的畫，雅人一再想到的是，戰爭的源頭，總是在每個人的自身之內，自己和自己的搏鬥。

那天課堂的最後環節，白教授取消了常規的互相評鑑。限定的時間到了，他就要求他們放下畫筆，大部分的同學，包括雅人，還沒有完成，紛紛提出抗議或苦苦哀求，可是白教授堅持，「在這裡停止的畫，就是最好的作品。」然後要他們注視著自己的畫作三分鐘，在筆記本內以最多十個形容詞寫下對畫的感覺。他要他們直覺地看畫，也坦率地記錄自己的看法。

當所有同學都寫下了屬於畫作的形容詞之後，白教授提出：「現在，閉上眼睛看看自己，不是去看鏡子裡的自己，而是用內在之眼，感受自己的狀況。徹底地看過，就在筆記本裡寫下十組形容詞。」

對雅人來說，這練習簡短卻艱澀——繪畫是拾綴眼睛的碎片，而文字卻像無聲的說話，他找不到字，就像他找不到自己的聲音。當他把詞語寫在筆記本，就像畫上跟他無關的符號。

接下來，是觀賞的時間。白教授禁止他們交談，或討論作品。「我們不評價，只是看，以自己的方式盡量明白，不發問，不尋求指引，然後接納這個課室裡所有的畫就是目前這個模樣，不必更多，也不必更少。」

他們就按照指示，在課室內一邊慢慢地移動腳步，一邊細看每幅畫，偶爾停下來看很久，直至出神，就像在看山上的一片風景，或街上商店的櫥窗。無論在那些未完成的畫之前停留多久，雅人始終無法忽視畫布上如洞般的缺失。他並不認同每個創作階段的畫都是完美的，應該說，這個世界，並不存在完美。因此，人才要苦苦掙扎地活著，並且感到生命有意義。

雅人站在暖暖的畫布前良久。最初，他看到一條河，蜿蜒的河流，在中央，出現分岔之處，裂開成兩條不同的水流，往兩個方向，在分裂處，有一個蔭鬱密林。

河流兩旁，布滿了深色的烏壓壓的爬蟲類，譬如說，寄居蟹。不久後，他又從這幅畫中看到另一幅截然不同的景象，不是河流，而是兩條通往一座山的道路。山上有兩個高峰，兩條道路的連接處是一個樹林，山下有影影綽綽的人。過了一會，他再仔細看，卻看到非山也非河，而是一個橫臥的女體，皮膚死灰沉沉，兩腿分開，沒有臉，一群圍觀她的人，體積小如螻蟻。他想起了兒時讀過的一個童話故事，關於一個男人遇上船難，被海浪沖到不知名的荒島。男人醒來後發現自己身在小人國。

站在雅人身旁，圍觀暖暖畫作的人漸漸多起來。他們把視線停留在畫布上，緊閉嘴巴，沒有問題、意見或任何交流。因為那天的課堂主題是「接納」，而沉默是唯一被允許使用的語言。

* * *

雅人把目光從暖暖的畫挪開，從圍觀的人堆中退出，看到站在窗前的白教授。窗外是延綿的山巒，窗框像畫框，白教授的身影像畫中人。雅人此前從不曾以這個角度觀察過他，帶著距離的陌生角度，他看到一個佝僂，頭髮凌亂，幾綹淺色髮從粗硬油膩的深色髮中冒出來的男人。西裝外套縐巴巴的。他背對著雅人，而背影泄露了他企圖以臉上的表情掩飾疲憊。雅人想到同學間在流傳的關於白教授正在辦理離婚的傳聞。對於白教授的私生活，他並不感到興趣，只是驚訝於這個站在窗前的男人，跟他在第一課碰到的白教授，那個充滿朝氣和幽默感，甚至可以說得上深具魅力的男人，大相逕庭。

「罷課行動改變了許多人和事。」雅人想。但隨即又轉念：「也有可能，只是這一切的表相在剝落，一層又一層像死皮那樣掉落。」雅人有時會深深地懷疑，出現在他眼前的課室、同學、暖暖、白教授以及所有事物，只是他視野裡的影像，而視野也有死皮，會剝落和更新嗎？他不肯定。但他知道，世界像一道河流，每天的世界只會在每個人面前呈現一次，另一天又是另一個世界，早在他察覺之前，他們已永遠地告別了剛剛開課時那個世界。

＊＊＊

「我們到那裡去。」

「哪裡？」

「一個屬於我的，不會被任何人驅趕的空間。」

「你家？」

暖暖不語，臉上表情嚴肅得近乎惱怒。突然，她又笑了起來，像是想到滑稽的事那樣說：「家難道不正是把人驅逐的地方？」

他沒有答話。

她笑著：「你有一個幸福的家。」

雅人聽到語氣中的嘲諷。

人們對於不幸的想像力，跟對幸福的想像力同樣貧乏，其中一個原因是耗了太多心神在互相比較和競爭之上，另一個原因是對他人缺乏好奇心。雅人不知道如何在吐出一句話的同時，不吐出鋒利的劍，只能保持沉默。

暖暖面向他站在窗前，身後的窗外是另一幢大廈，排列得非常整齊的窗子，下午的陽光從對面大廈的玻璃窗折射到他們身處的單位，使雅人不得不瞇起眼睛，下意識地保護自己的視網膜。窗框像畫框，逆光的暖暖，面目被陰影掩藏著。某一瞬間，他覺得清晰地看到她，那些他從來不敢細看的部分。

暖暖領著雅人走向角落，背靠牆壁朝向窗子坐在地上，於是他們抬頭把臉朝向窗外澄藍天空，潔淨得發亮。

她從背包取出筆記本，放進他懷裡。他低頭，看到筆記本的封面像一塊發炎的皮膚。他也把自己的筆記本掏出來，但猶豫了一下之後，並沒有交給她。只是把夾在筆記本中的一幀照片交到她手上。暖暖用手摩挲著那照片，一張黑白照，夜裡，無人的碼頭，停泊的船，翻湧的海。

他們把目光放在窗外的天空，剛巧有一片雲經過，緩慢地變形，讓他們感到時間在無聲地流逝。雅人沒有翻閱筆記本。畢竟，打開一個人是困難的，尤其是在那人面前開啟對方。那片雲遠去之後，雅人打量單位，那裡空蕩蕩的，地面由復古黑白花紋地磚鋪砌而成。

「你要把這裡變成什麼？」他問她。

「我要把它改造成非常安全的地方。」

「是防空洞嗎？」他打趣說。

「我沒有想到。」暖暖認真地說：「怎麼我會想不到呢？」

「這裡可以是你的畫室，或，你會在這裡教孩子畫畫。」他正色地說，眼神發亮，就像已看到畫室裡坐著許多學生。

她的嘴角向上彎了起來。他知道那微笑是一扇向他關上的門，便沒有往前再踏一步。她沒法告訴他或任何人，不久後，窗子會安裝遮陽的不透光窗簾，當簾子關上後，大門也會鎖上。那個時刻，她稱之為「隱密的日常」，她會坐在面向所有人的椅子，成為被繪畫的對象。於是，她就可以把自己的身體雕塑成一堵更堅硬的牆。

* * *

暖暖一直認為，在這城市生活，至少要擁有四堵牆壁。在充滿未知的命運裡，順利地踏每一步，她也需要內心的牆壁。昂貴的牆壁，幾乎是每個人生活裡的必需品，卻並非每個人都與生俱來擁有牆壁。

她離開那人的家之後，寄居在保護婦女團體所提供的狹小房子裡。那段日子，她開始感到迫切地需要牆壁——由牆壁組成的箱子——讓她匿藏，就像植物需要合適的土壤扎根，才能茁壯地往上茂密生長。小房子向北，陰暗潮溼，陽光無法抵達。冬季時，她坐在房間內的桌子前，聽到窗外的季候風嗚嗚地叫囂，像動物的哀鳴，她稱之為「冬季的慘叫」。無論她穿上多少衣服，仍然感到鑽進皮膚和肌肉之間的寒意。

有時，她站在窗前，會看到投在對面大廈外牆的陽光，但那橘黃並不屬於她。某天，她走到窗前探看外面的天空時，看到灰色的密雲像無表情的臉，而樓上住戶懸在窗外的殘舊內衣則在這片天空下隨風飛揚。她忽然想到，身上如蟻般隨處遊走的不是冷，而是羞恥。無論她穿了多少層厚衣服，仍感到赤身露體，無可遮蔽。「如何驅逐這種特殊的嚴寒？」她想了又想，才下了這樣的定論：「除非把身體鍛鍊成一堵冷硬，無感且無法攻破的牆。」

十七歲生日那天，她拾級而上一幢唐樓的樓梯，直至抵達五樓的一個單位。單位的大門掛著「賣夢畫室」的木牌。那裡有一個把長髮綁成馬尾的男人在等待她。

他們約定了下午三時在那裡見面，剛好在一個畫班和另一個畫班之間的空檔。朋友告訴暖暖，那是個可以信任的地方，可是她無法安心：「為什麼不刊登招聘廣告？」

友人駭笑：「招請大量裸體模特兒？沒有這回事。這工作一直都是口耳相傳，熟人介紹。」

暖暖腦裡浮現了一個畫面，一群素昧平生的少女，坐在一字排列的長椅上，一個接著一個，用手掩著嘴巴，湊近旁邊女生的耳朵，以低不可聞的聲音說著什麼。她們連成一根線，拯救了那些快要溺斃的女人。是這樣的一個不期而至的畫面，讓她生出前所未有的勇氣，踏上那條陰暗骯髒的唐樓樓梯。

一如暖暖所料，綁馬尾的男人並沒有要求檢查她的身分證，或任何證明她年齡的文件，也不問她應徵這份工作的原因，只是盯著她的眼睛問：「你有經驗嗎？」

暖暖搖頭，從背包裡掏出素描本，給他展示她平時隨手畫下的塗鴉和寫生：「我畫畫，也想知道如何被畫。」

「你可以維持一個姿勢很久，靜止不動嗎？」綁馬尾的男人問。

暖暖咬了咬下唇說：「我有練習瑜伽，學會在不同的式子裡保持平穩。」

在治療師微依的安排下，她參加過瑜伽課。在某次課堂尾聲，她躺在地上大休息時，突然恐慌來襲。她跑到洗手間裡把門緊關，暴哭不止。

「當人體模特兒，就是在靜止時，變成會呼吸的物件。讓觀眾的目光拆解自己，而他們無法傷害你。這樣，無論模特兒和畫家都可以得到自主的空間。」綁馬尾的男人就像對自己說話那樣，低聲地解釋。

暖暖腦內突然一片空白。

他看到她蒼白的臉突然失神，以為自己的話嚇怕了她，急忙安慰似地說：「還沒有找到合適的人之前，負責站在課室中央脫掉衣服的人是我。你來了之後，我就可以去做我本來的工作。」說完，他自顧自地笑了起來，露出雪白的門牙。

* * *

從那時開始，暖暖練習成為一堵牆，每月到畫室兩次，每次三小時，在一個姿勢裡停留二十五分鐘，可以得到五分鐘的休息時間。

當她走進課室時，穿著一件袍子。脫下袍子。不久，再穿上袍子。赤裸是脆弱——她一直如此認為，而她要在脆弱中停留那麼久，就像要在一堆沙子中不斷挑出堅硬的鑽石，保持深而長的呼吸，堅持著，才可以活下去。漸漸地，在沒有衣服蔽體時，她會不自覺地閉上眼睛，讓身上其他的感官接管觀看的動作。閉上眼睛時，她會慢慢忘記，穿衣和裸露的界線，有時候甚至也忘記了，她是她自己這件事。彷彿她化成了一堆散落的粒子，直至休息的鈴聲響起，她才張開眼睛，用袍子包裹自己。

有一次，她在張開眼睛的瞬間，視線碰到另一雙正在注視著她的身體的眼睛。那雙眼睛屬於一個繪畫的人，在看著她又好像在看著更遠更深的所在。她立刻就認出了，那雙眼睛所抵達之處，就是她剛才閉目時停駐的境界，這是被畫的人與繪畫者所達到的一種合一和共鳴。衣服、身體、形相，以至一切外在的事物，就在他們之間消失了。那雙眼睛讓她確立了畫畫的志向和信心。她沒有勇氣再去細看畫室內其他眼睛。她害怕在別的眼睛裡看到截然不同的世界，而沒有衣服遮擋的自己會在那個世界粉身碎骨。

* * *

綁馬尾的男人，後來又把她介紹給其他經營畫室的朋友。不久，暖暖就在幾家畫室同時兼職。畫班的旺季，考試臨近的日子，暖暖的模特兒工作繁重，有時候，一天之中，她扮演牆壁的時間，等同睡眠的時間。她漸漸相信自己也可成為一堵牆壁，讓她可以得到夢想中的牆壁。

「你是什麼，就會吸引什麼。」治療師微依曾經對她這樣說，她並不相信。或，這引起她的憤怒。可是當她從畫室領到第一份薪水，而且在人生中第一次感到豐足，可以去她喜歡的餐廳吃到精緻可口的菜式，又能買下掛在時裝店櫥窗內，她渴望已久的連身裙，她忽然又想到微依的那句話。只是，她不再因而感到羞愧，反而確信自己已成為了一堵足以交換許多牆壁的牆壁。「這是一個牆壁供不應求的城市。」她看著自己白皙幼嫩的手臂，不知道自己是否因而有了活在世上的資格和價值。

當她把《夜行列車》筆記本再次取出來，並在那裡重新記錄夢——那些綿綿不盡地撲向她的夢。她想起微依曾經給她的忠告：「當一個人能記起自己的夢時，就表示他已充分準備好要聆聽潛意識想要告訴他的話。這時候，要把浮現到意識表層的訊息轉化成行動，因為人在行動中，往往會忘掉恐懼。」

這樣的指引，是促使暖暖離開灰色向北小房子的重要原因。那天，她下課後到系內師兄姊的工作室蹓躂。那幢工廠大廈剛好有幾個空置的單位在招租。她走進了其中一個商住兩用的空間，那是個空蕩蕩的正方形，沒有任何家具，就像一個還沒有被任何夢境入侵的夜，還有可以供她創造和逃遁的自由。

＊＊＊

「改變是從什麼時候開始？」雅人在美術室看著前方不遠處的門口這樣想。

那時，他的心裡湧現了許多聲音，其中一把聲音討厭改變和反抗，而另一把聲音則命令他走出這課室：「離開這裡！快！」可是他的身子無法動彈，尤其是雙腿。或許，一切都已太遲。

課室關上了所有窗簾，也沒有開燈。當白教授宣布了那天的課堂內容後，幾個同學便默默走出課室。他讓他們選擇，留下來，或離開。

實在，那天早上，當課堂還沒有正式開始，雅人和暖暖走進美術室時，只有幾個早到的同學，室內一片昏暗。雅人把手伸向燈的開關，其中一人制止他：「教授說，要保持黑暗。人在漆黑中會感到更安全。」

當白教授再次走進課室時，所有同學已坐在那片陰暗中一段時間。他沒有跟他們打招呼或問好，刪去了開場白，只是直截了當地問他們：「你們有表露自身的勇氣嗎？」

「有！」有一把笑著回答的聲音，從課室後方傳出來。另一個坐在課室中央的人用力地點頭。

「在各種情況下，都可以把想到的話直接說出嗎？」白教授追問。

「那要視乎會不會給別人帶來傷害。」雅人說。

「並不是每個場合，都有發言和表達的權利。」坐在離教授最遠的依雯說。

「我們不再是孩子了，不能想到什麼就說什麼。」筆觸細緻，思考縝密的大頭說：「有時，不說比說能表達更多。」

「那麼，那些從出生到現在，因為各種原因而吞了下去的，埋起來的，藏起來的，甚至強迫自己忘掉的東西，還留下痕跡在你的精神、頭腦、意志、身體、內心，以至夢裡嗎？」白教授窮追不捨地問。

後來，雅人一直記得當時的沉默像一個大海。他以為自己會溺斃。白教授沒有清晰地引導或指示，只是課室裡的每一個人都禁不住想起深藏多時的祕密，就像無法抵達樹上的蛇的誘惑。死寂通常是一個暗示，如果那是一個標點符號，那就是一個指向無限可能的破折號。白教授擅長搓揉破折號之後那個空白的形狀。「現在，閉上眼睛。」雅人快要承受不住寂靜中的重壓時，終於聽到白教授的聲音：「在你可以忍受的情況下，釋放那些被你關在牢房裡多時的東西，無論那是什麼。不管數目多寡，體積大小，重量如何，只要它出現在你的眼前，你看到它，感到它，聽到它，嗅到它，就表示它已做好準備，回到意識的陽光下。」

白教授故意做出停頓。好一陣子後，他接著說：「它已在你面前，在你的附近。這時候，你可以在緊閉雙目的狀況下，細看它的形狀，撫摸它，確認它的顏色，分辨它的氣味，甚至靠在它之上，調度一下，一直連繫著你們的那根線。」有好一會兒，白教授不再說話，就像在緊張對峙的狀態中留給他們喘息的空間。

雅人再次聽到白教授說「張開眼睛！」的時候，感到自己回到岸上，心臟劇烈地跳動。

「你們都預備好了嗎？」白教授問。同學一臉茫然地看著他。

「剖開自己，敞開自己，表露自己，暴露內部的最深處。把自己掏出，直至抵達懸崖的邊緣。」白教授說。

「必須要這樣做嗎？」蓄粉紅色短髮的蔓莎啞著嗓音問。她寡言，平日獨來獨往，繪畫時常用對比強烈的色彩。

「藝術創作從來都是自我要求。」白教授說：「除了你，外面沒有任何人。」雅人知道他在引用某本書中的句子，但故意不說明出處，彷彿每個人都應該熟讀禪師的哲理那樣。

「如果你們已做好了準備，就可以選擇，留在這裡，或離開。」白教授看了看左腕上的手表說：「在這一課餘下的時間，留下來的人，脫去所有衣服，裸著身體上課。離開的人，就不會擁有跟大家一樣的體驗，你們要用自己的方式，上這一課。」

課室裡寂靜得只有人們呼吸的聲音。雅人感到自己前所未有地需要新鮮的氧氣，可是不知為何，他的身子異常沉重，無法挪動半分，彷彿，他的身體蜷縮在一個他無法觸及之處。

沒有人問為什麼。

雅人在想，所謂的改變，或許在開始時仍然是埋在土裡的豆子；發芽的時候，並沒有人發現，破土而出也是靜悄悄的，也沒有人關注一棵苗在每次雨後都在拔高。它茁壯起來時也被忽略，直至樹長成了巨傘，許多樹靠在一起成了森林。雅人感到自己被困在一個荒涼的森林裡。

有一個同學從座位上站起來，向白教授點了點頭，就打開門，走出去。有一個同學從地上站起來，跟著他的背影離開。

雅人掃視了課室一遍，看不到聶偉達。有人說他退學了，也有人說他只是放棄了藝術系，轉到政治及行政學系繼續學業。雅人想要站起來，卻發現自己的腳掌就像長進了土裡，他沒法把它拔出來。

暖暖是在選擇時段最後一個離開的人，她把手袋往身上一掛，垂著頭，沒有看任何人一眼，就逕直走出門口。白教授隨即把門關上。

雅人不由得鬆了一口氣，在選擇裡掙扎的時間終於結束。

* * *

暖暖從課室走出來，跑到陽光下，深深地吸進一大口新鮮的空氣，胸口不斷起伏，彷彿她的身體包覆著一個洶湧的海。

在那個昏暗的課室，只有二十個人發出的粗重呼吸聲，讓她感到恍如置身在一個森林。她的呼吸愈來愈急促，可以吸進體內的氧氣愈來愈少，是一種本能的反應，她站起來離開那裡。有時候，選擇並不存在。那是一個假希望。

當她想到，將會有十多具光裸的肉體在她身旁，而她身上也同樣沒有任何衣服蔽體，她的腦袋就想到，強迫的愛。那就像菜市場的肉檔，纍纍懸掛著的豬手、豬腳、豬頭和豬的器臟，有時候，地上還躺著有待宰割和肢解的一整隻失去血色，卻又血淋淋的豬身。她想到自己的頭被某隻強壯橫蠻的手架著扭往某個非她所願的方向。二十個裸體，即是有二十個頭顱被某隻手壓著押往某個特定方向。剖人和剖豬的方法不盡相同。人們剖豬，只是為了吃肉；人們剖人，要征服其靈魂。

「這都是因為愛。」當她的頭顱被第一隻手壓向一個她拒絕的方向時，那隻手的主人反覆對她強調：「我要教你愛。」為了向那隻手報復，她忘記了那隻手屬於哪個頭顱。

在空城語中，「愛」也可解作「要」。在不同的語境下，那意思可能是情感的深刻的連結、共振和互相滋養的意願，也有可能是無關情感的占有，純粹的侵占。

當她的年紀還很小，還沒有懂得太多字，還無法從頭至尾讀完一本書，她就以自己的身體學會了「愛」這個字。那是頭顱被人抓住，動彈不得，被迫低頭，張大嘴巴，迎向令她乾嘔的噩運的意思。愛是，交出她的頭顱。人在愛中，仍是活著，只是頭顱被某隻手牽制著。自從她學會了這個字，她就做出了選擇，是她仍可活動的身體，而非被箝制的頭顱做出了這個選擇：「不愛」。如果她能抓住機會，她就逃到不愛的地方。譬如說，她從課室跑出來，走出大學校園，她就知道，不可以回到工廠大廈的單位，不可獨自一人，以免被自己的影子吞沒。她要乘地鐵到市中心，在最擠擁的區域下車。街上滿滿的都是人，她走進人潮中，她看見每一個人，每個人也看到她，然後視若無睹，安心地各不相干。

在《夜行列車》第二十八頁，記述了一個夢：

「在夢裡，我失去了頭顱，但沒有死，是活著的。應該說，活得比有頭顱時更舒適自在。能看，聞到氣味，聽到聲音，也能吃東西，甚至，摸到自己的臉頰和頭髮。每天夜裡如常梳頭，只是沒有頭髮掉到地上，只是，當我站在鏡子前，總是能看到鏡中人的脖子之上空空如也。沒有頭的日子，沒法整理妝容，就把細緻打扮的欲望，放在配襯衣服之上。

我去湖邊散步，那裡沒有任何人。我打算和湖聊天，蹲在湖之前，把頭探向湖的上方，就看到平靜得沒有一絲波紋的湖面清晰地映照著我的臉容。我已有一段時間沒看到過自己的面貌，一時非常激動，便抱著反映中的頭，不能自已地哭了起來。這時，湖對我說（更準確而言，是湖裡的我的倒映，對我說），你現在看到的頭，不是你的，是我的，你想要我的頭嗎？

我說，我想要自己的頭。

你現在看見的這一顆頭，跟你摸到的那一顆，不是都一樣嗎？甚至，可能比你原來的那一顆，更像是你自己的。

湖這樣說。

我的手掌按著自己的頭頂，沿著頭的兩側滑落至臉和脖子。

湖所說是對的。

要不要交換？

湖問。

我不明白這句話的意思。

把你的那顆看不見的頭顱扭下來，掉進水裡給我。我把這顆看得見的頭顱，拋到岸上給你。

湖這樣解釋。

我不懂得拆卸自己的頭顱。

我遲疑。畢竟，這顆頭顱也使用了許多年，即使已經變得面目全非，還是有感情的啊。

那還不簡單，你只要按著兩隻耳朵，使勁一扭，頭顱就被解下來。實在，你只要動念，放棄這顆頭顱，頭顱就會設法擺脫你。

湖保證，當我把頭顱扔進湖裡，脖子上馬上就會有一顆新得像舊的一樣的那顆頭顱。

湖從不說謊。湖保證。它說它在那裡那麼久，從來都是信守諾言的。

於是，我就把頭解下來，把頭從脖子解下來需要勇氣，但更多的是信任。然後，我把頭顱連同不顧一切的信任，全都丟進湖裡。頭顱很重，在湖面擊起一陣巨大的水花，然後，頭就沉進湖的深處。

當湖面再次回復平靜，沒有一絲波紋的時候，一如我所料，我最深層的恐懼，我最壞的打算，我從湖面看到自己脖子上方，空空的什麼也沒有。我的眼睛仍然能視物，但我再也摸不到自己的鼻子耳朵和臉。我本來以為自己已一無所有，想不到竟然還有可以失去的東西。」

兩年前，每天早上醒來，暖暖也想不起自己前一天晚上做過的夢。即使沒有任何人搶奪過她的夢，夢還是原因不明地消失了。無夢的日子，她只能偶爾翻閱之前許多年來所寫下的夢之筆記本。

翻開失去頭顱的夢之後兩天，空城政府宣布將會在所有中學推行愛國教育。他們說，空城的居民，目中無愛，而城市裡日益冷漠的氣氛，將會令這個以旅遊收益為主要經濟來源之一的地方，在世界上逐漸失去競爭力。而這個課程將會「讓空城的下一代，從小認識、了解和仰慕祖國深厚的文化歷史」。空城長官一再重申：「愛國是每個公民最基本的義務。」

那天，暖暖在擠擁得水泄不通的M區，駐足觀看在商場外牆銀幕的新聞報導。不久，艱辛地突破了把她重重圍困的人潮，走到公園裡找到一張長椅，坐在那裡喘息。「我要教你愛。」她想到幾個曾經這樣對她說的人。她無法待在鬧哄哄的區域，可是當她沉浸在寂靜中，那些按著她的頭顱，讓她身不由己的幾雙手，又會浮現在她的腦裡。於是她又站起來，在人群裡尋找可以容身的空隙。

對許多空城人來說，空城是主權獨立的城市——雖然從客觀條件上來說，這從來不是事實。客觀的現實，跟他們主觀的體驗恰恰相反，但他們並沒有打算修正自己感受到的真實。無論是已經寫進歷史中，或即將寫進歷史中的現實裡，空城從來不是可以自主自立的地區。它只是從一個國家的殖民地，轉移到另一個國家的領土下，成了別國的殖民地。二者的分別是，以往並沒有任何人強迫他們要愛國，他們可以愛、不愛、痛恨或無感，可是從今以後，不愛是一種罪名。如果一個自主之地等同於一個完整健康的身體，那麼，空城是一個先天沒有頭顱的身體，還是一個頭顱一直被禁錮或被判無期徒刑的身體？暖暖無法從腦海裡拔掉這個沒有答案的問題，在許多情況下，她都感到腦袋不屬於她自己。

政府發言人宣布，愛國教育將會撥入議會的緊急議程，以期盡快在新學年落實執行。反對愛國教育的遊行隊伍，便只能比議決日程更早一步地，在週日的C區迅速聚集了起來。

那一年，暖暖非常懼怕人群。她本來只打算參加一次反對愛國教育晚會，只是因為好奇那些人都在那裡做什麼。她安撫自己說，一旦感到呼吸困難便立即動身離開。可是當她到達集會的廣場，便看到那些席地而坐，或在人和人之間漫步的人，那些深黑灰黑棕黑或淺棕的頭顱，往不同方向晃動、搖擺，組成一片摻雜著不同程度的黑色的浪，像在夜之中湧動著更深的夜。在這樣的人群中，她好像感到他們在前往一個地方——非愛之地。在那裡，不存在被迫的愛。對暖暖來說，沒有強迫之愛的地方，是最接近烏托邦的所在。她知道烏托邦不過是想像之地，根本不曾也不會存在。於是，移動到烏托邦的旅程，就是最接近美好的體驗。

暖暖找到一個可以容身的空隙，在一個小圈的人，和另一堆人之間，有一棵榕樹。她走進它盤纏交錯的根部中，靠著粗壯的樹幹而坐，竟然迷迷糊糊地睡去。她從不曾那樣子置身在一群共同反抗強迫之愛的人之中。在那持續了個多月的集會裡，她第一次真切地感到，這世上也有一群人，跟她一樣洞悉了打著愛的旗號而進行的壓迫、宰制和剝奪。如果愛是普世價值，壓迫就是累世業力。在某些情況下，愛是一個偽善的字。那段日子，無夢隨著失眠而至，而在集會現場，她可以暫時卸下日間的武裝。即使她只能小睡片刻，對她來說，也是難得的恩賜。當她從夢中恍惚地睜開眼睛，面前又是一片令她安心的頭顱之海，剎那間，她以為城市正在長出許多鮮嫩的頭顱。集會現場像一片肥沃的田，那一群生機勃發的頭顱像野草那樣搖曳。

* * *

兩年後，暖暖再次回到那集會的廣場，那時候在進行的是罷課行動。

兩年前的抵抗愛國教育，人們在廣場集結，是為了顯示反對的立場。罷課行動中，人們在那裡，則是為了取回他們原有的權利。他們暫時離開原來的生活，以一種把自己埋在土地裡的姿勢，站在那裡，坐在那裡，躺在那裡。那時候，暖暖感到肚臍有一個洞，一個她以往從沒有發現的孔洞，很小，像針眼那樣小。

罷課行動結束後的第六年，Z教授因為煽動及分裂國家罪名被捕入獄，其中一個原因，就是他曾經公開發表「埋伏廣場」的主張。「埋伏廣場」就是以把自己埋進土裡，和這片土地共存亡的決心，伏在廣場上，表達「這裡屬於我們」的態度。

不過，無論是暖暖，或其他參與者，連日在廣場上露宿，都不是為了Z教授。每人都有各自的原因。暖暖是為了肚腹上那看不見，卻一直在折磨著她的孔洞。那讓她失眠和困惑，卻無法觸摸的洞。抗議愛國教育的行動結束後，暖暖為了紀念在其中體會的一切，走進一家刺青店，在肚子上穿了一個臍環，銀晃晃的。她知道，這能讓她在以後的每天都想起，從沒有穿過那孔洞的一根可能之線。

她沒有機會目睹Z教授以及其他人紛紛被拘捕、受審、入獄關押多年的情境。要是她能見證大搜捕時期的空城，或許，她會感到舌頭再次被剝奪。並不是每個人在人生裡都擁有發現自己真正的舌頭的契機——不是吐出應該要說的話或符合期待的話的那根舌頭，而是尖叫、呼喊，說出真實之言，即使被懲戒或遭受性命之虞，仍要揭穿真相的那根不馴的舌頭。

自從暖暖在年幼時第一次被剝光，嘴巴內的這根舌頭便冒了出來。每次她被剝開，這根舌又茁壯了一點。只是，要運用這根舌頭並不容易。當她要以這舌頭吐出藏不住的話，就會產生窒息的感覺。這根舌頭長在喉嚨深處。如果言語是嬰兒，舌頭則是一再勒死嬰兒的臍帶。

暖暖在罷課行動的現場，再次感到舌頭在喉嚨間亂竄著。她耗上很久，在廣場蹓逛。跟對抗愛國教育行動相比，罷課行動的氣氛截然不同。她無法用已有的語言，輕易地指認二者的分別是什麼。直至她在帳蓬裡睡了五個夜。第六天清晨起來，打開帳篷的拉鏈，走到外面的潮溼而微冷的空氣中，看著仍在熟睡中的街道和城市，她忽然明白，那是，一種裸裎的氣氛。

在示威區，沒有一個人赤身露體。大部分的人穿著牛仔褲、休閒鞋或連帽運動衣，眼睛下方掛著黑色的陰影和眼袋。當他們笑起來，臉容是疲憊，皮膚卻透現著光芒。在暖暖看來，他們切切實實地沉浸在「裸」的狀態裡。

暖暖在此前從未體驗過這樣的赤裸。那並不是被他者強行褪去蔽體的衣物，令人曝露在無措的羞恥中的裸，而是把自己一點一點地交出（雖然，究竟要交給誰，對當時的暖暖來說，並沒有答案），同時把日積月累的防衛器械逐一放下，把藏在內裡深處的接近本質的東西，慢慢地掏出來。於是，他們再也不需要人格服裝。

暖暖知道，在示威區裡的人，對於自身的裸大概一無所覺，只有她能嗅到裸的氣味，看到裸的形狀，而且感到那溫度。她不由自主地想到伊甸園裡的夏娃和亞當曾經安於赤著身子，與自然合一，並不認為那是值得害羞的事，又想到剛自母胎出生的新生兒，光溜溜的身軀，不堪一擊的脆弱。

這想法令她慄然一驚。是在那時候，她察覺到藏在示威區域的一枚炸彈——他們在不自覺時歸返天真，同時沒法防備因此而來的危險。

（五年後，在另一場運動中，暖暖才終於體認到，抗爭的原動力，以及這種力量的根源，也在天真。天真異常鋒利，同時無比脆弱。）

她不禁感到擔憂，同時也生出了一種令她不明所以的帶著驚恐的期待。這樣的裸，不同於以往她所經驗的，讓她受傷、屈辱而必須保持強硬的裸。這是自願犧牲的柔軟的裸，讓這樣的裸像攀纏植物那樣在身體內蔓延，她會成為一個怎樣的人？暖暖忍不住思索，卻因為碰到黑暗的角落而無法想下去。

這樣的裸，像一個漩渦那樣，把人拽進去，而身在漩渦的人，回到接近純粹的存在，裸裎相見，不但不會引起尷尬、羞愧和自我懷疑，反而使人彼此靠近。這使暖暖強烈地不安，讓她咬緊牙齒，閉鎖舌頭。她留在廣場上的日子，比平日更沉默。雅人以為那是沉思和怠倦。

罷課運動瓦解後，暖暖回到家裡，就忘記了夜裡的夢。當她把《夜行列車》筆記本翻開，拿起一支筆，在紙上沙沙地錄夢，彷彿看到被拘禁多時的舌頭，終於突破了重重障礙，再次透過夢境對她說話。那時候，暖暖忽然明白，親密原來是嘴巴可以安心說出，耳朵也能聽見。那是她和自己之間的親密。

⋆ ⋆ ⋆

白教授把門關上，掏出鑰匙，把課室每一扇朝向外面的門也鎖上。「直至這一節課結束之前，都不會有人突然從外面闖進來。同時，在課室裡的每一個人也得待到下課才能離開。」他解釋，這樣做並不是為了要把任何人囚禁。

「有時候，為了完成一件作品，人是不得不把自己從人群中隔絕開來的。」

「這裡有足夠的幽暗，讓我們感到安全。」

雅人當時聽到，後來也常常想起白教授在那一堂課的那個時刻，所說的是「我們」，而不是之前一直沿用的「你們」。

「這裡也有充足的光線，足以容許我們掏出內裡最窘迫難堪，見不得人，難以啟齒的部分，放在所有人的目光下晾曬、消毒，變成另一種物質。」白教授一邊說一邊把不同種類、質感和面積的畫紙，逐一向他們分發。他把所有紙張都交給他們之後，又回到白板之前，脫下西裝外套，上衣，再解下皮帶，脫去靴子，再褪去襪子。他看著他們：「現在，盡你所能，脫光，回到一無所有，毫無防備的狀態。」他環視了一遍所有人的眼睛再說：「不要再想，現在就開始，把身上所有東西都解下來，把腦裡的障礙放下，堵塞在心裡的人和事情，全都釋放出來。」

那一刻，雅人竟然感到，那就是他渴望已久，想要付諸實行的事。在他最深的恐懼裡，摻雜類似救贖的東西，讓他表面看來平靜而淡漠，心裡每刻都有些什麼在剝落的同時，暫時忘記那些莫名的擔憂和痛苦。

可是他到底要褪下什麼？當他已經把眼鏡、手表、上衣、褲子、內褲都脫下來的時候，仍然有東西在包覆著他。應該說，當他穿著整齊的衣服，他從不曾發現自己是被緊緊覆蓋著的。換句話說，衣服給他的保護，原來並不只是蔽體，也是讓他免於碰觸，在衣服以外，隔絕他和自己，以及這個世界的殼。

可是他已經脫得什麼也不剩下來，站在屬於他的位置上，有充裕的空間確保他不會接觸到任何人，也不會被他人入侵他的領域。課室內所有人，包括白教授，全部都光著身子。人類皮膚的顏色，在雅人看來，都是瀑布的白、山坡的綠、陰天的灰，土地的褐。可是他沒有任何餘裕多看別人的身體一眼。他被拴在自己的身體，以及包裹著身體的那一團冷冽的空氣中。

那些東西，在褪去衣服之後，才朝他一併湧去，即使他仔細辨認，還是有許多他不明所以的東西。當他的身體光裸，第一個走向他的，是母親。已經移居外地多年的母親，只有每月一次視像通話的連繫。他心裡知道，在他們的關係裡，他是先離開的那個人。在她面前，他總是會用一個洞穴包圍著自己。對於她的出現，對於她的不請自來，現身在他的隱私的地帶，他感到莫名憤怒。

緊接而來的，是第一個交往的對象。他們已不再聯絡多年，自然而然地消失在彼此的生命裡。他們從沒有看過彼此的身體。每次要跟這個人見面之前，他都耗上很多時間構思約會時的服飾穿搭，鞋子和背包的款式如何配襯，又要遮蔽臉上和身上，他所有不喜歡的部分，把自己裝扮成另一個人。那時候，他們的年紀都太小。

他以為人和人之間的親密，就是把不完美的自己閹割，再縫上假的部分。他曾經以為，他已忘掉了這個人。

接著就是那個跟他在一起兩年多的人。他們關係裡的核心是性，除了性之外，並沒有別的什麼。當雅人決心結束關係時，為了擺脫糾纏，不得不封鎖這個人的電話號碼和社交媒體，然後搬家，像拭抹塵埃那樣洗淨了一個人留下的痕跡，可是這個人的指模顯然仍留在他的皮膚上。

雅人突然感到，自己的皮肉，像一片無主孤地，任由那些經過他的人隨意占領。他抄起白教授派發的一卷宣紙，緊裹著自己的身體，不是為了遮蔽身子，而是驅趕和抵抗那些並不實際地存在於他身旁，卻根深蒂固地長在他身上的人。可是當宣紙緊貼著他的身體時，他環顧四周，想起那是一個課室。他擁有顏料、畫筆、時間和創造力。他有改變的能力。於是他掀開宣紙，讓自己再次暴露在從窗簾透進室內的微光中。在調色盤的顏料摻進一點水，想像那些顏色，把兩種顏色混合，再擠進另一種色彩，直至他感到已經足夠，就把顏料調和，沾染畫筆，掃在自己的皮膚上。他清楚地知道，這並不是在身體上作畫，而是如實地呈現。沒有構圖，沒有對比，沒有光暗，沒有陰影，沒有平面也沒有立體。他所做的只是聆聽身體發生過什麼，然後訴說身體的經驗。畫下只是為了確認那些以肉眼看不到的痕跡確實存在過，描摹只是回應。

他根據顏料瓶上的標籤辨別白和深藍，在腦海想像一種淺藍，然後調配出來。他看不到調色盤上仍是深海的藍。他在胸口抹上黑色，非常稀薄的一點點；接著，他在藍色中混入了紅，成了一團紫色，塗在身體的兩側。最後，他調出了一種帶棕暗紅，像凝固多時的血。他看到的是鮮血的豔紅。

一直以來，他都企圖遮蔽這種顏色給他的骯髒和羞恥感，但那一刻，他要把它塗抹在自己的全身：肩膀、腋窩、鎖骨、前胸和後背，腰間和恥骨，還有大腿。當他完成了最後一筆。他想，他必定看來怪異又可怕，要是那時有任何人看到他，就會看到一個彷彿穿上了超人緊身衣的人。不過，那時候的課室內的所有人，包括白教授都在忙碌著，把自己的身體，視作深淵，克制著自己不可以躍下去，只能小心翼翼地攀爬到深淵的底部。

他抓起一張宣紙，再次把自己，從脖子開始包覆整個身體，仔細地把每一吋皮膚都緊貼在輕薄的紙上，而不戳破紙張，讓紙張吸收身上的顏料。他不由得閉上眼睛，彷彿那張紙在聆聽他，承接他、接收了他一部分的重擔。他隔著脆弱的紙，緊緊地抱著自己確保紙張滲進充足的顏料。

等待中的靜默，像過了半輩子那麼久，他才一點一點地把紙張和身體分開。吸飽了顏料的紙黏答答的柔軟，彷彿是剛剛從身上撕下來的一層皮。紙張需要時間和空間風乾，才能再次堅挺厚實起來。可是他只是隨意地把宣紙橫放在兩張凳子之上。他鐵了心，任由這另一層皮膚自生自滅。紙張被繪畫過，就有了魂。他穿上衣服，並沒有先把身上的顏料洗淨，決意讓沾染顏料的衣服成了課堂紀錄，直至下課的時間到了，也沒有人說一句話。每個人的深淵都好像深得沒有底部那樣。

他一言不發地離開了課室。

雅人並不打算把這些告訴暖暖。

⋆ ⋆ ⋆

暖暖給山起名「貓山」。他們僅花了半小時，就從山腳走到山頂。沿路上碰到的遊人寥寥可數，彼此視而不見。

暖暖在電話中告訴他，要在工作室對面的小山上詳談時說：「山非常低矮，大概是山群中的小個子。」空城的其中一個地標，是一座名為「獅子」的山，取其狀似俯伏休息的獅子。暖暖工作室對面的小山，也隱約有弓背動物的姿態。「同為貓科動物，當貓決定不惜一切戰鬥到底時，會以為自己是猛獅。」

她本來沒有想過要把他帶到山上去，可是電話響了太久仍未接通。電話的鈴聲一邊響著，她一邊看著工作室的窗外，看到山像小獸蓄勢待發。電話響了太久，久得令她感到自己是個不受歡迎的人。

等待像攀爬。當雅人終於把手機貼在耳朵時，從喉嚨發出的聲音，在暖暖聽來非常陌生，不是因為他剛睡醒，而是他們鮮有透過電話交談。

她問：「你還好嗎？」

「我回到家就倒頭大睡。」他說：「早上的油畫課令人非常疲累。」他靜默了好一陣子再說：「如果你在，不知你會如何評價那樣的課堂。」

暖暖失笑：「如果我留下來，就沒法聽到你描述你的經驗。」

「但你可以看到那些人全都展現了另一種面貌。」

「是哪一種面貌呢？」她感到好奇。

「不要在這裡說。」他早已對她說過，手機會偷聽他們的對話。

她不由得向他描繪窗外的山：「山上有亭子，而且幾乎沒有人會在那裡休息。」

「真奇怪，我每次從你的工作室窗子看出去，只看到對面大廈的窗子，和窗內的人。」掛線前，他喃喃地吐出了這句話。

＊＊＊

雅人第一次問她「你要再上那一節課嗎？」的時候，把身子挨在山頂的欄杆上，在那裡俯視遠處的建在平地上的密集樓宇，忽然感到眼前景象如此眼熟，思索良久，才在腦海找到一幅畫：暖暖所畫的女體般的灰白山丘。

「只有在這個有貓山的城市，我才能找到隱沒自己的角落。」暖暖說：「而且可以迅速從擠迫的街角，逃到人煙稀少的荒野。我知道那些捷徑在哪裡。」

她走到他身旁，看著離他們很遠的樓宇群，問他：「你曾經想像過，在另一個國家，落地生根嗎？」

「那一定像死了一次，再活回來。」他想到自己的母親。

「我已經錯過那節課。」她回答他的問題：「人每次面對重要的選擇，都是死了一次，死在自己沒有選擇的世界裡。」

雅人沒有想過，這是暖暖的答案。當他從課室走出來，就在想像如何讓她體會，他在那一節課經歷了什麼，畢竟他們是不可離棄彼此的組員。他必須在她面前，把他在課室中得到的，那些把自己剝開了之後見過的恍如真實的幻影，再通過自己實踐出來。他想，這是以另一種方式，譬如說，以行動，來作畫。白教授在課堂上說過：「生命裡發生的一切，都是你的素材和顏料。有些人終其一生，都不會，或不敢去消化自己的經驗，有些人過度反芻經驗而被經驗所用，有許多人把經驗留下的疤痕描摹在自己的肚腹，只有極少數的人懂得把自己的體驗沉澱，以有形的方式保留和呈現，那些原來只有自己才知道的事。」

對於向暖暖轉述那一節課，雅人視為一個創作實驗，觀眾只有暖暖一人，而她也是共同創作者。雖然她對此一無所知。

* * *

「你要再上那一節課嗎？」雅人問。

暖暖用毛筆在一張宣紙上寫下一個很大的「裸」字。字體的面積，跟她的臉面相若。她閉目放鬆眼球，再次張開眼睛時，任由視野渙散，看著面前的字，直至字的線條、筆畫、墨色和陰影在她眼前分崩離析、褪色、解體、破碎支離，她暫時遺忘了這個字的內容、意義和字形。她不去想，這是一個字。

「ネ」像一個影子，「果」是肉身。影子走在肉身之前，很可能那是盔甲，也可能那是靈魂。「田」是頭，「木」是身，頭部有四個空格，或四個窗子，她可以從一個房間，踱步到另一個房間。每個房間存放一個面具，而這個田，讓她可以種植，耕耘自己的臉和腦袋。身子被釘在木製的木字架上，手和腳張開。「裸」是一個血淋淋的字，有著獻祭的意志，但，這是走在前方的靈魂的選擇。是祭祀用的羊。

「你要再上那一節課嗎？」

打從很小的時候開始，她偶爾會盯著熟悉的人臉或事物很久，直至那個人那物件的皮相在長久的凝視下慢慢地瓦解。有時候，本來親切的臉會暴露出藏在底下的悲傷或冷漠。有時候，那些心愛的衣服或文具就成了一堆無意義的雜亂色彩。這是剝開的過程，她知道，剝開是改變的開端，改變對方的模樣，同時自己也會變了樣子。一切都無法回到原狀。

若有所思的凝視會令人害怕。沒有人會喜歡被剝開。

「你要再上那一節課嗎？」

穿上衣服和沒穿衣服是不同的身體，把罩著身體的袍子打開，扔到一旁，讓沒有東西包裹的身子曝露在空氣中，身上原本沉睡的感官全都會突然驚醒過來，生出防衛的姿態。這是暖暖在畫室當兼職模特兒時的體驗。面前的二十雙眼睛，即使其中有原來就認識的人，眼神和表情也會一下子變得陌生，全都成了沒見過的臉，更接近原始——但他們必定一無所覺。當人們全神貫注在繪畫之上，比較容易忘記自己。暖暖是在成為被繪畫的對象時，默默觀察畫家的臉，才發現「裸」是一個互動的過程。沒穿衣服的，不可能只有一方。人藉著「裸」到底會揭開什麼，則視乎對象而有所差異。對暖暖來說，在父親面前，無法選擇的裸，被哥哥脅迫的裸，在前度情人面前像放棄掙扎的垂死動物的裸，全都揭穿了她不同的部分。在畫室擔任模特兒的時候，是工作，她關閉自我感受。如果要在認識的人面前赤身露體，當中不涉及性、感情或任何形式的交易，如果要在雅人面前裸著，那是一件怎樣的事？暖暖感到那將是全新的未知的體驗，既非被迫，也不是為了交換什麼，更不是為了親密。那裡是一個工作室，一個模擬的課堂，他們的媒介是畫紙，目的地是作品。或許，像是攀登一座山，暖暖會給山起名「裸山」。

暖暖在工作室的壁櫥找出白色畫紙、宣紙、牛油紙、卡板、裝修工人留下的木板、質感粗糙的再造紙，還有縫紉窗簾時剩餘的小塊碎布。這些全都可能成為繪畫的媒介。有時候，她會把所有紙張和木板鋪在地上，然後側躺在上面，聆聽它們的聲音。它們原本是皮膚，樹的皮膚。暖暖緊緊靠著這些植物皮膚，彷彿回到生命之初，不是在母體作為一個胚胎時，而是還沒有肉身，還沒有成為一個生命體時，飄浮在宇宙間的一撮不明物質時。

* * *

那個星期三是立冬。立冬是一道分隔線。躲藏在秋季裡最後也最凶猛的炎熱，在那天突然消失無蹤。

早上八時半，暖暖和雅人在巴士站前的茶餐廳吃早餐。她習慣在等待食物時，細看貼在牆壁上的餐單：平日早餐和週末早餐的分別。早餐裡必定會出現的烤麵包和太陽蛋似乎在告訴她，清晨具備了碳水化合物和蛋白質帶來的希望。在這個固定元素之外，他們可自由選擇當天的需要，例如麥片、吉列的魚、牛、豬和雞。走進茶餐廳，就是走進日子的循環。

那天，當她正在凝神思考每一款飲料的顏色和味道的關係時，雅人突然從手機訊息堆中抬頭對她說：「今天的油畫課取消。」臉上滿是驚訝和不解。

她打開手機，油畫課通訊群組有一則新訊息，由教學助理傳出，通知所有同學當天的課堂取消，沒有說明因由。

侍應把他們點的食物送上，分別放在他們面前，除了煎蛋和麵包，雅人選了煎牛排，而暖暖的碟子上有醬煮大啡菇。那是一週前開始的事，他們約定要更改點餐的固定習慣。暖暖忽然感到一種空蕩蕩，好像失去了什麼，但她不知道到底有什麼不知所蹤。

雅人把碎胡椒撒在已切開的牛排上時，聽到她說：「我要再上那節課。」

他把視線投到餐廳落地窗外，巴士站的候車隊伍、在馬路上駛過的車輛、矗立在對面的大樓，彷彿一下子全都換上了另一種色彩。

很久之後，當雅人想起白教授，隨之而來的關鍵詞卻不是繪畫，而是立冬。那年的立冬，是他們的大學生涯，那個學期，甚至是他們生命裡的一道分隔線。然而，事情發生的時候，他們卻一無所覺。

* * *

早上十時的陽光像一道瀑布，從窗子流溢到工作室的牆壁和地板，整個空間都在閃閃發亮。雅人不由得瞇起了雙目，避免強光給眼睛帶來過度的刺激。雖然他其實想要多看，仔細地看，貪婪地看在冬陽的光線下，暖暖的工作室是一種怎樣的光景。

「繪畫就是捕捉光和影子的對比。」白教授曾經這樣說，而在某一課的學生作品評鑑中，他說雅人還沒有打開繪畫的眼睛：「當你真正張開了畫家之眼，你所看到的就不再是你想看到的、你所期待的，或你經驗過的，你會看到事物，或面前的人原本的樣子，而不再是你心裡的投射。」白教授說：「這對你，戴雅人而言，尤其重要。開眼如重生。」雅人一直記得這句話，或被這句話纏擾著。他並不完全相信，可是也無法輕易擺脫，他知道只能嘗試遵從白教授的建議，然後由自己的體驗去肯定或否定這句話。

於是，在許多雙目刺痛的時刻，他也咬著牙關睜著眼睛，有時就流下了不適而來的眼水，看起來就像哭泣。也許因為不甘心的視線越過了痛楚設下的障礙，他彷彿真正看到事物裡更多深層的內容。之後，他總是必須緊閉眼睛一段很長的時間，彷彿為了緩和剛剛承受的打擊。

他把背包放在工作室其中一堵牆壁下，看到室內的左方以一塊灰色的布幔（在別人看來那是湖水綠）作為間隔。暖暖走進簾子之內，那是她休息和起居的範圍。

對於要脫去衣服，他並沒有因為上了一節課累積了經驗而比較熟練。相反，他感到更艱難。在白教授的課堂裡，他不假思索地就褪下了所有衣服。那時候，在眾多眼睛的課室裡，他的身上自動長出了一層防衛的外殼。即使身上一絲不掛，看不見的硬殼仍然包覆著他。可是下課之後，他仍然在繼續脫去一些什麼。在他不自覺的時候，他會愈來愈柔軟，柔軟得看到「脫光」並非終點，而是一個漫長的過程。要是他仍在脫去什麼，他就會不斷遇上各式各樣的危險。

他聽到暖暖在叫喚他的名字，睜開眼睛，滿室刺亮，映入眼簾是寬闊的窗子，窗外有光。她站在窗前注視他，他彷彿初次發現，外面的光，足以捏殺任何不堪一擊的眼睛。

「我們要把窗簾關上？」她說：「關上，這裡像一個密室，敞開，我們就要忍受對面大廈住客的肆意窺視。」

對面大廈井井有條地排列的窗子，就像眾多的張開且不會眨動的眼睛。日間的窗子不動聲色，到了晚上就會發出亮光，狀若狼目。

「我們最好可以看到窗外的動靜，但，不可以被他們看到。」他說。

她想了一下，便拉上了半透明的窗紗。

* * *

各種紙張、畫布、畫架和畫具，攤開排列成一道蜿蜒的河流，橫臥在他們之間。

他朝向窗子，在身前架起了畫布，畫架橫在他們的身子和外界的目光之間。他沒有任何猶豫，就決定了那天要完成的是油畫。即使時間只是足夠描畫草圖。他在畫架前閉上眼睛，赤裸的身體並不像上課時那樣，拚命尋找蔽體之物。相反，他感到這個空間——和煦的陽光，乾爽的空氣，以至工作室內的簡潔的陳設，都像一件剪裁恰到好處的大衣包裹著他。他甚至慢慢地忘掉了暖暖的存在。雖然她的存在仍然是這一節課的關鍵所在。

畢竟，孤獨地裸著身子，以及與另一個人在一起裸身，是迥然不同的體驗。暖暖背對著他坐在地上，面朝牆壁。每次他把視線投向她，就看到晴朗天空的雲層裂縫在反射著陽光，亮得令人生痛，使他無法辨別眼前的事物，忍不住迴避，而在每次疼痛得閉上眼睛的瞬間，他都看到既非切實地存在的也不是他幻想的畫面，隨著他每次把視線投向專注作畫的暖暖背部時，再緊閉雙目，打開了內在之眼，看得一次比一次更清晰。他看到灰褐色的擋土坡，在他和擋土坡之間是一個寂靜的世界，沒有任何路人，也沒有即將抵達此處的足音。他抬頭看了看天空，湛藍的晴空飄著幾朵脹鼓鼓的雲。擋土坡上平均地分布著白色圓框的排水孔。當他把凝視天空的視線收回來時，發現面前的白色孔洞裡有亮晃晃的眼睛盯住他。他湊近孔洞，想看清楚那隻眼睛的內容，那眼睛並不退縮，瞳孔因為好奇和驚訝，微微地放大。他注視了好一會，認定了那是一頭鹿的眼睛。他再把臉湊近另一個孔洞，那裡也有另一隻眼睛在等待他，跟鹿不同，這眼睛充滿怒意，快要噴出憤恨之火，使他莫名地內疚，那是人類的眼睛。但他並不認識這眼睛的主人。他微微後退，瀏覽那擋土坡上的所有孔洞，又逐一仔細地審視，他發現，幾乎每一個洞都有眼睛。他深深地吸進一口氣，既期待也擔憂，那些有著這樣的眼睛的動物會一下子全都從各個孔洞裡走出來，跟他對峙。那麼，他就能理解，他們遇上彼此的命運是什麼。但也有可能，他們會忍不住襲擊對方，而擋土坡因此承受不住而引發山泥傾瀉。他屏住氣息，在每個孔洞前短暫地停留，往內裡探看。他看到孔雀的眼睛，虎的眼睛，瞎子的眼睛，馬的眼睛，狗的眼睛，魚的眼睛，雞的眼睛，牛悲傷的眼睛，貓目空一切的眼睛，野豬恐慌的眼睛，羚羊呆看前方的眼睛。父親從不看他的那雙眼睛。白教授睡眠不足的眼睛。最後才是，暖暖垂著的眼睛。

能誘發他們強烈好奇的，從來都不是他人的裸體，而是當自身一無所有地暴露在這個世界之中，那崩潰的臨界點在哪裡。

他在調色板上擠出不同的顏料，沾水，掃在畫布上，線條自會找到生長的方向。

他唯一的難題是，要看得更真切仔細一點，擋土坡是個怎樣的世界。

「你為何畫畫？」白教授在第一課這樣問課室裡的每一個人。

「為了看得見。」雅人衝口而出地說：「有時看是看了，卻不一定能見出什麼。」

「那麼你將會長久地被視而不見卻無能為力的感覺所煎熬。」白教授微笑著對他說：「直至你獲得新的眼界。」

擋土坡的內部是一個怎樣的世界？是洞穴還是森林？暴雨的時候，動物如何躲避和自處？他應該畫出動物的整體還是局部？即使並不會呈現在畫布上，也不會影響構圖。畫畫的人還是要在心裡有完整的圖象。

當他感到猶豫不決，便朝向暖暖，看一下她在做什麼，可是他所看到的身子一次比一次眩目。後來，他的視線只是碰到一個不真實的光圈，即使如此，他的雙眼所承受的刺激還是一次比一次強烈，恍如被刀鋒劃過，割開了什麼，他從不知道的東西。但他需要這樣的強光，藏在劇痛之內，飽滿的內容，像剖開果核，得到種籽。因此他還是一次又一次把目光投向牆壁角落的暖暖，在痛楚變得無法承受之前，移開視線。畫布成了歇息的所在。

下午一時半是下課的時間。他們沿用白教授課堂的時間表，鬧鐘響起，他們穿上衣服，回到日常。從那天開始，直至那年結束，他們心裡增生了上課和下課的分隔線。

暖暖走到畫架前，注視著畫布好一會，她看到一片深紫的底色上，懸浮著不同的眼睛，像夜空的星，也如怪異之獸，眼睛大小形式各有不同，全都形單隻影。在畫中央一隻最大的眼睛布滿紅筋，暴力地向畫外的世界索求著。她從來沒有看過，雅人的畫呈現這種風格。

雅人蹲在地上，看著暖暖以雕刻刀一筆一筆地刮著版畫。那木板不知道是從哪件大型家具拆下來，色澤溫潤，深褐色，像被雨水充滿著，或久經曝曬之人的皮膚。刀刮下的刻痕，並沒有構成任何可供辨認的形狀。「只是如一個快要撲出木板的龍捲風，力度很深，深得無法挽回。」他看到刻痕如傷疤，腦中就出現了這一句，版畫上有枯乾了的色塊，滲進木板的底層，一種刺目的破壞，但這種破壞卻令畫面更平衡。他感到，對於這個作品，不應只是有距離地觀看，要觸摸它，甚至把它緊貼著自己的皮膚，擁入懷中，才會聽到更多藏在畫裡的聲音。但他已經穿戴整齊，衣服保護著他，給他劃下清晰的界線。在他和自己、他人、物件，以及世界之間，訂定了一道安全的邊界。在衣服之內，他知道要管制自己的行為。最後，他坐在地上，只是因為久蹲的雙腿，漸漸麻痺起來。

暖暖走到他身旁說：「還沒有完成。」

他說，我的也是。「我們還有時間。」他想了一下補充了這句。

她臉上忽然綻開了笑容：「所有未完成的事都像『年輕』這個詞語，令人生出毫無道理的希望，或幻覺。」

他點了點頭：「幻覺很重要。這個世界，有時要以幻覺來推動，所謂『明天』即是幻覺尚未實現的一種。」

她的笑意更濃：「所以，藝術性的繪畫於世界並不重要。因為包含其中的不是幻覺，可能無法推動社會發展，而是暴露真實。」

他看著她的臉，無法確定那笑意的含義。他只是感到那一刻，她真的想笑，所以，那是一個真的笑容。

他想到一件事。「版畫上的色塊是哪一號顏料？」

「那是我的血，血也可充當顏料，只是沒有編號，我也沒有為它命名。」說著，她咯咯大笑。

「你剛才即時劃破了皮膚而流血？」他盡力讓聲音聽起來扁平且不帶任何情緒。

「我的皮膚也是版畫的一部分。應該說，那才是這個作品最核心的部分。只是，我沒打算公開展示。」

＊＊＊

裸山很高，暖暖並不認為自己可以攀登至頂峰。對她來說，把衣服從身上褪下，並不是太困難的事。早在她還是孩子的時候，在她的自我完成之前，她就在練習身心分離，以傷害自己的方式來保護自己，而且得以存活下來。若有人以任何方式強迫她脫光，或羞辱她，她就想像自己是蝸牛，身體是殼，外面在下雨。任何人都可以把她踩碎，即使她碎成了一片片，她仍然能存活於那碎屑之內。

成為裸體模特兒是她的選擇，她想像自己的身體是一堵堅固的牆壁。牆的一端是他人的目光，另一端則是她的靈魂。她在那裡，放空腦袋，歇息。參與一節剝光自己的繪畫課是她的創造過程，而雅人是被她允許的同行者。這是此前並沒有出現過的體驗。

她看著面前的山，近乎垂直的斜坡。雖然是不可能的事，但她只能踏上這條路。

對她而言，雅人是一種中立的存在，並不是威脅，也沒有親密的張力，而是像繪畫那樣，讓她朝向自身的內在，把自己像一幅卷軸那樣攤開。她選了一塊裝修工人遺下的木板，樹死了仍然具有生命力，材質隨著時間和氣溫變化，會呼吸的是深藏樹身的記憶。握著雕刻刀的手，碰到表面光滑的木板，恨意就源源不絕地湧出。她認為刀鋒不夠尖削銳利，但那已是她伸手可及最接近刀刃之物。她的指甲被剪得很短，因為害怕自己的攻擊性。她是獸的那一面。即使身上無衣，衣服設下的界線仍然依附在她身上。她忽然發現，以往的生命經驗，讓她學會了「裸」的技巧。如何一邊袒裎，一邊自我保護。可是在另一方面，她更難把自己剝開，抵達核心。為什麼即使如此艱難，人仍然要讓自己脆弱和赤裸，恍如攀登高峰那樣，朝向自己的極限？她想有意識地，持續地剝光，是活下去的意思，是對生存和進化保持希望。即使希望黯淡無光，人仍然堅持保有肉身和精神上的新陳代謝。為了免於在日積月累，愈來愈厚的舊皮中活活悶死，便要相信自己的內在仍有足以抵禦嚴苛環境的新皮，有更新的機會。

當她在出神的狀態下回過神來，看到木板上已有雜亂無章的刀痕，對於手上打算完成的版畫，無論是在腦內還是實際的層面都沒有草圖。這是前所未有的事，但在那一刻，她想到，不必底稿。她可以從作品的駕駛席上退下來，讓無意識的手所握著的刀子，指引通向畫的路徑。

她任由刀子帶著她的手，或手握著刀子（也有可能彼此爭奪和角力），刻下每一根或深或淺的線。

她在做版畫的時候，成為了自己的旁觀者。人不依賴外在之物，就無法觀照自己的整體，看不到自己的正面和背面。專注作畫的時候，她其實是在聚精會神地成為不是自己的人。那時候，一直以來像蛞蝓那樣吸吮在她身上的目光，就會慢慢地逐一消褪。在瞬間靈光乍現的縫隙裡，她目睹一個寧謐的世界，她在以前從不曾發現。

刻痕像爆發和噴射，飛機掠過天空，帶走了雲那樣的痕跡。她深深地知道，白教授必會批評這是不夠分量的藝術作品，甚至，沒法被稱為一件作品。但這課室並不是白教授，也不是大學的，而是她和雅人開墾的遠離紛擾的角落。

原來木板比她所想像的更薄，下刀的時候，她不由得稍微節制了力度。她可不想木板穿洞。習畫以來，她第一次放任自己的手和施力的動作，不是為了畫出世間要求的畫，而是通過畫，讓精神和意志馳騁。那段時間，即使那麼短暫，但她還是靠近了自由一點點。她不知道手上的版畫關於什麼，她還沒有看出來。刀帶著她的右手衝向木板的邊際，快速劃過她按著版畫的左手，停在食指和虎口之間，劇痛止住了動作。那是本能。

最初的半分鐘，皮膚上只有一條很淺的白線，絲毫沒有受傷的痕跡。半晌，鮮豔的血從那條白線洶湧而出，澎湃地流向低窪之處，經過木板，注進最深刻的那坑痕。

「這是天然的顏料。」她想：「而且，這顏料跟木板一樣都源自活著的生命。」無論血液和木材，都會隨著時間變化，她的皮膚也是。她便決定，不去處理傷口，端看那裡會留下怎樣的痕跡。

鬧鐘響起的時候，她從背包找到一塊手帕，包裹淌血的皮膚：這是她的新衣。

* * *

雅人再也想不起最後一次看到白教授的情景，即使之後的許多年，他仍然會想起他。或他不請自來地跑進他的腦海，成為了質疑他、挑戰他、打壓他的一把聲音。

但這只是一種補償作用，為了抵抗生活裡有一些至關重要且已成了生活軌跡一部分的人，會忽然消失不見的這個事實。他對白教授的記憶成了強迫性的念頭。

那時候，他並不知道，那是白教授最後一次站在課室裡。可是並沒有任何一個人洞悉這件事，連白教授本人也渾然不察。那一課的尾聲，顏料黏在他身上各處，他只想盡快完成作品然後回家。離開課室的時候，他沒有回頭看任何人一眼。

那一個星期三的早上，已經到了上課時間，但課室的講台，始終是空的。散亂地分布在課室各個角落的人，胡亂地談天、開玩笑、低頭在手機上搜尋資料，就像任何一天的任何時刻，平淡得以後再也不會想得起來。直至系主任蕭教授突然走進來，沒有看任何人一眼。本來充盈在室內的笑語和雜音，隨著他步上講台，慢慢地疏落、消褪，終至完全寂靜。他們之中，有一部分的人好像已感到發生了不能逆轉的事，只是不知道確實發生了什麼。他們屏住呼吸，看著蕭教授，就像在等待一個判決，或答案。

可是蕭教授的眼睛並沒有停留在任何一個人身上，而是輪流打量課室的天花、牆壁、水泥地面、畫架、櫃子上的陶瓷作品、畫具。他的視線最後落在天花某個角落好一會。幾個同學循著他的目光尋找讓他注目之物，臉上浮現的神情，與其說是驚訝或不可置信，倒不如說是困惑。

靜默是鋪墊，也是引子。

幾年前開始，蕭教授從教學崗位退了下來，專注在學術研究、申請資金和行政工作上。

「相信大家已收到今早由系辦公室寄出的電郵。」蕭清了一下淤塞了一個早上的喉嚨，讓長期吸菸而沙啞的嗓子能發出清亮的嗓音。「經過學系昨天進行的緊急會議，調查小組決定即時暫停白教授所有職務，直至內部調查完成為止。」

沒有人說話或尖叫，但雅人記得，課室內的同學，不約而同地發出了一種被捂著嘴巴呼救，或用布袋蒙頭然後毆打而發出的低沉嚎叫。所有聲音都被什麼吸去了，充斥在空氣中的安靜是一灘積聚的瘀血。

雅人從褲袋中掏出手機，打開學校的電子郵箱，找到從系辦公室傳來的電郵。收件時間是早上十時二十分，開課前的十分鐘。

信件以公文格式，不帶任何情緒的行文，只有短短幾行字，交代系內接獲學生投訴白教授教學手法激進極端，侵犯他人身體界線，校方高度關注事件，以照顧學生感受及需要為優先考慮。已就事件展開紀律聆訊，裁定白教授教學失當，即時停職停薪，並設立調查小組深入核查。

雅人的眼睛讀著文字，耳朵聽到蕭教授說話的節奏和語氣，和信件如出一轍。他抬頭，看到課室超過一半的頭顱都是低垂的，盯著手裡的手機。他似乎能從他們的脖子和背部看到自己的神情。

「我們鼓勵提出問題的人。」蕭教授說：「只有挺身而出告發，才能杜絕借藝術之名，散播顛覆思想，分裂傳統價值觀念的行為。所有告密者，都會得到匿名保護。」他說這句話時，視線第一次逐一搜尋每個同學的眼睛：「學期餘下的課堂，將由我替代白教授。為免影響課堂進度和期末成績評核，一切將按白教授的課程大綱和評分要求執行。遇上我無法來上課的日子，你們可在課室自由創作。至於那幾位告發的同學，可以放心繼續上課。」

稍作停頓後，他接著說：「為了回應同學的需求，讓你們有更安全且具高度透明的環境安心上課，所有課室會逐步完成安裝監視器和攝錄鏡頭。課室內的人所有言行都會被記錄在案。每個人都必須為自己所做的事，說過的話負上全部責任。」就像為了回應必然會出現的爭議那樣，蕭教授特別強調：「對於問心無愧的人來說，無論有沒有監視器都不會帶來任何影響。」不過，他預期中的情況並沒有出現，課室的靜默漸漸成了一塊壓住所有人的鉛。

雅人審視天花和牆壁形成的每個直角，確實如蕭教授所說，每個角落都加裝了一隻巨大的黑色電子眼睛。無論那些眼睛有沒有看見或記錄任何東西，它們的存在已足以喚醒每個人心裡沉睡的監視之眼，數量之多寡則因人而異。

雅人忽然聽到隆隆那樣的像海浪似的聲音。不是從外面，而是從他身體深處發出來，如血液的翻湧、急速粗重的呼吸，或耳鳴般的巨響，也有可能全都不是，而是被背叛而生出的雜音。他以前經歷過，還認得出來。

他看著窗台和櫃子上的美術用品，坐在前方的同學的頭顱，把雙手交疊胸前的暖暖，以及仍在說話的蕭教授不斷開合的嘴巴。他無法相信，這個空間就是兩週前，他們脫光了保護自己的衣服，赤腳站在水泥地上畫畫的同一個地方。他甚至已經忘記了，是在什麼時候，因為哪一件事，或哪一個瞬間，他信任這個課室，以及課室內的每一個人，包括經歷了這一切的自己，深信當下的每個選擇都不會令將來的自己後悔。可是這些全都已被推翻。

他看著自己雙掌的掌心，仔細回想每個同學的臉。在心裡逐一揣測他們告密的可能性。半晌，才想到自己在他人的心裡，大概也是個嫌疑的對象。就在他回過神來的時候，他看到暖暖拾起地上的背包，從課室的側門悄悄溜了出去。彷彿壓抑多時無法忍受的，忽然得到緩解。他站起來，也從那扇門走出了課室。他要逃離耳畔轟隆轟隆的聲音。

* * *

外面的陽光迎向他們。跨出了那扇門和那幾堵牆壁，就是另一個國度。可是從椅子上站起來走向門的那段路，艱難而漫長。他們都知道，要走出的並不是那個課室那門課。當課室的門在他身後關上，他們都告別了一個舊的模式、規律、習慣和期待，而且，他們心裡並不知道接下來會發生什麼事，又要到哪裡去。只是他們實在無法在那個課室待下去了。

雅人拖著雙腿走向課室的門時，彷彿他的腳所承載的，不只是他的意志，還有在他之後進入大學的那個課室，在那裡上課的人。他不願意他們全都在那些監視的眼睛下畫畫，彷彿一旦他妥協，就背棄了當初被正常的視野驅逐，又被繪畫所收容的那個自己。

暖暖走在前方，雅人在她身後，始終保持著一定的距離。二人一直無話，像素不相識的人。早上十一時的陽光，把人投在地上的影子往前拉長。他一邊走，一邊注視著地上，自己的影子，彷彿是影子帶著他前往一個目的地。影子似乎從沒有懷疑，他們即將抵達的是一個命定的所在。他們的影子比他們的本體更靠近彼此，要是他們在正午離開課室。影子則會把他們包覆在原有的孤獨之中。

中午十二時，他們各自坐在小巴的單人座位上，看著窗外，卻目光渙散。街道和風景一直在窗外快速擦過，雅人還是說不出任何話。他本來打算，要是沒有乘客向司機呼喊出工廠大廈的名字，他便會任由小巴帶他們到任何一個區域。

可是車子終究在工廠大廈門外停下，乘客陸續站起來排隊下車。他們在隊伍末端。

暖暖進入大廈後搭電梯，按八字，用鎖匙旋開工作室的門。午間的陽光從緊閉的玻璃窗爬進室內，流溢到牆壁和地板。她只感到無比刺目，如置身荒野，便把窗簾全都關上。瞬間，工作室落入陰暗中，她終於感到安全溫暖。

雅人爬樓梯，不一會，到達八樓，打開沒有上鎖的門，不發一言走到工作室的角落，放下帆布包，倚著牆壁，抱膝而坐，過了一會兒，轉身面向牆壁，蜷曲著身子躺下，陷入了非常深沉的睡眠中，動也不動，只有胸膛隨著呼吸慢慢起伏。

她坐在他身旁看了好一會，直至確定他無礙才站起身，走到遠遠的另一端。

* * *

雅人醒來時，玻璃窗被瀑布般的雨水爬滿。窗外是陰灰灰的白天，雷聲像大型動物的嗥叫。實在，他仍渴望繼續昏睡，只是落在窗子上的雨像萬箭同時穿過窗，穿過房子，穿過他的夢、他的身體、課室、他的居所，以及過去。於是就到了，他必須醒來的時候。

他睜開眼睛，看到暖暖的背影，坐在一張小木桌前，低頭在喝茶。他還沒有打算起來，只是把身旁的手機舉起來，看到油畫課群組裡有許多未讀訊息。那裡有另一場風暴。他沒有查看時間，時間會把人追迫成一個固定的形狀。那跟清醒非常相近。清醒就是接受固有的形狀。

雅人父親再婚的時候，才遷出跟他們共同生活多年的房子。父親再也無法以外面的房租過於高昂為理由，留在已經離異的妻子身旁。雅人一直知道，父親難以離開的，並不是妻兒，而是一種生活方式。父親搬離之後，他睡得很好。兩年後，母親告訴他，她也要離開那個房子，到V國探望他的姨母。此後，她便留在那裡，再也沒有回來。他以為，一切仍會如常。可是就在他目送母親在機場的禁區前轉身離去的那一夜，他倒在床上睡了過去，一週之後，才真正從床上起來，回到生活的常軌裡去。那七天七夜，他只是偶爾坐起身子，摸索著到廚房喝一杯水，或上洗手間，又閉著眼睛回到床上。他的意識並沒有真正清醒過來，只知道外面的白天和黑夜正在交換，而他還沒有充足的準備回到這個現實之中。

母親移居V國的第三年，曾經進入過雅人生活裡的那個人也離開了。應該說，是雅人逃離了他，而感到確切地鬆了一口氣。可是，接下來的半年，一旦睡去，他就沒有轉醒的意欲。有好幾次，他知道自己已經睡醒，卻又有另一股睡意把他往下拉，他便完全臣服於昏沉的狀態。他心裡再明白不過，睡眠是人從日間的固狀，重返無時間、無空間、無形態、無表相的廣袤之域。睡眠是液狀的，讓人的細胞和意識都可以重整。他完成重整了嗎？當他這樣想的時候，已站在一扇雨箭穿梭的窗前，而且透過窗的反映，看到自己的臉，因而想到這張臉曾被白教授看過，而想到白教授的眼睛。他不願去想那雙眼睛曾經看過什麼，而發生了這些事的現在又看著什麼。

有時候，尤其當他發現自己又失去了什麼之後，他總是懼怕看到鏡子中的自己，使他感到不安的其實並非自己，而是入侵了他的那些眼睛曾經深深注視過他。那些眼睛在他毫無抵禦能力的時候，軟禁了他。母親的眼睛、已分道揚鑣的情人的眼睛、暖暖的眼睛，現在還加上了，白教授的眼睛。

他沒有告訴暖暖他人眼睛的事情。當她靜靜地聽他敘述了三次昏睡的經歷，她早已把茶喝光，清洗了杯子，又泡了兩杯正在冒煙的咖啡，放在小木桌上，一杯給他，另一杯給自己。

「你在這裡睡去八小時後，天色就變壞了。雨雲說來就來，雲愈來愈多，雨愈來愈密集，像許多釘子從天而降，會把人牢牢地釘起來。天文台發出黑色暴雨警報只有半小時，整個城市的公共交通便陷入了差不多完全癱瘓的狀況。湧到街上去的人，比平日的繁忙時間內的人潮更多。趕回家裡去的人，跟趕到辦公的地方的人，全都擠在一起。人們似乎並不害怕山泥傾瀉、淹水，被洪水帶走或被雨水活生生地淹死。因為這是遙不可及的災難。可是，來不及接小孩放學、沒法回家、上班遲到，卻是近在眼前的難題。這些難題一旦出現就會帶來即時的懲罰。這些懲罰即使比重傷或死亡輕微，卻顯得更巨大。因為生活的循環，那日復一日，形成平安無事的循環會因而中斷。看著街上不斷響號的車子，從大廈的出口湧到街上的人群，我覺得，我跟他們一樣，都是生活的俘虜。城市的邊境是開放的，但我們心裡的鐐銬那麼牢固。每次小型的失常，無論是八號風球、颶風暴雨，或極端天氣而造成的停工或停課，都會被人們擔憂節外生枝而不顧一切地延續正常的生活規律。這裡始終不曾真正停擺。人們不會容許停頓、空白、思考和質疑。停頓代表危險。這麼多年以來，我們就是這樣。在許多日常的小小的試煉之中，選擇了妥協和受辱，總是覺得忍一忍就過去，還把這種缺乏勇氣和短視的德性，美其名為堅忍和刻苦耐勞。催眠自己說，這是一種美德，而拒絕去探究，我們迴避在各種小事中爭取人性化、公平和公義，只是因為我們害怕面對衝突。我們怕死。怕死的人往往最先死去。」暖暖一反常態地一下子說了大量的話後，喝下一口咖啡，把藏在心裡的其餘更多的話吞回肚子深處。所有湧到她口腔裡而沒有說出的話，最後都成了細菌，被她反覆吞下去。她沒法說出，有許多次，在被趕出家門，和承受帶著侮辱的暴力之間，她選擇了後者。

她忘記了，究竟重複地做出這個選擇多少次，使她愈來愈相信，一旦逃離那個家，她就無法活命。於是她留在那裡，從孩子活成青年，歪歪斜斜地過了一年又一年。

「那天，當我看到課室的監視器，就知道不能留在那裡。」暖暖心裡有另一把聲音質疑她：「只是因為你知道，即使缺席所有課堂，仍有及格的可能。」

她對雅人說：「如果這一次，我們全都對監視器視若無睹，校方下一次會對我們做出更嚴厲的管制，因為他們會認為，我們甘願被束縛。」她心裡又出現了另一把更柔軟卻憂心忡忡的聲音：「要是在某天，城市裡所有的公共場所，那些電影院、咖啡室、圖書館和地鐵，全都有監視的鏡頭，甚至，你身邊每一個人都有可能是被暗中委派作監視員的窺探者，那麼，你就會從此足不出戶嗎？」她咬了咬牙，目光落在雅人的臉上，他坐在她對面，把杯裡的咖啡緩緩地送進嘴巴。她說：「或許我們可以創造自己的課室，每個週三的上午，在這裡上課，下午一時半下課，我們仍然可以繳交期末的油畫。」

他把咖啡喝下去之後，看著她的眼睛很久。

「或許，這一切都在白教授的意料之中。」半晌，他才回過神來對她說。

「什麼？」

「沒有課程大綱的課程，還有一節關於剝開的課。一個人一旦脫光了自己，四周的人和事物也會像骨牌那樣，一波又一波地受影響。於是告密者現出了本來的面目。學校的管理層也展現了真實的樣子。」他說：「他就是要我們看清自己。」

「我才不相信有什麼告密者。一切都是粗製濫造的謊言和劇本。」她說。

＊＊＊

暖暖不會告訴雅人，風暴來臨的前一夜，夜空紫灰色，黑雨未至，他還沒有醒來。她獨自吃過晚餐，便關了工作室內所有的燈，點了幾根蠟燭，靜靜地，觀看搖曳的燭火。城市裡的繁忙區域，天空被切割得四分五裂。當她抬頭而看不到星，就會點蠟燭，以火光取代星光，而不去管，蠟燭其實是為了老舊的大廈一旦停電時，用作照明的設備。

他從中午開始就朝向牆壁陷入深眠，幾乎沒有轉換姿勢。有好幾次，她忍不住去探他的鼻息，把耳朵湊近他的鼻子，聽到呼吸聲音像海浪起伏，她確定了他只是昏睡。她不禁想，跟一個昏睡的人作伴，那個人既是存在，卻也不在，身體在這裡，神志卻在另一個空間。那麼，她既非孤單，又同時擁有孤獨的自由。她搬出畫架，在蜷縮著身子如繭般睡眠的雅人身旁，削了筆，在畫布上胡亂勾勒一些線條。她本來打算描摹他的睡容，可是，線條彷彿慢慢長出了自身的意志，領著她的手，到了另一個方向。

只有燭光的室內，光線昏暗，她沒法辨別顏色，線條的去向也顯得模糊，就像半閉著眼睛作畫。這並不在她的意料之中，也不在她的經驗裡出現過。「就像意識清醒時在做夢，或在意識迷糊時畫畫。」這念頭忽然出現在她的腦裡，她的手停頓了一下。不一會，就決定「不如一邊做夢一邊作畫。」這表示她必須同時一邊保持清明和覺察，一邊畫量放鬆地潛進意識更深處。她的手再次動了起來。她不只用眼睛在看，也用皮膚感受色彩。即使在極暗之處，待眼睛適應了，也能發現其中不同的亮度。

她的手像一匹沒有羈絆的馬，使她感到在繪畫之中高速奔馳，彷彿已失去身體那麼輕盈。不久之後，她就不再在乎自己在畫什麼或將會畫出什麼。即使有人跑來告訴她，她正在進行的活動，並不是畫畫也沒有關係。「我只是把自己安放在這一刻。」她在心裡對自己這樣說。她從不會這樣想，這並不像是出自她的意念，正如畫布上出現的線和弧度，並不是她一貫以來運筆的方法。她像旁觀者那樣審視自己。在寂靜之中，她開始聽到各種近乎低不可聞的聲響。雅人均勻而淺淺的呼吸。冷氣機運轉的震動、車輛的輪胎壓過柏油路的摩擦聲音，甚至，隔壁單位的住戶在播放的音樂，都在那樣的靜謐浮現了原來的形狀。

那時，她的手機不斷出現群組訊息的鈴聲提示，她猜想必定是油畫課的群組。但那時候，在她眼前，只有畫布，以及因畫畫而來的真空狀態一般的清醒。無論是大學、白教授、雅人，甚至是她自己，都離她非常遙遠。在她心裡的某個角落，她感到世間所有可見的有形之物，其實並不真正重要。

光像羽毛，一點一點地沾上夜的身體。她面前的線條也一點一點地清晰起來。最初，光不動聲色，像非常稀薄的霧，可是也像水一般滲透了每一顆空氣粒子，稀釋了濃郁的黑暗。豆大的雨點打在窗子上時，暖暖的手也停了下來，不是因為疲累（雖然她的手已發瘆），而是線已走到盡頭。她抬頭看了看窗外，天空和對面的大廈都像一張剛剛睡醒的蒼白的臉。她走到窗前，伸了伸懶腰，甩動通宵作畫的雙手。雨愈來愈急驟。自那時開始便沒停竭，一直下了四天。

她把勾勒了草圖的畫架置於窗前，然後走到離畫架最遠的角落，仔細端詳畫布，深呼吸十次後，踏前一步，再深呼吸十次，再踏前一步，每次停留的時候，慢慢地觀察畫，從不同的距離和角度去看，而生出的變化。直至畫布和她之間非常接近，線條和顏色都在她眼中失去焦距。當她和畫之間只有半個房間的距離，她看出了藏在畫布的雜亂的線條下是人的臉，不止一張臉，而是並置在一起的無數的臉。她重複了好幾次，由遠至近，又由近至遠觀看草圖的練習，逐漸看到出現了草圖和她的眼睛之間的那幅畫，才知道那個晚上，她畫了一座山，由許多交纏的屍身所組成，他們死亡的模樣異常安詳，就像睡去了那樣緊閉眼睛。山的底部是已成枯骨的死屍，藏在山的中央的屍首則仍有一半的衣服和疏落的頭髮，只有鋪在山頂上的屍體是完整無缺的。有為數不少的身體被天空吸到半空中，朝著雲層上升。那是一張採透視法呈現的畫，但，暫時只有她可以看到，在她把這幅畫切切實實地畫下來之前，畫在別人眼中是不存在的。

她掏出了油畫課的筆記本，翻到空白的一頁，寫上當天的日期：

十一月五日。

題目：裸山系列（之二）山皮。

擱在筆記本之旁的手機，響起短促的鈴聲，提醒她有群組訊息，而且，訊息已顯示在屏幕上。

「如果我是白教授，就這樣被校方停職，而沒有一個同學表示反對，質疑校方法定，我會對這群同學，這所學校，甚至這個城市，感到非常心寒。

～綺琳 9：00 am」

發亮的屏幕，尖銳的鈴聲，以至這幾句暗含需索的句子，對暖暖來說，都是張狂帶刺的。

一天之中，大部分的時候，她都是自覺而身不由己地，或渾然不覺地屈服於這微枝末節的強權中。她忍不住點開群組。如她所料，一夜之間，那裡滿滿的都是未讀訊息。她正要關掉手機，回到關於「裸山」剛剛萌芽的概念，但就在她的手指準備按下手機上方的鍵時，她想起，使她對藝術系產生希望和憧憬的人是白教授，她自覺有義務關注他被停職的事。但她不確定，這究竟這是不是白教授創作計畫的一部分。就像有些藝術家不顧一切地做出違反社會觀念的作品。被嘲諷、被唾棄、被監禁和嚴懲，其實是另一種方式，肯定這個作品的高度。如果白教授的油畫課，是一個反動的創作，是偽裝成教學活動的行為藝術，那麼，作為參與者，也作為觀眾的自己，要如何回應，或獻身其中？她決定點開群組的時候，就知道這樣做的目的，只是為了向自己證明，她不是只關心自己的創作。雖然對於這種狀況，白教授必定會說：就算做一個只活在藝術世界，只向內關注的藝術家也沒關係，人最需要做的只是，對自己誠實，欺騙一旦開始，就會無窮無盡。

「以下的話，是我冒著被踢出群組的危險說出來的：如果白教授的教學沒有問題，怎麼會遭到投訴？難道沒有人覺得每次上課都不知道他在幹什麼，也不知道自己在做什麼嗎？如果藝術就是這麼一回事，這才是真的很有事！

～白飯魚　10：05 am」

「為什麼一旦有事情發生，大家最先檢討的都是受害者？這個譴責受害者，嚴懲提出質疑的人的思維方式，什麼時候才會終止？校方倉促停止白的職務，沒有諮詢學生意見，就為課室加裝監視器，剝奪我們的私隱，又沒有公開討論事件。處理手法欠缺透明度。這些問題為何都沒有人談論？

～林水　10：30 am」

「投訴的人是誰，直至現在都不知道。究竟這個群組的對話，有沒有被監視或監聽？有一種我們在明，他們在暗的恐怖感。

～滿地開花　10：32 am」

暖暖讀了幾個訊息，便感到疲累，再滑下去，許多字出現在眼前，密密麻麻，卻已喪失了內容，像午間時分，聚集在欄杆上的一群鴿子，還沒有決定要飛到哪裡，便已無處可去。她讀不下去。

這時，手機屏幕忽然跳出一則訊息：黑色暴雨警報將在早上十一時生效。

她走到窗前察看街道，大型的旅遊車、巴士、計程車、小巴和大量私家車，全都擠在一塊。人潮像魚群，在車子和車子之間的縫隙穿過。她忽然發現，從高處俯瞰眾生，無法看到任何生物的表情，而這城市的樓宇高聳而密集，人們住在離地面很遠的高空單位內，不知不覺就習慣了臉和表情分離的日常。

「昨天，師兄跟我說，白教授幾乎每年都舉辦課室中的『特備環節』，裸體上課也不是第一次，以往多屆同學也沒有人投訴，今年發生這樣的事，真奇怪。

我和幾位師兄師姊、離校舊生，還有兩位研究生發起連署，聲援白教授，反對校方黑箱作業，有意加入者，可在下方連結填上資料，並廣傳。謝謝。

～方梓桐　11：30 am」

暖暖想起了無聲色地解散的「裸體研究社」。五個骨幹成員最後一次見面，是在法庭。財政Y在罷課行動中被捕，被控「非法集結」。因為有表現出悔意，願意認罪，她的律師預料，法官會輕判。

Y還柙時從獄中給暖暖的信上寫著，她已猜到自己會罪成，但，她的中學校長和大學教授答應寫求情信。出獄後，她不會再參與任何社會行動，接著會退學，然後去E國，在那裡，她沒有朋友，沒有居留身分，沒有任何後路可退，正好可以一無所有地建立新的生活。

暖暖終於還是放下了聒噪的手機。

* * *

之後的那個星期三，陽光從雲層隙縫深處迸裂開來，微光照耀著地面的泥窪。因為淹水而關閉了幾天的地鐵站，終於完成維修而重新開放，不過，列車走了一小段路後又遇到障礙物而停頓。地鐵站月台上擠著滿滿的人潮，他們焦躁而沉默。商場地庫被暴雨的積水浸沒，仍然關閉，清潔人員不懈地處理汙泥和積水。暖暖和雅人憑著居住在空城多年的經驗知道，幾天後，人們就會徹底地忘記這場暴雨，就像多年以來，他們對待發生在自身以及城市裡的事情的態度，讓一切都過去，彷彿什麼都沒有發生過那樣。

暖暖有時會生出莫名其妙的內疚，為了自己記得的事情太多，像駱駝馱著眾人的家當和皮箱，橫越乾旱的荒漠。偶爾，她欺騙自己說已經再也想不起來，卻因而記得更牢。

他們經過仍然關閉的商場，走進隔壁的茶餐廳，外帶兩份早餐。那是他們開始自己的課堂的第一天。彷彿那是一個儀式，他們決定提早到達工作室，準備「第一課」。雖然還有五星期，學期便會完結，但他們仍然期盼接下來發生的一切，或會令什麼有點不同。那時候，他們並不知道，也沒有想過，他們的青春非常短促，像在混亂時期，一切生命的開端。

暖暖把熱騰騰的盛著早餐的紙袋放在小木桌上。然後取來一盆開水，沾溼了毛巾，把工作室內所有家具、地面和牆壁上的灰塵都拭抹了一遍，使所有東西的表面，都可以經受窗外照射進來的猛烈陽光的考驗。光線會讓最微小的雜質和陰影無所遁形。雅人到雜物房，把畫架和作畫的工具都搬出，置放在窗前，仔細地排列整齊。

要不是繪畫需要動用身體內大量能量，暖暖更願意讓飢餓留在胃部果腹。她認為，在極餓的時候，血糖過低、眩暈、呼吸加速，甚至雙手顫抖，滲出冷汗時，往往會產生一種非常接近真相的幻覺。那時，她會冒出許多奇怪卻不可多得的念頭，只是，她不願意在油畫課上任由自己飢腸轆轆，也不願意在雅人面前餓得瀕臨崩潰。只有在獨處時，她才可讓自己內在的獸撕破她努力保持的人的形狀。

她在地上鋪了一張紅白格子桌布，雅人就把已經半冷的早餐，從小木桌搬過去。他們盤膝而坐，假裝在野餐。

「這是我們給自己安排的第一課，或許我們也該定一個目標，想像它已全部達成。」暖暖咬了一口牛油果三文治，吞下後又補充：「雖然只有五堂課。」

雅人搖了搖頭：「既然是我們製訂的課堂，就不必給學期局限。」他專心致志地吃著蘑菇魚柳包，反覆咀嚼。工作室非常安靜，安靜得讓暖暖認為，那裡形同孤島，或在逃亡時經過的無人公路旁邊，吃著所剩無幾的儲糧，是這樣的幻想讓她驚覺，看似平淡又平常的此刻，有著在未來再也無法重現的珍貴。

「那時候，我已經能熟練地看到，每個人假臉下埋藏著什麼，包括所有黑色箱子內部的運作、讀到所有虛飾言辭下的真意、辨別每一副身軀終於會歸向哪種泥土。」雅人把漢堡包的包裝紙捏成一團，扔進紙袋內：「這些都會呈現在我的畫上。那時候，這個世界再也無法輕易忽略我所看到的。」

「那時候，究竟是在多久之後？」她問。

「終有一天。」他笑說：「還沒有變得太老的時候。」

暖暖點了點頭。他看著她，等待答案。

「我要把自己撕開。」她吸了一口氣再說，就像以往每一次，當她非常認真地說話，聲音就會微微顫抖：「不只是外在，那些衣服化妝和髮型，也是畫畫時各種掩飾的手段。最重要的是，如何理解過去所發生的事。有時候，人去理解一件已成定局的事，而教育讓我們了解的歷史，則只是表面發生的事，讓我們不再去問各種讓當權者難以迴避的問題。如果可以的話，我也要撕開我的腦袋、血管、神經、肌肉、表情、本質，甚至家族、血緣和累世業力，成為作品。」

「那麼對你來說，觀眾重要嗎？他們的評價會影響你的創作意欲或身心狀況嗎？」他很好奇她的答案是什麼。

她歪著頭稍微思考了一下：「觀眾是重要的道具。對我的作品來說，他們是對話和想像的對象，但也僅此而已。我提醒自己，千萬別對任何人的評價認真，這是一個每個人都被壓迫的年代，也是每個人都會從各個渠道奪權，也有可能會互相壓迫的年代。」

她說完，便站起來伸展了一下四肢，收拾了所有垃圾，把桌布疊摺。工作室在晨光下顯得一塵不染，讓他們展開一無所有的開始。

畫架成了雅人的窗子。他已然看到窗外是什麼。那是一個過去了的暴雨日子，但那並沒有出現在現實中的任何一天。那只是存在於他逝去的視野裡，他尚能記起的窗外面貌。他在自己的窗前畫一個雨天，眼睛是雨滴，所有的眼睛都形單隻影，但非常獨立。外牆灰黑，滿布汙跡的樓房，沒有任何窗子，只是懸掛著巨大得像廣告牌的明亮眼睛，較小的幾顆眼球像星，不規則地分布著。低矮的樹木異常茂密，纍纍的葉片都是眼睛的形狀。茫然地站在馬路中央的一隻狗，雙目的位置是兩個黑色的洞，牽著牠的男人臉上戴著墨鏡，拿著一個手機，上面的鏡頭是貓的眼睛。

當雅人的筆掃著畫布，堆疊出雲層的立體感時，他忽然想到白教授的眼睛。當他不說話時，眼眶裡是無望的湖，那個湖裡有另一雙眼睛。那雙眼睛藏著祕密和防衛的姿態，那是暖暖的眼睛。他停下手中的筆。這部分，他畫不出來，他不打算畫出來。他盯著自己的窗子良久，不明白是為了什麼。

第三部分：空城

眼球遭到槍擊之後，雅人切實地感到他擁有的是兩隻眼睛，就像坐在一輛馬車上，右手和左手分別捏著兩匹馬的羈繩，而那是兩匹正要前往相反方向的馬。他飼養著自己的傷口，像養馬，傷口是活生生的生命體，而且有個體的主觀意志，牠和他對話，但更多的是在角力，以致，他無法前進，只是穩住身子。

受傷之前，他一直以為，他有的是一雙眼睛。

他甚至鮮少想到眼睛的量詞。

那天，他從沙發上醒來，看到雲站在窗前。那段日子，雲對他來說，代表時間。雲總是在單數的日期出現。那天，剛睡醒的朦朧時刻，他不確定是週三還是週五，只記得週末是雲休假的日子。

他的手伸到沙發底部摸索，終於觸手冰涼，碰到藍瓶子圓柱體的瓶身，把瓶口對準右眼，蓋著，彷彿那是他給自己配製的眼鏡。自從他對眼睛做出讓步，從他必須看到什麼的主導位置退下來，任由眼睛引領他。對於觸目所及的一切，他既不否定，也不懊惱或批判，只是盡他所能理解和容納。有時不免感到過於刺目，便閉上眼睛好一陣子，有時甚至昏睡過去，直至他鼓足勇氣醒來。

那天，他的右眼視線能抵達的只有藍色的瓶底，平靜無波的玻璃瓶底部。可是，從左眼看出去，卻看到雲面前的是白茫茫的霧，她的足尖已達懸崖邊緣，只差一步，她就會掉下去，他看到，或感到，她在猶豫著是否要跳下去。

他把右眼的藍瓶子移開，就看到雲面前恢復成他家的窗子。窗外是另一幢大廈的窗子，樹和一半的天空。他叫喚她，她帶點訝異地轉過頭去，臉上帶著一抹家務助理的友善微笑。

「你在看什麼？」他問。

「玻璃窗上的塵埃。」她說：「已積了一層，黏在窗上的霧氣。可是現在才開始擦，必定沒法準時完成。」

他瞟了一眼牆上的時鐘，短的時針抵住一時，不禁吃了一驚，他不敢相信自己睡了這麼久。

「你今天不必趕往下一輪工作嗎？」他疑惑，一般來說，雲會在下午一時急匆匆離去，以便一小時後到達海的另一端的另一所房子。

「我被解雇了。」雲苦笑著說，今早才接到通知。他們再也不需要家務助理。中介公司安慰她說，這年頭，許多家務助理都會遭遇始料不及的變動，因為有愈來愈多人對於讓別人進入自己的範圍感到不安，甚至恐懼。他們向她承諾，若有合適的客戶會盡快給她安排。

「那麼，這個月，你會失去預算嗎？」雅人看著雲蒼白、偶爾泛著油光的臉，胡亂地抓在腦後綁著一條馬尾的頭髮，總是穿著平底鞋，棉質上衣，寬鬆的牛仔褲，揹著半舊環保袋。他認為她會像大學時期的自己那樣，在接近黃昏的時刻，才到菜市場去，撿拾一些因為快要收攤而廉價拋售的蔬菜和肉類，與其說他這樣做是出於窮困，那更像是執著於節儉，克己地盡責。

「我失去了時間的預算。」雲面對突然出現空白的三個小時，感到手足無措。畢竟，健失蹤以後，她找到家務助理這份工作，讓她的日程排滿了密密麻麻的預約。那些與她無關的單位和雇主，以及經過她戴著手套的雙手和百潔海綿清潔後，便潔淨得閃閃發亮的家具和地板，占滿了她腦袋內所有多餘的空間，使她再也沒有力氣和餘裕，鑽進任何關於健的回憶裡。回憶是永不痊癒的舊病，一旦復發，人就會失去抗衡的力量。

「我可以留在這裡嗎？直至下午五時。」她咬了咬牙，決定把要求說出來。

他似乎能從這句話中嗅到她的頭髮之間散發出來的氣味。那些混合著散亂的夢、失眠的夜、枕頭套的質料，以及絕望地活著的殘餘之物，使他想到母親。不是那個長年居住外地的人，而是一個從不存在的，他渴望得到的母親。他想畫一張畫，關於一個站在深淵之前的人。他忘記了有多久，不曾細看眼前的事物，但那刻，他只想仔細地擦洗自己的臉和頭髮，換上一套乾淨的衣服。如果可以的話，也拭抹一遍接下來即將開展的一天。

「你吃飯了嗎？」他問她。

「冰箱裡還有材料，我去做午餐。」她轉身走向廚房。

他走進浴室後，隔著門朝她大喊：「我要請你幫忙，讓我完成一幅畫。」那聲音就像坐在井的深處，向外面呼救那樣。

⋆ ⋆ ⋆

桌子橫在他們之間，上面空無一物，像一條等待車輛經過的高速公路。

他們吃過午餐後，雲迅速收拾碗筷、清洗，把桌面拭抹了一遍。乾淨的桌面讓她想到，多年前，晚餐之後，她總是在飯桌上督促健溫習另一天的測驗、檢查他的手冊，當他的作業滿溢了桌面和時鐘的刻度，她就默默地幫助他完成美術科的習作。

有許多個深夜，健坐在桌子的一端奮力書寫，她就坐在他對面，用水彩繪出一個蘋果的陰影，混合青色和橘色，畫出果皮的立體感；或，用玻璃紙、小木條和鋼線，製作中秋節的燈籠。她曾經收集糖果的包裝紙、樹葉、絲帶、布屑，甚至一隻被不慎摔破的碗所遺下的碎片，只是為了完成他的拼貼畫。有時候，她會想，她生命裡大部分珍貴的才能，全都因為在母親的角色裡，被迫著咬緊牙關學會的。畢竟，生下健的時候，她只有二十二歲，個子瘦小，臉盤也小，到幼稚園接健放學時，老師和別的家長，常常把她誤認作健的大姊姊。也有可能，在她心裡某個隱密的角落，也認為健只是她的小弟弟，那麼，要是她在某天實在按捺不住把他拋棄的衝動，也只是一件符合常理之事。要是丈夫並沒有在她二十八歲那年突然離家出走，她就可以永遠假想自己其實是兒子的姊姊和丈夫的妹妹。然而，丈夫的缺席，令她再也無法從母親和被背叛的妻子的角色中逃逸。「為什麼要留給我這樣的現實？」雲常常禁不住在心裡埋怨，卻無法對任何人宣之於口。

幻肢往往比血肉相連的手腳，帶給其擁有者更強烈的不適和痛楚。健也不知所蹤之後，她回復至一個人的狀態，再也沒有任何現實的角色逼迫著她。朋友安慰她時，帶著並非偽裝的羨慕對她說：「現在你可以成為任何人，去做任何你想做的事了。」可是，除了那些已然棄她而去的身分，她便什麼也想不起來，或想像不出來。以致除了工作，她不知道如何打發一天漫長的光陰。

她把雙掌朝下平放桌面，像等待生命中的奇蹟那樣，等待雅人發給她一張畫紙、一盒油彩、一團陶土、一些畫筆，似乎只有如此，讓她可以回到過去，替健做勞作的日子。不過，她看到桌子的木紋，橫向，像一道河流，她的手放置其中，停留，就像有無數時間在上面經過。

坐在對面的雅人對她說：「我們要閉上眼睛。」

她不解。

「肉眼所見，常常阻礙人看到真正重要的東西。」他說：「可是人很難不去相信自己的眼睛，還有眼前的事物。即使明知只是假象，可是對於假得逼真的人和事，人是沒有抗拒的能力的。」

雲環視了屋子的狀況一遍，忽然對於自己身在此處的原因以及目的感到茫然。她唯一想到的是填補失落和舒緩痛苦，可是，無論是坐在一張桌子前閉上眼睛，還是跟另一個人無言地對坐，都使她不期然地慢慢走近在日常之中極力迴避的空虛和疼痛。但，把腰背挺得筆直的雅人已緊閉雙目，那姿態就像在催趕她投入自己的崗位。

在許多夜裡，她沒法合上眼睛，健失蹤後，她對於因睡眠而生出的未知深感恐懼。可是在雅人的客廳，她坐在椅子上閉目，睏意便洶湧而來。她得奮力保持意志，才不致昏睡過去。

「我們正在進入一條昏暗的隧道，沒有人知道，隧道的盡頭是什麼地方。可是，當我們再次張開眼睛，就可以看到本來長久尋覓而不得見的。在這隧道之內，沒有過去，沒有未來，沒有任何形式的關係，沒有身分、角色、外貌和軀殼。假裝和謊言也派不上用場。這裡只有目前的此刻，隧道讓我們前往的是比此刻更深的地方，那是極少人到過的偏僻之地。」雅人的聲音聽起來像葉片被風吹過、浪在拍岸，或鳥在鳴叫。雖然他的嗓音跟平常無異，可是其中的生活感卻被抽空，就像一個人在夢遊時，失神的雙目。

「我們不必著急，反正在隧道之中，時間也是不存在的。我們可以自己的步調一直走，走到盡頭的時候才慢慢張開眼睛。」

隧道很長，盡是荒蕪。翻出了雲藏在身體摺痕裡的所有疲憊。她一直都是獨自在走，即使小時候有父母和兄弟，後來又遇到丈夫，生下了兒子，但他們的陪伴只是在掩飾著她的孤獨。時候到了就分道揚鑣。隧道內的空氣像鋒利的刀刃，把她削，不斷削，她很痛，漸漸難以忍受。

她睜開眼睛，發現坐在桌子另一端的雅人在看著她，可是那眼神，穿透了她，彷彿看到了她之內的，她以外的，她曾經所是的，以及她將要成為的。她內在深處傳來一陣不由自主的顫動。她才發現，原來，她根本不必忍受，只要她願意讓自己離開那隧道，她就能走出隧道。

「此刻，我不再是平日的我，你也不是你所以為的你。現在坐在你面前的是健，你的兒子。」

或許因為他們之間是一條流動的時間之河，在她眼前的雅人，以至所有的家具、牆壁、懸在牆上的時鐘，都太近，同時又太遠，失去了焦距、線條和形狀。在所有完整的事物慢慢碎裂的過程中，她感到健的氣息和影子，在她附近漸漸聚攏，前所未有地具體而清晰起來。這樣的景況，像翻開了世上只有她知道的隱密體驗。她只有在生產的時候，才撕心裂肺地經歷過，而她正在進入的是另一種陌生的劇痛。她甚至無法確定，這是否一種幻覺。

「你為何要來當我的兒子？我的意思是，你為什麼選擇我成為你的母親？」

當她聽到自己的聲音，禁不住驚訝和害怕，她並非沒有察覺這樣的想法，只是從來沒有打算宣之於口，甚至，她一直在努力地掩飾這樣的念頭。懷孕並不在她當年的人生計畫裡。那時，她正在夜校上課，白天打工，而且打算重考大學。孕育兒子的同時，她活埋了另一個不曾實現的自己，但她永遠不會怨恨兒子。在雲身上，母性是先天，而非後天培育而成。她只是在懷孕期深刻地意識到，懷孕即犧牲。她把活生生的自己拿去獻祭，換來一個健康的嬰孩。

雅人定睛看著她，雖然知道坐在對面的人是每週前來打掃，照顧他起居的那個親切的女人，但她的臉忽然增加了厚度和深度，就像從一張紙，變成了一本沉甸甸的書，所有的神態、細紋、眼神的流轉和五官的掀動，都像不同的文字在他眼前迅速組成然後瓦解。他從她的嘴角，發現了母親靈抿著雙唇不說話時，倔強的線條。靈的臉出現在他腦海好幾秒之後，他才意識到，這個女人是他的母親。他很久沒有見到她了。對於這種因時間和距離而形成的記憶空白，他不由得生出了一種不可告人的成就感。跟母親的疏離並不是由他們的自由意志所選擇的，同樣，被母親的子宮帶到這世界，他也是身不由己。可是，這兩件事造成的結果，卻形成了今天的他，而這也使他辨清了母親不是作為母親，而是身為靈的女子的本來面目。同樣，他以目光翻開了坐在對面的雲，那臉目之書的其中一頁，那張不是他的家務助理，不是健的母親，而是一個對於未來感到漠然和茫然的女人的臉。他離日常的那個自己更遠，也因此能更清晰地看到那個自己和這個自己，以及靈和雲，以至跟暖暖的關係。

白教授被迫離開了大學，而他們也離開了沒有白教授的油畫課之後，他和暖暖一起構思了許多在正式作畫前暖身的活動。有時是一個讓自己沉澱的儀式，例如泡一壺熟普洱茶，看著白色的煙裊裊上升，然後不發一言地把茶喝完；有的像一個釋放情緒的活動，他們各自在一張紙上寫下在生命中傷害過他們的人的名字，又在各個名字後加上一個不多於七字的形容詞，填滿了一張紙之後，把紙扔進鐵桶內，用火燒掉紙張。有的只是一個遊戲。後來他們都知道，所有看來毫不費力的事，都是最容易滲進靈魂和骨骼深處，讓內在的關卡逐一失守。

那一次，他們約定要大笑，把響鬧裝置設定兩分鐘，便相對而坐，各自張開嘴巴大笑了起來，直至鬧鐘響起。只是，兩分鐘完結之後的好一陣子，他仍在哭，不能自已。實在，當一分鐘過去後，他笑至中途，筋骨肌肉都放鬆後，就忍不住大哭了起來，哭得臉紅耳赤，蜷曲著身子躺在地上。

先閉目好一會兒，再張開眼睛，然後進入扮演彼此生命裡重要且已經失去的人，則是他和暖暖興之所至想出來的活動。那是某天的午後，他們午餐吃得太豐盛，肚子鼓脹，昏昏欲睡，難以集中精神作畫，為了維持清醒，便決定投入這個遊戲。

雅人這樣回答雲的問題：「成為你的兒子，在我的生命裡的大部分時間，你是我唯一的家人。每天觀察你，感受你的孤獨、疲累和你刻意藏著的憂傷，直至我身上也長出了相似的孤單、倦意和哀愁。雖然多年以來，我並沒有刻意這樣做，但現在回想起來，才發現這很可能是我來到這世上，在人生裡最有意思的一件事情。」

雲不禁閉上眼睛，回想在她和健之間，從親密至漸行漸遠的分水嶺，或許就在健升上中學。開課的第一天，他對她宣布：「不必再送我上學，我知道路。」

那時候，她已不必幫忙他的家課，而在他面前，還有寬闊而漫長的路。他必須獨自在那裡，奔跑、迷路或摔倒。於是，她只是目送他一個人出門，就把門關上。她的上班時間比他上學更晚一點。從那時開始，她再也沒有刻意管束他的事情，讓他自由地開展青春期，以至成年期。她一直以為，他會像任何一個人那樣，默默地活到中年、老年，而她會先於他死去。她以為這麼平庸的幸福，原是不必刻意追求，就可以得到。

「很抱歉，這麼多年以來，我並沒有問你在生活裡遇到什麼事，每天過得好不好，有沒有快樂充實，或悲傷難過。我一直以為，孩子就是會自然而然地長大。起碼，在我們那個年代，這是普遍的事，像不變的定律那樣。我以為，確保你安全和健康，就是盡了母親的責任。但原來，即使這麼簡單的事，我也無法做到。」雲不敢相信，會把這些話對著雅人訴說，但那一刻，他就像一個什麼也不是的人，既不是她的雇主，也不是扮演健的人，只是像沉睡者那樣，一種中性的存在。

「你一直都是個好媽媽，我很高興自己的母親是你。」這並不是矯情的句子。實在，雲說出了那句雅人一直期待從靈口中吐出的話。多年以來，靈關注的，從不是雅人，而是許多他素未謀面的男人。「我也沒有關心過你心裡的狀況。我們都害怕過於親近，而這種相處方式是我們之間的默契，不是嗎？」雅人說。

「這麼多年以來，你有想過結束自己的生命嗎？」雲終於鼓起勇氣問他。其實，她早已心裡有數，而發問有時是傾吐，多於尋求答案。

「你呢？」雅人並非打算以反問迴避，畢竟，這是難得的對話。他和暖暖之間的約定，或，身為一個繪畫的人，最基本的自我要求就是，坦誠面對自己和他人。但雲沉默著，一點也沒有開口回答的意欲。

「許多次。有許多次。」雅人以健的嗓音說。

即使這是意料之中的答案，雲還是不由自主地哆嗦了一下。彷彿是明知故問，但她必須吐出：「為什麼？」

「剛開始的時候，我和身邊許多人一樣，努力不懈地去做對的事情，就像有某個看不見的理想原型人物，每個人都拚命想要仿傚他，以期求得到認同。可是，慢慢地，我就累了。既感到無所適從，缺乏力氣，也忍不住去懷疑這一切的意義，然後，在反覆的質疑和思考之中，我好像知道多一點，關於我是誰的這件事。如果我知道那件事情的價值，而且我深信那價值於我的意義，即使被千夫所指，我也會盡全力去做。因為在行動的時候，我是切實地活著的，我是在太遲的時候，才體驗到活著的感覺。那之後，我再沒有動過任何死念了。我不會主動去死。」雅人感到，說出這番話的人，既是他，同時也不是他。

「你在哪裡？」她把話說出的時候，就知道不會得到答案。

「就像我來到這世界的時候，我身在一個並非由我選擇，卻是我應該身處的地方。」

他頓了一頓才艱難地說：「請不要再想念我。」

* * *

雅人和暖暖把活動定名「分身」，只要他們具有決心，堅決地要在限定的時間內忘掉自己，成為別人，雅人就會看到更多，包括目睹一直以來的視野裡的盲點，或，在自己的位置上缺乏勇氣仔細檢視的部分。暖暖則會在換回自己的身分後，喉嚨的皮膚冒現紅點，長出急性蕁蔴疹。當她發現雅人的目光緊纏著自己的脖子，會急忙解釋，以一種驅趕蚊子似的氣急敗壞告訴他，這代表她湧起了創作的衝動：「有口難言的想法，只能畫出來。」

雅人便收回視線，專注在自己的畫布上。從來沒有對她說過，她皮膚上的疹子，令他看到盛放著的吃人花朵。他始終沒有把話說出來，因為他不願相信，那些花朵最後會把她吃掉。

鬧鐘響起，雅人對雲宣布，他們對著自己默念三遍自己和對方的名字，便回到自己真實的身分之中。雲看了時鐘一眼，站起來，拾起自己的袋子離去。像以往的每一次，她替他鎖上大門，只是這一次的意義，跟以往不同的是，為了讓他們各自回到安靜的空間，而不被那活動後生出的餘震打擾。雅人走到窗前，把自己融進下午溫和的陽光裡，他看到站在懸崖之前背向他而立的人，是失蹤的健，是被黑色吞吃了的暖暖，是已被他忘掉了臉的母親靈。懸崖的底部是滿滿的白骨，他感到非常接近愛的殺意，很像是飢餓至極的虛弱。他仍然不知道要如何畫出來。

⋆⋆⋆

暖暖發現街道上的牆壁，有著各式不同的由彩色水筆、箱頭油性筆、蠟筆或塗漆繪上的瓶子。從筆觸看來，並不像是出自同一個人之手，倒像是由互不相識的人，通過繪畫相同的主題——瓶子，來做出某種無言的交流。牆壁成了他們的嘴巴，有的瓶子空無一物，有的瓶子狀若葫蘆，有的瓶子是倒置的，有的瓶子充滿氣泡，有的瓶子藏著一隻貓，有的瓶子藏在一團雲霧裡，有的瓶子懸浮在海面，有的瓶子被一隻手握著。

多年前，暖暖在街上蹓躂時，曾經看到在巴士座椅的背面，公共洗手間的門上，後巷的牆壁、水箱、地鐵站入口，甚至是樓梯的梯級，都被畫上傘子作為標記，但那只是以傘作為符號，沒有構圖，也沒有層次，就像一句口號，或意思直率的直述句。可是瓶子卻像一張速寫，線條承載著畫者的情緒和溫度，她忍不住沿著一條街走到另一條街，尋找牆壁上的瓶子，就像在搜索人們吶喊之後，滲進混凝土裡的聲音。要是附著瓶子塗鴉的牆壁，在空曠或偏僻之處，而且四周沒有川流不息的人群，她就會把耳朵貼在牆壁上。她相信，必定有隱密的聲音留在那裡，等待被聽見。

暖暖感到自己的身體內有一道溪流，當她專注在畫布上的顏料，手裡正在搓揉陶泥，雕刻刀和木板的互相傷害之間，甚至是用毛筆在自己的肚皮上寫字時，空氣無聲，她進入了更深層的寂靜，便會聽到那溪流潺潺的聲音。生命的能量在流動，她便知道手中一步一步地成形的作品，正在帶著她的靈魂跑到更遠的地方。要是她湧起了雜亂無章的念頭，內心就會出現紛陳的聲音，那麼，她就無法聽到溪水流動，專注力瓦解的時候，睏意會把她圍困。

為了抵抗疲累，她會離開工作室，搭巴士，繞過大半個城市，重回她從幼年至青春期居住的地區，那裡正在進行重建。她在童年時代被媽媽牽著手蹓逛過的菜市場、涼茶舖、修理手表的攤子，配鑰匙的小店、販賣大碼衣裳的舖子，就像被龍捲風捲走那樣清理淨盡。不是變成了高尚住宅大廈、巨型商場，就是成了無法租出的荒廢單位。每月至少有一天，她都會回到已成了新區的舊區，再走一遍以前走過無數次的路，或進入商場內，在落地玻璃窗之旁的連鎖咖啡店買一杯咖啡，坐在窗子旁的位置，看著面目全非的街道和建築物，在腦裡重構各個位置的舊貌，就像反覆把玩著只存在於她和這個區域之間的一個祕密。她不只一次問自己：「你要把被迫遷的住戶和店鋪，留在畫框裡嗎？你要為那些不知被驅趕到哪裡去的人，勾勒出臉容和影子嗎？」而每一次，她都聽到自己說不。

她發現第一個瓶子塗鴉，出現在K區簇新的商場外，一條行人天橋上。那行人天橋通往早已沒有工廠的工廠區。那裡只剩下工廠大廈，大廈內原本是各式工廠的單位，成了貨倉、咖啡店、家具店和小型補習社。她在行人天橋的樓梯扶手發現用黑色水筆描畫的瓶子。接著，又在其中一幢外牆斑駁的舊工廠大廈外牆，發現一個用深藍色噴漆繪上的，正在噴水的瓶子。每次看到瓶子，她都用手機拍下照片做記錄。她為了蒐集更多瓶子，不知不覺深入了工廠區，再走到海濱公園，才在石椅上看到被泡在海水裡的瘦弱瓶子。她坐在那石椅上，看到眼前的海和天空呈現一種詭異的橘紅色，那是入黑前最燦爛的天空。從那天開始，外出找瓶子，成了她其中一個習慣。

* * *

回到工作室的時候，雅人正躺在幾張巨大的畫紙之上，畫紙和畫紙拼合成一張床，或一艘盛載著他的船。他正在細看天花板。很久之前，他就對暖暖說過，人們總是花了許多時間低頭盯著腳下的地面，卻忽略了懸在頭上的天空，街道上橫空而出的招牌、樹和雲。「這是由習慣造成的視線局限。」他說。

暖暖坐在他身旁，告訴他關於瓶子繪的事。那時，距離她發現第一個牆上的瓶子，已經一年。

「牆壁固然也可寫字和作畫，可是牆的另一個功能，卻是隔音和消解聲音。把字和圖畫寄託在紙上，紙的前身是樹，文字和畫都可在上面繼續生長，而牆壁呢，則令我想到墓碑。」她一邊思考一邊對他說。他往往在聚精會神地觀察天花板時不慎睡去，而入睡前的神志卻異常清明，在矇矓之間常常生出令他醒來後感到訝異的尖銳想法。「墓碑可是比任何一本書都更堅固而耐放。」他閉著眼睛說：「而墓誌銘雖然只有一句話，卻是用最扼要精煉的文字，寫出一個人的一生。」他為了抵擋睡意，猛地坐起身子，對她說：「如果牆上的畫等同墓誌銘，那必定是使盡全身力氣，被迫到走投無路時，吐出的東西。」

她一邊咀嚼他的話，一邊在心裡回應。牆壁上顯現的是眾音。人們不只在牆上塗畫，也有人面牆撒尿，或用拳頭搥打牆身。每個人都對牆抱持著不同的理解，正如每個人運用表達能力成就了截然不同的事。有些人漫不經心地吐出了鋒利的劍，有些人不假思索地說出了預言，更多人即使深思熟慮，卻不知道自己的話會帶來什麼後果。對暖暖來說，藝術是遲疑良久，藏在心裡發酵和發芽的言語，不是創造奇蹟，就是動輒得咎，觸犯法紀，有時，這會同時發生。她時常迫問自己，是否因為如此，她才會被誘惑似地不吐不快？

「瓶子藏著豐富的歧義。」最後，她能對雅人說出的只有這句話。接著，她提出以「瓶子」為中心點，規畫新的畢業作品。

她的腦海浮現了一個女孩被塞進瓶子裡飼養，當女孩慢慢長大，抵達了瓶子的邊界，便再也無法從狹窄的瓶口內逃出，只能活活地悶死在瓶內。

「為什麼她沒有在身子仍能通過瓶口時趕緊逃出來？」雅人喝下一小口咖啡後問。「畢竟，身處青春期的人，對於自己身體的變化總是非常敏感。」

「或許是一種匪夷所思，同時又非常普遍的心理。一種看起來無傷大雅的冒險或賭博心態，總是以為明天仍有機會而一再拖延。」她說：「當然也有可能，她有著所有女性都有著的先天性自我厭惡，而她這方面的傾向更嚴重一點。」

「人的想像力總是藏著無窮無盡的恐怖。」他把咖啡喝光，站起來清洗杯子。

她看著他站在盥洗盆前的背影，又從玻璃窗的反映看到他垂目的神情。她想到一個方法，各自把自己剝開，直面心裡的恐懼和黑暗，搗出隱藏在底層幽蔽角落的意念。那方法源自白教授。

雖然他們已是大學五年級的學生，太遲地而且還沒有準備好要畢業的人，可是當她回想第一年進入藝術系，在白教授的課室所發生的事，她總是感到一切都不曾過去。這樣的執念，讓她感到自己早已老去。

「或許我們應該關上窗簾，褪去身上所有衣服、拘束，以及由自己想像出來的障礙，去擬想和觀賞『瓶子』，一切意義上的瓶子。」她清楚地知道，當雅人的視線釘在她身上時，他眼裡所見，並不是某個特定的人、一個女人，或任何生物的身體。他總是看到另一些什麼。她記得，從他的畫裡看過，一個腐爛的架子，一條蜷纏在女人脖子上的黑色巨蛇，從一根番薯長出的瘦弱的紅樹，以至，一張血跡斑斑的桌子。她很好奇，在他眼中，自己是什麼。她可以肯定，他看到的她不是她，而是所有跟她有著潛在關聯的東西。

可是，他轉過身來，在她還沒有開口之前，對她說：「要來一個『分身』時間嗎？」

他們把三張大畫紙鋪展在地上。他盤腿在第一張上面，她跟他相對而坐。兩人中間隔著一張畫紙的距離。「分身」活動的重點是，看著對方的臉，那張臉會提醒他們，現實中的這個人，跟他們想像中那個人毫無關聯。只是他們的目光和心念，使二者密不可分。因此，他們要打撈的是記憶之海中的某個念頭，而非任何一個人。他們坐著的那張白色畫紙，是僅容二人安坐的島，也是一艘隨時翻傾的小艇。

「你要暫時代入誰？」雅人問暖暖。

「白教授。」她的回答不假思索。他錯愕了幾秒，才說：「那我是白教授，你是你。」

他們注視對方雙目，並在目光的橋梁中尋得允許。有好一陣子，兩人都沒有開口，空氣中只有窗外的馬路上呼嘯而過的車輛聲音。機器在尖叫。

暖暖不想承認，五年已經過去，而她卡在許多骨節眼上沒法過去，要逐一指認每個時間點的路障，就像梳理一頭纏滿死結的長髮，放著不管還比較容易。可是，她終究把自己推擠到一個角落裡。

白教授被停職後，暖暖以及油畫班上其他同學寄給他的電郵、發給他的訊息，全都沒有收到回覆。在訊息群組裡，曾經醞釀的聲援白教授行動，包括連署、靜坐抗議，或在校內民主牆上公開整件事的來龍去脈，都隨著白教授主動向校方請辭而無聲無息地瓦解。校方對他們的連署沒有任何回應，對他們的行動視而不見，沒有任何打壓，就像那是不值一提的事情。白教授始終不發一言，在整個過程中，暖暖不只一次想過，只要他站出來，說一句話，即使只有一句，就足以讓他們知道，他們的行動並非孤立無援，無的放矢。可是，他就像把他們丟棄在路上那樣，自己躲藏在不知名的地方。或許，他在暗中目睹這一切，不，他必定對他們的行動無疾而終一直瞭如指掌，這合乎了他的預期：所有革命終歸失敗。

一旦想到這連串事件，暖暖就感到氣憤難言。她因此而疏遠了藝術系裡，除了雅人之外的其他同學，不是因為她沒有如白教授被停職前那星期，自己所以為的那樣，再也不踏足並未諮詢過他們意見就安裝了攝錄鏡頭的課室，而是在一天又一天的重複之間，她最初拚命捍衛自主和課室內每個人的私隱的決心，就像被什麼一點一點地擊潰，慢慢地成了碎片和粉末。她和系內的其他同學再次若無其事地進入那些課室，在攝錄眼睛的注視下，上課、繪畫、做陶、討論和吃零食喝酒。是什麼毀掉了她的決心？她想了又想，並沒有任何明顯具體的對象，但那確實是一股龐大的力量，就像有一把聲音，有如蛀進蘋果的小蟲，藏在她心裡，無時無刻地對她說：「你們所有的堅持，終究是徒勞。」

或許，擊垮她的就是，她對這聲音深信不移。即使這難以擺脫的雜音，違背了她的意志。

手機裡的油畫課群組，早已沉沒到對話盒子的底層。他們之間對話的碎片，以至她每次看到別人的爭執，或顧左右而言他時，忍耐著而嚥下的話，仍然在她的腦海裡，某個常用的抽屜之內，成了沒法過去的內容。然而，這些事情，在現實的層面而言，就像不曾存在過那樣而消逝了。她總是感到一腔恨意。

尤其是，數年以來，當她每次踏入課室上課，看到別的同學安然地過活，即使那只是表面看來的完好無缺，也使她不滿和憤恨。因為課室內所有人都是她的鏡子，從他們身上，她看到自己，而且是她極力抹殺的那一面。在藝術系內的生活、上課、思考，以及人與人之間的共處，都像一種心照不宣的共謀。他們也讓她時常想起，她是如此容易被占據，只是微弱地抵抗了一陣子，就棄守自己。

暖暖盯著雅人的眼睛一段很長的時間，使她感到雙目微微發痛。寂靜的所在，是風暴在醞釀成形。

「你知道，在油畫課第一課時，你所說的話，令我確定自己的選擇嗎？在藝術系第五年，即使一點也不好過，我還是可以繼續下去。」暖暖對教授說出的第一句話，聲如蚊蚋，面目陰沉。她噏下了一句：「都是因為你。」

「我不會記得在課上說過什麼。如果你得到一點東西，那是因為你自己，而不是我。」當雅人代入了白教授的角色，他看到的暖暖是個困惑的年輕女孩，而不是他平日所見的特立獨行的女人。

「你讓我明白，在藝術系裡，瘋狂是被允許的。如果我們的瘋狂，可以在課室內找到一種方式，被世界所承認和接納，那麼我們可以，更好地活下去，甚至可以，一點一點地改變這個世界，讓所有人都能活下去。」暖暖的聲線仍然微弱，像鎖上喉嚨說話那樣。

雅人看到白教授在搖頭，他不由得跟隨：「你誤解了我的意思。我的本意是，要你們在課室內釋放你們身體內那個純真的孩子，那個多年來被指為瘋子的，因為這是個瘋狂的世界，美好的事物終究也會被汙衊，然後，被熏黑而敗壞。那時候，當我仍在大學裡的時候，我假想課室是個巨大的冰箱，把人們的純善保存，使它的保質期可以一直延長。」

「完全純淨的東西是脆弱的。」她說：「相比之下，瘋子還比較有力量。」

白教授點了點頭說：「只要是存在，不管以哪一種方式存在，都會付出代價。愈認真的存在，代價愈沉重。所以，當我們在問，或我們在自我質疑，你是否願意付出代價，其實是在問，你有沒有足夠的膽量存在。」

「我不知道是否有成為瘋子的勇氣。」暖暖說這句話時，不免帶著遲疑，因為她立刻就明白另一句話才是她真正想表達的意思：「我不知道，我是不是敢於面對真正的自己，並把那樣的自己袒露人前，不管別人的目光包含著哪一種含意。」

「其實我不想把世界和人劃分成正常和瘋狂，畢竟陷於二元對立是愚昧也是偏執。」雅人看到的白教授擅長思辨卻也容易陷於思想泥沼。他一直認為他是個嘮嘮叨叨又沉迷於自我推翻的中年人。可是在跟他分別的四年以來，雅人再沒有在其他人身上發現白教授的這項特質。大部分的人，都缺乏自我批判的決心，而把力氣耗在檢視他人之上。當他代入了白教授，才忽然發現自己一直在懷念有他在身旁的日子。「可是，瘋子的特質就是超乎尋常的力量，擁有這力量的人，都有無視現實和限制的目光。他們根本不會理會客觀條件，因為他們全神貫注於自己正在創造的事物之上，直至它成為現實。所以，忘掉現在的你處於哪一個狀況，專心去想像你渴望成真的東西就是了。」

暖暖聽到白教授的想法之後，便抱著自己的膝蓋，把整個人蜷成一團，擠壓著自己，彷彿要躲進自己的更深處。雅人甚至能聽到她的骨骼發出了「格格」的聲音，可是他謹守「分身」的守則，避免干預對方的反應。她有她自身的歷程，旁人沒法替代她完成，沒法支援她，甚至難以陪伴——他們在訂定遊戲規則時，這是其中重要的一點。

暖暖把頭顱也埋進雙臂和雙膝之間的黑洞內，就像在練習縮骨功那樣，整個人壓縮成很小的球狀。他看著忽然能理解，她以一種尖叫的力道把自己向內緊縮。她縮得愈小，表示她的能量愈大，可是，她為何不能以任何一種方式表達出來？雅人感到可惜同時愛莫能助。

暖暖最後抱著自己倒在畫紙上，像置身母體的胚胎那樣。

雅人脫離了白教授的影子站起來，找到一支炭筆揑在手裡，以筆圍繞暖暖倒臥的身體畫下一圈線，作為這次「分身」的紀錄。

＊＊＊

待暖暖也醒來，他們各占畫紙的一端，跪坐著注視那圈繞著身體運行了一周的線。那時，三張畫紙是一艘擱淺小艇的形狀。

「它像什麼？」

「你可以決定它是什麼。」雅人頓了一頓再說：「有時候，我們只是困在自己的想像裡。一個切實的難題，或一種虛幻的幸福，可能是一件相同的事。」

「那麼，這是一個不會爆破的瓶子，可以飛的瓶子，一直懸在半空的瓶子。」暖暖說。

「這也是一個帶著我們，我所指的是，這個城市內所有的人，逃離厄運的超級無敵大氣球。」暖暖笑了起來。

「這是無論何時，我們在哪裡，都包圍著我們的溫暖的光。」雅人待到最後才說。

＊＊＊

所有事情在發生之前都有徵兆，而人們往往在事情過去很久之後，在回憶之中，才能逐一抽絲剝繭推敲出來。當人站在「此刻」的一點，視線是局限的，時間是一扇旋轉中的門。

對雅人來說，一隻眼睛瞎掉，給他帶來最深的啟示就是，總是有一扇如影形隨的門，而他終於看到那扇門，門後必定還有他永遠不會知道的什麼。所謂的真相只是投影。關於那年六月的事，如果暖暖發現的線索是瓶子繪，那麼，那個一直被雅人忽略的警號就是咳嗽。像春天的霧一直在他喉嚨間蔓延，然後像溼氣那樣潛藏在他身體內各處的咳嗽因子，每一刻都在蠢蠢欲動，像有什麼即將要爆發。

許多螞蟻在他的喉頭蠕動。那些痲痲的，像有許多芒刺在拂他的食道的感覺，像一種難以正面跟它對抗的惡意干擾。既不要命，也不會令他受傷，只是令他無法專注、平靜，一如以往地生活。有許多次，他想到要用一種極端的痛苦，去終結這似乎無休止的困擾。他一再想到，把手伸進自己的喉嚨裡，就會從自己的肺腑之間，抽出一條蟒蛇，蛇的舌是分岔的，一再吻他的脖子。

那年二月，他每天都需要出門散步。有時候，從家裡出門，喉頭不適，像有人用手緊捏著他的脖子，讓他感到絕望，就去爬一座小山。三小時之內來回，再去暖暖的工作室。有時候，他專注在畫布上，心神忽然掉進深淵，像在一個籠罩著濃霧的海裡，快要遇溺。他會先走到窗前，把頭伸出去探看一下。只是他很快就會意識到，這動作比困在室內更危險。於是，他出門，到街上去，漫無目的地蹓逛。路人的衣飾、表情、以垃圾箱為中心點圍成一圈抽菸的人冥思般的姿勢，以至商店的排列方法和櫥窗布置，全都使他慢慢地平靜下來，忘卻自己的喉嚨，而被主要的街道和小巷吸引，以致完全入迷。他慶幸自己置身在行人如鯽的空城，摩肩接踵的全是陌生人，一旦擦肩而過就多半永不重遇，而人們都謹守著現代都市人的禮儀，無論多麼靠近，都不會注視對方，為了給各自保留僅餘的空間。多虧有這麼多的人跟他同處在街道上，他才能暫時離開快要陷入漩渦的自己。與其說，對他而言，重要的是街道，以及腳下的土地，倒不如說，他需要的是走路，不斷地向前走。也有可能，三者根本密不可分，像點、線和面那樣，是存在本身的不同體現。

在大學二年級那年，雅人和暖暖常常在晚餐後交談一段很短的時間，有時還會特地提前擬定主題。在進食、畫畫和休息之間，他們以對話作為能量的切換點。某次在晚餐後，他們討論畢業展覽的構思，他脫口而出地說：「風、火、水和土。」

他腦裡出現的是一系列的山水風光，可是嘴巴吐出的比他所以為的更多。「我想畫出日常生活的事物，以至人和動物中的這四種元素。」他思考了半晌，決定以人體作為例子：「譬如我們的身體內百分之七十都是液體，那是水。吃過從土裡種植出來的米和蔬果，消化後吸收了營養，又長出了肌肉，肉身就是土。當肉身死去腐爛了，又回歸塵土裡去。呼吸是不會止息的風，而當我們活動身體，產生的熱能，就是火。」

他接續著說：「我想試著畫出身體內的湖，衣櫥裡的風，蘋果裡的殖民地，以至，在一段關係裡忽明忽滅的火。」

笑意在暖暖的嘴角蔓延：「我從來沒有這樣想過。很好奇你會畫出什麼。」

「你有什麼打算？」他清楚地知道，如果不問，她永遠不會主動說出任何想法或計畫。

「一張記錄了一生的深刻經驗、回憶、情緒和意志的人皮。或許，裝裱在畫框內，或許，做成一件衣服的一部分。或許，鋪展在場館入口，像一塊地墊那樣躺在那裡。」她注視著雅人的表情變化，停頓了幾秒後才解釋：「這一段話，是我在想像展覽的主題時寫下的句子。其實，我既沒有打算直接地就這樣去割一塊人皮，也不會寫在Artist Statement上。只是，這是支撐著我完成展覽的祕密意念。」

那時候，他們都不會知道，他們的畢業展覽，並不在兩年後猶豫不決的四年級，也不在迷惘的五年級，而是在已經延遲畢業兩年，且終於鼓起勇氣面對一切的六年級。

那年，雅人每年都會復發的支氣管炎讓他持續咳嗽，而他仍然沿用二年級時的舒緩方法——一邊在城市各個角落散步，一邊構思畫作的內容。

他並沒有告訴暖暖，已經選了四張畫，作為「空之色」系列展出。他已經可以想像那四張大型油畫，占據了展場中央的位置，像錯誤地飛進室內的徬徨的鳥。對他來說，「空之色」是會持續下去的計畫。他並不是因為畢業展覽而預備一批作品，而是他早就知道，必須一直畫下去，才能保存他的視野，甚至他的生命，因此，他才會進入大學，遇到暖暖，深入探索那些媒介、素材，以及自己，又一再走進城市裡各個冷僻的角落。他相信，每個作品都深藏著那藝術家至少一個靈魂祕密。所謂祕密，並非不可言說，而是存在於語言之外，就像每個人都有精神力量支撐著，而每個民族都有神話作為象徵。

自雅人有記憶以來，靈就跟他一起，走過許多路。她沒有帶他坐計程車，也沒有預備運送幼童的手推車，只是牽著他的手。那時候，他們多麼接近一體，她信任他短小的雙腿，可以陪伴她完成當天的旅程。他也依賴著她的雙臂，在他缺乏體力時，把他抱回家。他們從沒有令對方失望。他記得，當他們在這樣的路上啟程時，他只有五歲。

靈帶他走遍各種不同的路。雨天，靈規畫的路線，都是以行人天橋和室內通道接駁的場所。一個又一個大型商場、玩具博物館、水族館，火車博物館。天晴的日子，他們爬很矮的山、去家樂徑遠足、在郊野公園野餐。夏天，他們到沙灘；冬季，他們坐在溫暖的咖啡店內，靈喝花茶，給他點一杯棉花糖巧克力。那時，他喜歡冬天，總是覺得雪人在巧克力海洋中游泳。

偶爾，靈會牽著他的手，搭巴士，轉乘渡輪，到達一個荒僻的離島，再被哥爾夫球車載到一幢高級住宅之前。雅人記得，大廈的大堂吊著一盞閃閃發亮的水晶燈。在那個飾有鏤花的升降機內，他從鏡子看到，在淡黃燈光下，自己的臉看起來並不相同，就像有一個他從自己的身體內偷偷溜出來，溜到另一個地方，而靈溫暖柔軟的手，讓他感到安全。

靈要雅人跟前來開門的綠裙子女人打招呼：「這是綠姊姊。」他抿著嘴巴對著空氣揚了揚手。綠對他微笑，領他們走到客廳。白色雲石長桌上，放滿精緻點心的三層英式下午茶碟架。他撫著茶杯和盤子上的鏤金花紋，看著上面的色彩和線條很久，直至完全出神。

「這孩子強壯又懂事，跑那麼遠的路，還是用自己的腿，既不撒野也不麻煩媽媽。」綠誇獎他。他便把目光投向她，先是她身上的雪紡綠紗裙子，深深淺淺層層疊疊的綠意，像春天的樹長在她身上。然後是她的脖子，垂在她耳下微微晃動的耳環。最後，他的視線才落在她的臉上，笑意在她的臉皮上蕩開了許多皺摺，像被風吹過的湖。他的眼睛再也無法從她之上移開。他從沒有見過身體線條和穿著裝扮這麼年輕，但臉容如此衰老的人。眼前的綠，被一團光采包圍著，他覺得綠很美，雖然及不上母親靈。對年幼的雅人來說，母親是地球上最漂亮的生物。

靈聽到綠的話時，不禁笑了起來，露出雪白整齊的貝齒：「孩子還是小時候最可愛。剪了臍帶，還是牽腸掛肚。女人有了孩子，就不需要婚外情了。」說完，便自顧自地笑得全身顫抖，長髮披散。

綠沒有笑，眼睛像能看穿什麼似地說：「雅人知道如何陪伴媽媽。但好孩子多半活得比較辛苦。」

靈轉過頭對雅人說：「因為我們要走很多路，才能把自己穩穩地縫在地上。」

這是他們之間的暗號，或密語。雅人並非從不喊累，只是每次他在街的中央抱怨，或快要哭出來時，靈總會適時地說出：「我們今天還沒有縫完。多走一步，就能把自己更牢固地縫在地上，不必擔心明天會失去地心吸力，飄到空中，或掛到樹上去。」

暗號的起源，是雅人曾經這樣問：「為什麼白天接著就是黑夜，黑夜之後就是早上，從不會是白天接著白天，一直是白天，或，夜之後仍然是無數的夜？」

「因為太陽和月亮是日子的身體。」靈喜歡回答雅人的問題，在問和答之間，她感到自己變成了小孩，跟兒子一樣小。但，她有時也會以成人的語氣把常識傳遞給他，以便更像一個母親：「地球環繞著太陽公轉，又一邊自轉，於是在地球上不同的角落裡的人，也可輪流感受太陽和另一端的月亮過日子。」

雅人側著頭想了一下：「地球是一個很大的球，我們住在球上，它轉動時，住在球的下方的人，會不會紛紛掉落，到天空裡去？」他臉上湧現了無限擔憂和恐懼。

「不會。」靈向他保證：「你沒有發現，街上的人都匆匆走過嗎？他們在走路的同時，也把自己縫在地上。」

「縫在地上？」他的眼睛亮了起來。這說法引起了他的興趣。

「我們的腳掌都有看不見的線，每走一步，都在啟動和土地之間更深的連繫。」靈神情嚴肅地告訴他。

雅人對這說法深信不疑，在他成年後，就成了他心裡其中一個最重要的神話。他知道那是假的，同時也相信那是真的，那裡面有著某種力量在引導他。有時，他會問靈，如果那天走的路太少，會不會縫得不夠穩妥。但靈總是安慰他：我們還有明天。土地很有耐心，會等待人們慢慢縫紉。

對雅人來說，土地一直比人類可親。

五月那天，他從暖暖的工作室走到街上時，忽然想起了綠姊姊，以及靈對他說過的話。已經有很長的一段日子，他沒有想到靈，而他一直以為自己已忘掉綠。一旦想到靈，他便會產生挫敗感，認定自己一直持之以恆的遺忘練習又失敗了。

最初，他在幾條熟悉的街道上漫無目的地蹓躂。進入一條街，街的兩旁是露天的攤檔。他看一下水果、舊電器、玉石和廉價衣服，觀察買的和賣的人，感受他們奮力營生的生命力。那安撫了他身體深處對於生存的不安。接著，他經過老舊而陰暗的文具店、連鎖手機傳訊店、糕餅店，連鎖咖啡店、連鎖護膚品店，再經過大型商場門外，接下來的區域，對他來說，就是陌生而鮮少踏足之處。他下意識地啟動了神經內的防護系統。一般來說，他會在自訂的邊界前止步、折返，尋索在附近的矮山，在一個下午之內來回，伸展久鬱的四肢。可是那天，在那區域（跟雅人時常散步之處，只相隔著一條寬闊的馬路，像河岸的另一端）有人拿著手提擴音器，高聲地宣揚著什麼。聲音透過擴音器，變成了沙啞高亢的嗓音，在空氣中破碎了，像穿了許多破洞的說話。雅人只聽到斷續的字眼，卻無法組成完整句子和具備內容。

當他的視線循著聲音源頭尋索，看見馬路的欄杆之外，本來是車輛行駛的道路已被鐵馬圍起來。有一群人，他們擠挨著彼此的肩頭，整齊地排列著。也有可能，行車道路本來就並不寬廣，他們只能在有限的空間內蠕動身子，步伐緩慢。可是，每個人前往的方向是一致的，步行的速度和節奏也相若。從遠處看來，他們像一道緩緩流動的深色河流。

雅人心裡湧起了一股不明所以的鄉愁。他原以為自己是沒有故鄉的，不只是他，空城大部分的居民，都沒有原鄉。對他們來說，鄉土是遙遠而沒有實際意義的名詞。他的腳步被遊行隊伍牽引著，朝著黑河的方向走過去。

最初，他確實只想走路，再走一段路。他一邊走，一邊想到大二那年的冬季，一連下了十一天的雨，他陷在被窩中不願出來，只能盯著書桌那盞花朵形狀的古董燈罩，看著從那裡把室內染成詭譎的氣氛，對自己說：「走不出來時，就走下去，一直走下去。」他把這句話當作咒語，一直默念。有時在默念的中途睡去了，醒來就是另一天早上。但有一天，他默念著這句子，沒有睡去，念到第六十次，便掀開被子，走到窗前，天空仍是溼冷的灰色，但對面大廈的外牆和地面已乾爽了。他胡亂洗了一把臉，套上了衛衣，用連衣的帽子蓋著頭，便跑到外面去。

他在遊行隊伍中一邊深呼吸，一邊想到那個冬天，他跑到街上去時，冷空氣像鐵牆壁，他向前跑一步，便撞向冷牆一次。但那時，他想像自己的腳掌是縫紉機上的針，一步又一步在地上縫出一條粗線，每踏出一步，都是一點，一點一點接著另一點，漸漸走出了一條路，那條路會像線反過來抓住他的腳掌，讓他不致魂飛魄散，腦袋掉進虛無之中。

遊行那天沒有風。

溼熱的初春，各種細菌蠢蠢欲動。他加入隊伍之後，為免嚴重得像哮喘的久咳過於擾人而戴上口罩。在口罩的保護下，他再也無法壓抑咳嗽的衝動，釋放在喉間徘徊許久的瘋狂搔癢，各種不知名的衝動，一下子像萬馬奔騰般從喉嚨深處跑出來。

或許根本沒有人在意他的咳嗽，甚至沒有人發現有一個咳嗽的人。所有人都在專心致志地吶喊著口號，隨著站在隊伍前方的人的擊鼓聲，混合成一種節奏。

多年以來，雅人在遊行隊伍中，從不曾跟著大夥呼喊出一致的口號。他甚至從不嚅動嘴巴，以口形配合著參與。他無法說出一句，或假裝在說一句，不是由自己的腦袋產生出來的話。他無法說服自己，以機械化的操作，讓自己的激情爆發，否則，其中的因和果便會陷於矛盾。

可是那年，在初春的遊行隊伍中，雅人那無法停止咳嗽的喉嚨，彷彿有著自身的意志。咳嗽的時間點、長短、起始和終結，都不由他作主。在人們高喊：「下台！」、「撤回惡法！」時，彷彿有什麼已經破碎很久的東西從他的喉頭噴發出來，但那不是語言，甚至說不上是發音，卻融合在眾人高呼的短促句子之中。如果遠處有一個鏡頭，對準遊行隊伍中的雅人，觀眾必定會看到他微彎著身子，腹部抽搐，雙肩晃動，就像在聲嘶力竭地吶喊。沒有人會看穿，他只是在猛烈地咳嗽。

雅人跟隨眾人走了一段很長的路，到達終點時，已近黃昏，街道被一片漸漸濃稠的深藍色籠罩著。他離開隊伍，走進一個高級商場，把口罩從臉上脫掉，扔進垃圾箱，又回復成一個隱忍著各種不適的人。

他的喉頭彷彿被一把大火烤炙過，發燙地痛。蟄伏在身體各個幽暗角落的隱疾，一下子全都在喉部爆發，成了一枚威力強大的炸彈。他很累，卻又認為那是一種可以幫助他徹底康復的痛楚。

他走路回到暖暖的工作室時已是深夜，看到她蹲在地上，仔細地看著剛從黑房中沖曬出來的照片，他突然感到一場惡疾已抵達自己的身軀，便放下背包，靠著牆壁坐在地上喘息。不久，軟倒在地上，昏沉地睡了過去。

當他醒來時，他發現自己躺在一張床上，身上蓋著毛氈，看到暖暖正背對著他，專注地排列著牆壁前的一堆玻璃瓶子。他想叫喚她，可是張開嘴巴，無論如何用力，也發不出聲音。喉嚨只有炙熱的痛。

他躺著的床，本來是一張沙發，打開後，便釋放了它的另一個身分和功能。沙發公共，而床私密。暖暖身形瘦小，必要時卻能扛起重物。他不知道她如何獨力把他拖到床上去。

昨天，他走進了隊伍裡，跟遊行群眾做了相同的事，淹沒了自己的聲音和臉容，跟別人融合，掀出另一個自己。

他曾經參與暖暖當裸體模特兒的人體寫作繪畫班。那時候，她的裸體在他眼中成了一團眩目的光塊。他不但看不到她的身體，也看不到日常的她那些熟悉的神情和姿態。他一直在想，要不，裸身是把暖暖從頭頂罩到腳趾的一件密不透風的衣服；要不，裸身時，另一個暖暖從她身體深處掙出來，壓倒了平日穿戴整齊的她。無論如何，對雅人來說，這樣的暖暖既陌生遙遠又危機處處，或許因為，他們從來沒有進入真正親密的關係之中。他始終不曾親眼目睹過的東西太多，於是，他才可以站在遠處，把一切看得透澈。

暖暖把活動茶几移到床前，在上面放一杯暖水，一碗從附近粥店買來的皮蛋粥。雅人看著熱騰騰的粥上繚繞的白煙，喝了一口水，卻吃不下任何東西，喉嚨是一扇關閉了的門。他對著她指了指自己的嘴巴，搖了搖頭。

「必定是喊口號時太認真。」她故意促狹地說。

暖暖的眼睛，使他想到無處不在，卻不知道藏在哪裡的鏡頭。他沒法說出什麼，也無法什麼也不說，只好從枕頭底部掏出手機，傳她訊息：「昨天，我根本不知道自己說了什麼。」

暖暖讀到訊息，臉上的笑容像碎裂的蛋殼。

「或許重要的並不是叫了什麼，而是有叫出來，在街上，跟許多人一起大叫。」

她決定跟他一起不說話，只傳訊息。

* * *

三年後，當法官的眼睛，在兩片清晰的鏡片後，銳利地注視著他，就像黑暗中的照相機閃光燈，那時候，他坐在犯人欄內的椅子，在欄杆內只有他一人。庭內所有的人，都跟他分隔。旁聽席上的人、控方律師及他的隨行者、辯方律師和身旁的團隊成員，還有庭警、法庭職員、法官、保安、掛在牆上的時鐘、電腦桌子和椅子，都在他的對立面。所有人和事物，全都成了對他虎視眈眈的鏡頭。

他時常恍神，回答問題之前又沉默很久，以致，控方律師不得不重複問題：「二〇一九年五月二十八日下午，四方街示威範圍內的遊行和之後的集會，你是否有參與？你當時是否身在遊行隊伍中，和其他遊行人士一起喊出相同的意圖顛覆政府的口號？」

拷問他的人太多，包括默不作聲的旁觀者、消失了蹤影的暖暖、多年不見的白教授、漸漸把他淡忘的母親，還有幾年前的自己，以及他所信仰的價值。他只能抬起眼睛，逐一迎向紛紛指向他的鏡頭。他想起暖暖曾經向他發出的問題，必須謹慎地挑選出自己的答案。有時，說出答案是為了坦陳自己；有時，亮出答案是表示不願屈服；也有的時候，提出答案是為了證實自己無罪。但如果，在某種情況下，罪名已真假難辨，說出真實的答案，就會從抵抗變成順從，又從有罪變成無罪，而要是為了保留不屈的原意，就得說出偏離當時狀況的說話，又從無罪變成有罪？他不能捂著良心，假裝不知道控方律師問題裡的目的，是要拷問他，有沒有反抗管治的人的意圖。在法庭裡，答案是他唯一的脆弱傘子，抵擋暴力的工具，但真相又是什麼？他這樣想著，又看了一遍包圍著他的飢餓鏡頭。

「是。」他說：「我有喊口號。」隨即鬆了一口氣。

控方律師向法官表示沒有其他問題。剎那間，彷彿所有鏡頭都捕獲了滿意的獵物，陸續從他身上移開。

＊＊＊

人潮如水般流動，身處其中的暖暖感到遇溺般的窒息感，從胸口蔓延至喉間，慢慢淹至她的鼻腔。她不由得張開口呼吸。求救是無用的。雖然她身旁滿滿的都是人，但屬於她的險境，從來只有她一人在那裡。捱過去，她對自己說。根據過去的經驗，她相信能挺過去。

抵達A區的時候，暖暖還沒有發現，那天有遊行和集會。她只是按照每個週六的習慣，吃過午餐後，選定一個區域，搜尋瓶子塗鴉的蹤影。直至她乘搭的列車，駛進A區車站的月台，她被擠在乘客之間下了車，車站的廣播提示他們各個出口的狀況。而且因為遊行即將開始，D和E出口正在實施人流管制，職員要所有乘客從B出口離開，無論他們是否打算參與遊行。

被人和人擠挨著的時候，暖暖無法堅決決定自己的方向，難以走到自己的目的地。也有可能，究竟瓶子繪在哪裡，她心中並無定案。在洶湧的人群裡，她的腳要依從的彷彿不是她的意志，走在其中的每個人都成了他人的障礙和難題。

自從數年前的罷課運動徹底沉寂，像什麼都沒有發生之後，暖暖就再也沒有踏足任何示威區。白教授辭職，消聲匿跡，讓她再次想起示威區那凹凸不平的地面。她曾經無數次坐在上面，躺在上面，或，在上面奔跑或踱步。街道一旦被劃為示威區，人們彷彿暫時奪回了任意使用那片地，那幾條街道的權利。即使那裡被鐵馬、螢光色的膠帶圍封，還有像獄卒那樣的執法者一邊巡邏一邊緊盯著他們，也無阻他們認為那個區域暫時屬於自己的幻覺。是幻覺。後來，暖暖就確定了這一點。因此，她遠離了遊行、示威、口號、集會和運動。為了使自己保持清醒，不再沉浸在行動可以帶來改變的幻覺之中。她對於改變仍然抱持熱情和盼望，只是已經知道那並不是必然的結果，而運動和藝術一般，都是無用的，因此，令她神往，又困惑。即使她不再天真地以為，可以藉此改變社會，以至整個世界，如果一定有些什麼會被改變，或許只是置身其中，奮不顧身地投入參與的人。

暖暖跟隨眾多乘客從B出口離開地鐵站時，像一點水流進大海，走進了四方街的遊行隊伍中。從遠處看過去，一整片湧動的灰灰黑黑像不同層次的陰影般的頭顱，一波又一波如簇擁的浪。那時，她終於確定，是她的腳把她帶到那裡去，而她的頭並沒有強烈地反抗。當她身在隊伍之中，身體內的不安和躁動，剎那間鎮靜下來，像水被倒進瓶子裡。她抬起眼睛看了看前方，在許多人身體的縫隙之間瞥見金屬色的鐵馬如何限制了他們步行的路線和範圍。同時，也讓人們的力量有了一個固定的形狀。她試著從陌生人的身體之間探看更多鐵馬的位置。不久後，她在腦中俯瞰街道，又在想像中看到無數鐵馬拼湊成蜿蜒生長的瓶子，而瓶子內的黑水正在沸騰。暖暖感到自己正身在這個瓶子中，心甘情願就像承受自己的命運那樣，被擠壓著。就在那時候，她湧起一陣胸悶，產生了嘔吐的衝動。她的心跳很快，快得像有一匹又小又年輕的馬，四蹄在她心臟上奔騰。馬蹄駕馭了她的器臟，而脈搏又駕馭了她，以致呼吸過於急促。她快要趕不上自己的呼吸，只能放慢腳步，專注在呼吸之上。她知道，只要有一口氣接不上來，她就會墜落，掉進這個人海之中，而人海比她想像中更深，她必會溺斃，在所有人若無其事，向前走去的時候。

暖暖想起第六節的陶藝課，那是一個半月之前的事，就在她又發現了新的一個瓶子塗鴉的第二天。那一課是手捏陶泥，把作品放進窯燒製之前，不可用任何輔助工具。

「陶泥也有記憶，機器會喚醒藏在泥之間的負面記憶。」愛密麗老師說：「例如分離、悲傷、輾壓和眼淚。」

阿美問：「所有泥土都這麼脆弱而感性嗎？」班上同學聞言便大笑起來。

「這得看泥土來自什麼地方，它的出生地背景、經歷、住在那片土地上的人和事，還有水源和空氣對土壤產生的影響。」愛密麗回答。

潔而笑說：「像人。」

「不。」愛密麗立即說：「泥土就是人的一部分，而人也終必回歸大地。《聖經》上說，上帝用一撮泥土，吹進一口氣，就做出了第一個人類。而我們死後，肉身往哪裡去？埋進土裡，滋養大地，或燒成灰燼，被撒進大海，或被困在骨灰龕內，而在燃燒的過程，又成了空氣的一部分，被泥土吸收。我們每天吃的蔬果，不也是從地裡種出來的嗎？」

美華低聲喃喃地說：「我只吃進口蔬果。」

眾人聞言嘩然。有幾個人不約而同地說：「我只能吃菜市場內最便宜的內地貨。」其他人不禁笑著點頭。

阿偉執起了面前桌上的一顆球狀陶泥，放在手上把玩了一下：「那麼今天的泥來自哪裡？」

「東北區。空城的東北區。」愛密麗簡單述說了一下東北區在三十年間經歷的轉變：祖孫三代都住在該地的勤勞農民，從八十年代開始接獲地產商收購農地，發展商業項目的迫遷通知。有些農民在名義上只是租戶，有些農民的祖先輩買了地，卻沒有正式地契，但這些真正扎根於土地，長年除草、播種、澆水、照顧農地，和土地有著深刻感情的人，卻在最後敵不過推土機的進駐，被迫拋棄了他們的田、狗、羊、貓，還有多年來日出而作，自給自足的生活方式。

「真想到東北區看一下。」阿美說。

「城市地少人多，也需要更多房子。」一直沉默不語的Pinky看著手裡的泥說。

「這一課，大家要和手裡的泥球交換故事，藉著搓揉、捏握和按壓，你要去感受和聆聽泥訴說的故事。而你手指和掌心的溼度也帶著你所有的情感和經驗，嘗試交給它，這團泥，畢竟，它們比你和我都更老，看過更多人和事，有更寬廣的慈悲，也有更多空間去承托一切。」寡言少語的愛密麗在那一課說了很多話，又不斷打開保溫瓶喝水。

那時候，暖暖就把右手五指都插進那團陶泥中，溼軟黏滑全都湧進她的指尖、指甲、指甲縫和指紋深處。她把手指拔出來，換上左手五指，非經常使用的手指，就像被拋進一個全然陌生的環境。如果右手手指是原居民，左手手指則是外來的移民。她又把左手手指拔出來，才想到這是個陳套的比喻。右手手指在平滑的陶泥上，再深入挖進，五個孔洞，再換上左手手指，直至整個泥球平均地滿布凹洞。那些洞既像失去眼球的眼睛，也像祕密下水道，或先天的傷口，呈現出可怖的狼狽。她滿手黏滑的灰泥，才停下來。

置身在遊行隊伍中，她艱辛地呼吸著的時候，想起了在那一課，她如何看到木桌上，一團又一團的陶泥，然後，走近它，觸摸它，進入它，和它交換痕跡，直至感到自己有一部分成為了那些曾被各種生物踐踏的泥。走在四方街規限的示威區內，她走進去，碰撞瓶子的邊界，在瓶內流動、發出誰也聽不到的聲音，同時感到自己是快要爆裂的玻璃，或快要蒸發掉的一點水，她看著示威區外，以正常的步速，走向不同方向的路人，外面全是寬敞的路，那是岸。她知道。那裡沒有讓她窒息的海，為什麼不回去岸上？她問自己。問題一旦說出，她就得悉答案。死亡是平靜而無時間的，而出生則需飽經掙扎。她在生產，產下一個全新的自己，似乎在任何一刻，都有可能碎裂成不計其數的一片一片。

* * *

暖暖告訴雅人，畢業展覽裡，她要換上新的作品。「幸好場刊內的簡介，我沒有寫上切實的作品描述。」她故意以自鳴得意的語氣掩飾心虛，要是說出來的話沒有被恰如其分地接住，也不會墜落。

「你有確定過任何作品嗎？如果沒有，就不是換上，而是你又想到一個新的作品。」他的話聽起來像一張很薄的紙，劃過耳膜像一柄速度很快的刀子。那時候，他正在埋首在一幅大型油畫裡。

油畫的面積就像一堵牆壁。暖暖無法迴避它。有時，她站在那張畫前，任由它映照出自己的不安和莫名的憤怒。

雅人幾乎沒有變更過創作的主題和表現形式。自從他在大二的下學期訂下了「空之色」系列的油畫，就一步一步地實踐出來。他是規律型畫家。預備畢業展覽這一年，他幾乎每天都在早上九時抵達工作室，晚上十一時半離去。除了短暫的休息和進餐時間，他都專注在關於油畫的創作之上。即使他偶爾站在窗前放空，舉起照相機拍攝天空、牆上的一抹光，或，抽一根菸，或，到街上蹓躂。那也是醞釀作品的一個過程。沉浸在畫裡的時候，他比平日更沉默，偶爾說出一句話，鋒利而冷硬，像朝她丟去的石頭。

她不明白，為何總是承受別人擲向她的石塊。無論那人是誰，曾經跟她建立過多麼緊密而互信的關係，時候到了，對方就會揣出藏在懷裡的尖石。投入在創作之中的雅人，對暖暖來說變得非常陌生，然而，那改變的迴路，於她而言又是異常熟悉。曾經出現在她身旁的人，不管是家人、同學、老師或好友，一旦了解變深，掉進了關係的漩渦裡，他們就會在她毫無防備時，端出收納在表面之下，陰鬱而黑暗的面向。待在大學的六年以來，她失去或避開了一個又一個如膠似漆的人。她以為，跟雅人之間，創作夥伴的關係，排除了女子和女子之間的競爭和妒忌，也刪除了男人和女人之間愛欲和性的搏鬥，就可以平等而安然地共處。

她轉過身去，背向雅人，盤腿坐在小茶几前，寫下創作筆記，一邊把最新的創作意念記錄下來，一邊感到前路茫茫。

不久，她聽到雅人的聲音在背後響起：「那次上街之後，我也有新的想法，會加進現有的作品裡。雖然不是全新的東西，可是也有新的元素。」那是平日溫暖而帶著善意的聲音。她沒有答話，卻因此而心裡踏實了起來，像獵物看到獵人突然放下了槍桿。這也是熟悉的，她再次看到那個在關係裡乞討憐憫的自己，不由得感到悲傷。

* * *

她把創作筆記本攤放在桌子上，向指導老師愛密麗解說最新作品的意念，而且強調，作品已在試驗中，只是還沒有達到她理想中的效果。

「許多許多的碎片，不同形狀的碎片。」她補充：「從完整至碎裂的過程也是重要的。」

「為何必須要在燒製的過程中，讓陶器自行爆破碎裂，而不是，待陶土燒作後，或風乾後，再把它摔碎？對你來說，兩者的意義有不同嗎？」愛密麗的問題，從來都直截了當，這常常都讓暖暖期待。她期待自己招架不住而感到快要四分五裂的那一刻到來。

「如果那由我去摔碎，無論是故意或不小心，都代表人，即是創作者我，有著全然支配的力量，而在燒製的過程中不可避免地破裂，碎得不成形狀，卻是陶土和機器之間的商議，或更多不穩定因素影響所致。在這樣的情況下，碎裂是陶土的選擇，起碼，是它的命運。人可以掌控的事情，其實很少。」暖暖回答愛密麗的時候，也在理清自己的思絮，並嘗試把思絮整理成語言吐出，面對著愛密麗的時候，她總是能如實地說出心裡埋藏已久的想法。即使，那是稚嫩、混亂和像空想那樣有欠周全的念頭，她也可以既不害怕，也不羞於讓她知道，或許因為愛密麗的手帶著泥土的溫度：冰冷、柔軟，有力量的。

第一年修讀愛密麗的捏陶課（一）時，她聽到課上的同學在休息時間低聲交談說：看著愛密麗的臉，就生出了欺負她的欲望。

暖暖垂下眼睛，假裝在清洗手上的陶泥，想著：當一個女人，或一群女人說想要欺負另一個女人時，跟一個男人，或一群男人想強暴另一個女人，有沒有什麼不同？

休息時間結束，愛密麗回到課室。暖暖看了看她那張素淨而神色淡漠的臉，斷定她是一種把陽光和陰影都吸收到內裡深處，滋養萬物的泥土。

「你確定觀眾都可以接收到你的想法嗎？」愛密麗喝了一口茶，放下杯子再問她。

暖暖注視著辦公室的天花板好一會，再把視線轉移到排列著整齊藏書的白色書架，最後是牆壁上的自畫像——一個只有半張臉的女人。那女人的臉也是一張地圖，或迷宮。

「我想，如果作品非常純粹而純淨，觀眾就會如實地看到他們自己的想法。我想做出的是那樣的作品。」暖暖說出一直在尋找的答案後，終於鬆了一口氣。

愛密麗在微笑：「對於碎片，你怎麼想？為何必須是碎片？」

暖暖便說起那天在遊行隊伍中快要迸裂開來的狀況。可是說到一半，又停了下來。「我無法用語言傳遞那經驗，但，之後，我搭地鐵，經過海，回去工作室。從地鐵站走出來，街道上的人很少，人們的臉像平日那樣沒有表情。我們腳下的土地看來是相連的，但其實早已碎得不成樣子，而人們，我的意思是，包括我在內的我們依賴著，斷裂而來的好處，從一塊碎片，逃到另一塊碎片，這樣就可以，在叫喊和沉默之間，在，反動和溫馴之間，在，違法，和，守法，之間，全身而，退。」

她說到最後，氣速的狀況，就像突發性的哮喘那樣，但其實跟氣管問題無關，只是掏出潛藏在身體深處的想法耗盡了氣力。一時之間，新的氣又接不上來。愛密麗立刻放下茶杯，握住了她不住顫抖的雙手。

暖暖感到自己的雙手被一團暖意握住。愛密麗一邊對她說話，一邊用雙掌慢慢引導她，把彼此的手當作陶泥，輕輕地搓揉。「有時候，不必強求形狀和結果。比如說，當你還沒有想透一個想法，可以試著談論它，但不要以語言征服它，因為那是對自己的暴力，就讓那還沒有成形的念頭擱在那裡，那就是它的形狀。」愛密麗把話說完之後，感到坐在對面的暖暖，呼吸速度已緩和，逐漸穩定下來。房間內只剩下像浪那樣的音樂。她們各自在靜默之中，休息了好一陣子。

最後，暖暖劃破沉默：「為什麼每次投入地做一件作品，本來埋在心裡深處的問題，就會再次浮現出來，一次比一次更真實而清晰……」她抽出自己的手，低頭盯著蒼白的掌心。

「因為人在創造著什麼的時候，心會變得更清晰而透明，也更強壯，足以處理所有未了之事，未竟之願。但，這並不代表你要一一去解決它們。頭腦是狡猾的，總是誘惑人從作品中分心。」愛密麗把雙手重新放回自己的大腿上：「你要看著那些湧現的念，不，其實是我們，要看著那些念把那些被掀動了的情緒和衝動、執著和癡怨，全都透過手放回陶泥裡，用想像和力量和泥達到合一的狀態。」

「然後呢？」暖暖抬起眼睛直視她。

「然後，」愛密麗緩慢地說出：「讓陶泥成為作品，讓作品帶你離開你，到更遠的地方。」

* * *

那是白天，但人們像夜裡深邃的海，在街上洶湧了起來。暖暖和雅人並排站在工作室的窗前，看著早已被人潮淹沒的街道，彷彿他們才第一次看見自己居住多年的城市。窗外有一種全新的景觀。雅人手上仍拿著手機，幾分鐘之前，他在拍攝全是黑色身影的街道。可是，不一會就放棄。記錄固然重要，但在那一刻，他更渴望讓自己的眼睛、耳朵、皮膚以至所有感官，沉浸眼前的景象之中。

暖暖感到好像有些新的東西在體內和心裡湧動。彷彿是種籽在破土而出，驚喜之中不無懼怕。「這天之前，我一直以為這裡是個偏遠的區域。」她說。

雅人看到人們像暴雨下的洪水，源源不絕地從各個方向湧動。街上的人跟他們一樣，平日把自己藏在各個陰暗而狹窄的室內，盡量不占用過多的空間過活。過度壓抑的人群，一旦不顧一切地釋放怒意，便會形成一種震撼的景象。

暖暖隱隱地感到從腳掌傳來的地面的震動，想起小時候住在地鐵站對面的大廈，每隔幾分鐘，列車經過，房子的地板彷彿也在無聲地咆吼。原來，人們的腳步可以堆疊成列車輾過路軌的重量。

「人們只是不再把自己收納在盒子般的房子裡罷了。」過了半晌，雅人才回話。那天，他們都穿上了黑衣服，也是水的一部分。只是沒有把自己投進窗外那巨大的海裡。不過是幾年的光陰，暖暖感到自己更謹慎了一點。對於投入群眾的事多了一點戒備之心。也有可能，只是積累了多一點的幻滅感。但她對雅人說，還有不到兩星期，就是展覽開幕，她要留在工作室內。他並沒有說什麼，只是回到自己的油畫前，聽著窗外一遍又一遍地響起的人聲喧囂，坐在椅子上很久之後，他發現自己無法從假裝的專注進入真正的專注之中。他閉上眼睛好一會之後，再睜開眼睛，彷彿第一次看見自己創作多月的畫，卻已變得陳舊而無法融合此刻的狀態。

「有些畫，還沒有畫出來，就注定要死去了。」他從經驗知道，面前放著的就是這樣的畫。他沒有去想，還有沒有時間再開始另一幅畫，在展覽前完成。他只是感到，再也沒有猶豫的餘裕，必須立刻付諸行動。他跑到窗前再看一眼絡繹不絕的人潮，確認過已沒法順利地從大廈出口走路到車站，再從車站乘車到城市中央的區域去買一匹布。因為澎湃的人潮已淹沒了車站和行車線，沿路的車站已停用。

他便鑽進儲物室，在各個貯存畫具、顏料、媒材和物料的透明塑膠箱之間來回翻找，終於在其中一個箱子裡掀出一幅已微微發黃的麻布。白麻布上的斑駁和黃點，記錄了溼氣和歲月，像一條被踏過多遍的馬路。他把布捧在手上，湊到鼻子前，確認過這就是他在尋找的畫布，便剪裁成自己需要的大小和形狀。他帶著布匹，回到原本已努力多時，卻已無用的畫作之前，珍惜地把它從牆上拆下來，放在地上，再把一張巨大的白畫紙，釘在那幅畫本來的位置，又把麻布固定在畫板和畫紙上。費了一番力氣之後，他終於有了一個舊的新開始。

暖暖坐在工作室的角落，左旁是窗子，窗外是綿綿不絕的震動。在那一刻，那裡是那個空間內，令她感到最安心的一角，有一部分的她置身於街道，她同時也待在工作室之內，在雅人以及一堆還未成為作品的碎片之旁。她默默地看著他丟掉在過去數月珍惜地畫每一筆的畫。推倒從來不容易，而且沒有人能肯定一切是否可以重來，但有時候，人們奮力多時，也不過是為了這種空隙，從一處跳往另一處，腳下懸空。有無限的可能性正在生長的空白。

暖暖保持沉默，不發一言。

他們各自承諾在畢業展覽前的四個月，最後的衝刺期，無論如何，不干預或評價對方的作品。無論是鼓勵讚賞或善意的勸導也不可以。他們都同意，創作者需要的是，絕對的靜默。起碼在作品展出前的最後階段是這樣。暖暖的理解是，這是他們保護自身、對方和彼此作品，甚至是彼此間盟友關係的方式。畢竟，平和的共處就是，有時假裝沒有看到對方。

她把從不同渠道蒐集而來的碎片，井然有序地排列在地板上，就像將要拼湊出一幅完整而巨大的地圖。可是她真正要做的事情卻是整合的相反——還原城市破碎的形狀。她看到的空城，她身在其中的空城，以至蜷伏在她身軀深處的空城，從來都是碎裂的，隨著時間過去而不斷分裂，通過分裂而進化，因此它的進步和退步都在同時進行。暖暖雖然耗時許久才得到各種碎片，可是那些碎片都是在無心插柳的狀況下意外得到的。譬如說，當她因為過多的嘗試而氣餒——她已把八個捏成的杯盤碗瓢和花器送進窯裡，期待其中一個在燒製期間四分五裂（像以往她曾遇上無數次的那種狀況），可是，八個作品都完好無缺地進入她的生活中。當她把第九個菸灰盎送進窯，已打算改變作品的方向，不再強求碎片出現。可是，燒製中的陶器卻突然爆裂，從窯裡取出時已不成形狀——那正是她期待中的渾沌。她便懊悔了起來，實在是應該把另一個花器也送進去，菸灰盎的體積畢竟太小。

碎片的數量不如她所預期的那麼多。作品的面貌不只取決於她，還有溼度、溫度，和陶泥本身的意志。作品是她和泥土之間的關係，她信任泥，而且不會期待得到泥的回報或回應。她坐在地上，為數不多的碎片就在她身前，而她感到腦裡擠滿雜念，像颱風之後，滿布垃圾的海灘。雖然憤怒的咆吼被關在窗外，但她沒法平靜。她能按捺著往窗前探看的衝動，但每隔一陣子就掏出手機觀看即時新聞，報道遊行隊伍的狀況，更新隊伍已到達哪一條街道的哪個位置，以及有沒有發生任何衝突。直至她對自己無法忍受，而終於把手機關掉，藏在抽屜裡。她盯著地上的碎片，想到五年前的九月，她睡在駐守區的帳蓬裡，彷彿可以感到身子下冷硬的地面不斷傳來的寒意。那段日子，廣場的天空總是陰灰的一片，即使陽光偶爾衝破雲層，城市上空仍然一片陰霾。當她發現自己無論如何也無法專注於眼前的碎片，或正在製作的作品本身，她讓自己臣服。臣服於已成碎片的陶器，以及已成碎片的自己。她放棄了在那一刻強行要求作品再往前推進至少一步，更接近完成，而只是停留。她也放下了不斷要以作品去呈現什麼。她讓自己和那些碎片充分地感受，莫以名狀的此刻。雖然時間無多。她清楚地感應到這一點。

＊＊＊

暖暖再次站在工作室窗前那天，窗外的街道已不再有遊行隊伍。可是每一個窗子，和城市裡所有的缺口，都有被壓抑多時的澎湃力量，快要憋不住地傾瀉而出。

她把攤放在地上的陶瓷碎片放在耳畔，彷彿可以聽到怒吼。如果空城是海，他們就是水。為了保持精神狀況和心情平靜，她把手機調校成靜音，放在離自己很遠的地方。然而，當她坐在工作室六小時之後，仍然感到身體內莫名其妙的躁動，坐立不安。她決意到街上走走。走向大門之前，她在雅人身旁停留。

這一年的第一次遊行活動之前，他們已跟對方約定，不會一起參與，而要各自決定是否到達現場。為了保有彼此之間對事物看法的差異，也有可能為了避免爭執和衝突。但他們像默契良好的共謀那樣，沒有說破這點。

「你說，展覽會如期舉行嗎？」

「可能會。」雅人停下手裡的動作，思量了半晌，才小心翼翼地說。

不久之前，應該說，就在暖暖把問題傾吐的當下，他們都強烈地希望，可以自己的力量，或，摻雜了自己在其中的群眾力量，抵抗恍如架在頸上利刃的惡法。新的法例愈兇狠，愈是以快捷方便且不予任何人有思考和討論空間的方式訂立。

手無寸鐵的人，最強的武器，唯一的對抗武器，只有自己的身體。

暖暖在心裡詰問自己，怎麼能祈求畢業展覽如期舉行？這就像要求一起上街的走在前方的人以肉身衝向子彈，同時又渴望自己和朋友倖免於難那麼荒謬。但她必須承認和懺悔，人性中有時確實有矛盾而無理的部分。

雅人正在用針為油畫裡的人，在許多腳和腳之間縫上紅色的線。他比以往更清楚地知道，展覽、學位、大學課程或獎項都只是過眼雲煙般的誘發物，都不是他真正追求的目的。他要做的事只是，把心裡的畫，用手和眼睛實踐出來，把本來並不存在的意念，變成具體可觸摸的物品。彷彿他在大學待了六年，這才是他真正必須學會的事。

＊＊＊

「二〇一九年六月十二日，下午三時十五分，你為何身處在四方街遊行和集會現場？」辯方律師看著雅人的眼睛是鏡頭，控方律師把視線從文件中轉移到他的臉上，也是鏡頭。

旁聽席上有許多眼睛，他沒法逐一細看，只是感到鏡頭紛紛。即使在開庭之前兩週，辯方律師和雅人就像排練一齣戲那樣，模擬過這樣的情景，雅人仍然感到，法庭是個冰冷的大海。他們預設的答案是：「因為畢業展覽在十天後開幕，那時候的雅人正在密鑼緊鼓地預備著畢業大型畫作。那個下午，顏料和材料都用光，他要到街上採買，否則就來不及。雖然美術用品公司在M區，但他的畫需要的鋼絲，必須在四方街上一間相熟的店子才能買到。」辯方律師建議呈上雅人的油畫做證物。

這並非謊言。辯方律師和雅人反覆確認過這一點：雅人為了向律師證實他是誠實的，而律師則負責驗證，這答案沒有明顯的漏洞，而當事人的誠信不會被質疑。許多鏡頭對準了雅人的臉，像飢餓的刀子，瞄準了待宰的羊。雅人知道，在刀和刀之間，只有很小的隙縫。只有說出那答案，他才有比較大的機會，擠進狹窄的活路。雖然他一直懷疑，那裡其實沒有任何活路。死路才是大路。或，唯一的路。

在刀鋒處處，敵我難分的法庭之內，他屏息積聚力量，說出一句話之前，有一個寂靜的瞬間，他忽然想到，那天在工作室，把針刺進畫中，讓線從畫中人的足踝蜿蜒到另一個畫中人的足踝，不同的腳被紅得像血的線連貫了起來時，他身子之內突然產生了強烈的悸動。不是因為他的畫，甚至不是為了他自己，那是從外面而來的召喚。他無法確切地指出那是什麼，只是無比清晰地感到，他必須走到人群之中，和暖暖一起身在群眾裡。他放下了針和線，抄起手機放進背包，穿上鞋子，便開始奔跑。

他要說出一個擬定了的安全答案，還是說出心裡的聲音？

「法庭內使用的語言，不是你們在日常生活中使用的那一套。」為他辯護的律師，在跟他最初期的會面中，就以否定他的方式去幫助他：「你不能直接說出你想說的，在法官面前，這等同自尋短見。」律師說這句話時，嘴角的弧度帶著嘲弄的笑意。雅人知道，律師故意給他看，擔心他不明白。在之後的面談中，律師幾乎一字一句安排他在庭上說出的對白。

那年的畢業展覽只是舉行了兩天，就因為緊急狀況而提前結束。躺在醫院裡的雅人始終沒法完成以針縫線串連眾人腳踝的油畫。可是他並不感到可惜。那時，在他腦裡浮現的是白教授的聲音：「做一件作品的時候，專注和力度固然重要。可是，真正重要的並不是你在做的那件作品，而是，做一件作品時的那個你，如何跟周遭的人、事，以至萬物互動。作品比我們的肉眼能看到的，腦子所想像到的，更深沉而廣闊。因為，支撐著作品的，是其背後那無形狀卻切實地流動著的一切。」

他跟白教授共處的時間還不到半年，但他在上課時所說的話卻不斷左右著他。雅人無從肯定，要是白教授沒有被大學流放，這一切的景況會否有所不同，可是白教授的行為，以及他的行為所帶來的結果，跟他在課上所說，是一致的。雅人無法判斷白教授是否完全誠實，但在他看來，白教授貫徹了始終。

雅人又想到聶偉達。自從他放棄藝術系，轉到政治及行政學系之後，便積極地在社交媒體上發表對社會上大小事情的觀點，又建立了自己的頻道，每週以影片分享看法。有一段日子，聶收穫了一批追隨者，以及謾罵者。當擁護他的人和討厭他的人同樣眾多，就代表了他具有相當的話題性和影響力。而且，他的面目在公眾目光下是複雜而立體，並非沉悶而扁平的。

聶畢業後順理成章地加入政黨，成為立法會議員助理。可是在國家安全法生效之後，他跟許多人一樣，迅速關掉了頻道和社交媒體帳戶，帶著妻子離開空城，移居到另一個國家，此後不再公開發言。

在雅人看來，聶偉達也活出了他的誠實。他誠實地展現了他的軟弱。

＊＊＊

誠實也是一條窄路。四周處處是形狀各異的刀鋒，從這一點走到那一點，都有不同的刀子，把人從各個角度切割，一直削一直削，就看走了一段路之後，人還剩下什麼。雅人在空洞冷冽的犯人欄內抬起頭，迎向霍霍刀子。忽然發現，辯護律師尋求的活路，是最大可能的勝訴機會，或敗訴後最低判刑。他顯然不會在乎，被削掉後的雅人還是不是雅人，其實他並不認識雅人是誰。可是，雅人知道自己是誰。在失去了母親、暖暖、畢業作品展裡的所有作品、無罪之人的身分和一隻眼睛之後，他知道自己仍然擁有也不會被任何外力剝奪的是對於「作品」的信念。尤其是，更廣義的作品。要做出作品，就必須誠實，那是只有他自己才能判別的誠實。要是連這一點也被刀子削去，他的生命就到達了盡頭，再也不剩下什麼了。即使自由地活著，內在也死了。

雅人遲疑了太久。法庭內所有的人，包括保安員和法官也在看著他，等待著他說出什麼。辯護律師早在開庭前告訴過雅人，法官不會看被告一眼，但他必定留神著被告回答時使用的每一個字。

可是，那時的雅人，看不到面前灼灼的目光。他說：「有個聲音在召喚我，強烈地吸引著我走到街上去，和街上的人站在一起。」說完，他垂下眼睛看著自己的雙掌，那裡沒有任何鏡頭，他第一次確定了正在走向一條自己所選擇的路。

* * *

在許多情況下，人走向自身的命運之時，都帶著一定程度的無知。

那天，雅人從地鐵站走出來，就看到影影綽綽的身子所組成的隊伍把街道完全占據。人太多，街道太狹小，隊伍前進的速度非常緩慢。

雅人在人和人之間的空隙，占了一個位置，融進隊伍之中，侵擾了他大半天的焦慮感，隨著起伏不定的呼吸，慢慢地平靜了下來。

那段日子，許多空城人都是從早上醒來開始，就惶惑不安地惦念著街上的人——無論那些人是否已經聚集成群。以致，無論他們在家裡、辦公室裡、學校裡，或任何一個不是在街上的地方，他們都坐立難安，直至終於按捺不住，跑到遊行或集會的地點，才會心安理得。即使，安然無恙只會維持很短促的一陣子。

街道已不再是本來的街道，那已是日常生活和一觸即發的戰爭並存的所在。當雅人走進緩慢前行的隊伍之中，就像以往許多年那樣，透過不懈的步行，一再用腳把看不見的線縫進地面。但那天，他第一次發現，在隊伍之中，一起前進的人的腳上，都有看不見的線，連接著陌生的彼此。他們都知道，自己正在置身的街道，跟別的他們不在現場的街道，都同時醞釀著危險和改變的機會。人們以肉眼能察視的距離和範圍有限，只能不時掏出手機，查看其他示威地區的即時狀況。如果人群是水，街道則是管子，洶湧的波濤往往從水管的一端，撲向水管的另一端，速度出其不意。他們依賴著從手機接收到的消息，決定下一步是繼續往前向巨浪推進，還是停下來往回走。他們既恐懼戰爭就在前方不遠處爆發，也擔心錯過任何一場戰爭而遺下內疚。每個人都只能在兩種憂懼中選擇一種。

雅人打了一個電話給暖暖，放下手機不久，再打一個電話給暖暖，然後把手機收進口袋。不消一會，再掏出手機，按下相同的號碼。全都無人接聽。

他第四次從手機屏幕中抬起頭，就看到前方的人慌亂地轉身往來時路逃走，臉上都是驚懼之色。他也反射作用般回頭就跑，不過，只走了幾步，就從求生本能中回過神來。畢竟，他走到街上，不是為了逃跑。「是為了什麼？」他問自己。當他逆向急竄的人群，小心翼翼地選擇著路向走到前方，也有幾個人跟他一樣，像在滿布地雷的現場，步步為營往前探看，他只能仰賴自己的眼睛，觸目所及的東西，決定下一步的行動，甚至沒有思考的餘裕，由直接的感覺接管。

大部分的人退到遠處之後，只剩下兩旁的鐵馬，路面的水窪、散落在地面的文宣和垃圾。很久之後，雅人時常無法自制地回想那天的境況，回憶的視角是另一個鏡頭，他總是想從那有限的畫面中搜索到更多。以後的雅人，非常懷疑，在那個當下的他，故意不去看，或不敢去細看的東西太多，才會做出種種誤認和誤判。那個下午，雅人和寥寥可數的同行者走上前線。前線和後方並沒有清晰和客觀的標準，只是以在場的人的主觀判別。走了短短的一段路，經過不尋常的冷清和寂靜之後，他們看到幾輛黑色的執法車輛。幾個穿著黑色速龍服，戴著頭盔和面罩，只露出眼睛，腰間佩棍子和佩槍的特別行動執法者，包圍著一個年輕的女人。女人被壓在地上，被其中一個速龍騎著。女人的四肢徒勞地掙扎，雅人看到那女人的上衣被扯到胳下，露出了整個胸罩，以及一片平原，平原上有些什麼在閃著亮光。他的腦裡出現了暖暖的臍環，便反射作用一般往前疾衝過去。

後來的雅人，從回憶的鏡頭裡看到的這一幕，總是反覆拷問自己。他從不相信自己是無私的人。他也不認為，當時的舉動基於情感、憐憫或愛。要是有一個原因，那必然是憂懼——對自己的安全、對那個很可能是暖暖的人陷入危難，以及對於日後將對見死不救的自己生出的無比厭惡，種種的憂懼同時湧向他，他只能被其中一種占領，那甚至並非選擇，而只是某種混亂造成的結果。

就在他差不多可以靠近被壓倒在地上的女人之前，其中一個速龍轉過身來，朝他的臉開了一槍。其餘幾個執法者一擁而上。

世界碎裂成無數塊狀。雖然被壓在地上的雅人，像夏末倒在路上的蟬，被無數路人踩了一遍又一遍，雙腿已不能隨他的意志而動彈。可是，在以後的日子，無論雅人透過回憶之眼再看這一幕多少遍，他都能確認一個相同的事實：他走向了自己的命運。

＊＊＊

「你怎能如此確信自己所見?」暖暖曾經這樣問他。

雅人聽到的卻是:既然大部分的人看到的跟你所見的並不相同,你為何還相信自己的眼睛?

「只要不完全相信表象,即使天生目盲的人,也能看到真相。」那時,他這樣說。

＊＊＊

血是白色的,流淌久了就黑得像墨。除了黑和白,血不可能有別的色澤。躺在醫院床上的雅人,生出了這樣的想法。

他醒來時,無法看,無法說,沒有氣力挪動自己的身體。身體彷彿已被分割成許多小房間,有的密閉;有的有窗子,空氣得以流通;有的像開了洞,被剖開過,縫補過，線和針孔仍爬在皮膚上；有的滅了燈，血液不流暢；有的插著一根粗針，針接駁到點滴瓶。大部分的房間，他無法確定是真的存在，還是他憑藉著記憶捏造了它們。

每天都有人走近他的床，給他量體溫，用水沾溼他乾涸的嘴唇，更換點滴和盛載他排泄物的袋子。偶爾拭抹他的身體，像逐一開啟每個房間的燈。最初，他聽到有腳步靠近他床，便會本地能縮緊全身，直至那些人，低聲跟他說話。但他無法回答，他的喉嚨像一根瘀塞的水管。

那段日子，他感到自己在無人的海泅泳，身體碎成無數浮木懸在他附近。只要他稍微接近，一旦碰觸，浮木又漂到遠處。他從來沒有那樣強烈地感到身體的存在。他就像被趕出了自己的軀體那樣，沒法安然活著。四周是無垠的水，看不到岸。

最初，他以為自己失去的是兩隻眼睛。

直至他左眼的紗布被護士揭開，讓醫生檢查。他從左眼的洞，看到護士的手指、手臂、腰身，以至她整個人。外界的白，亮中帶刺。他不由得閉上左眼，但眼角已滲出淚水。緊閉的雙目，殘留著醫生的影像——穿著白袍、髮梢枯乾、眼睛拖著皺紋像魚尾，注視著他，使他感到自己是被剖開胸膛的白老鼠。天花板、床、牆壁、格子病人服、床頭几……所有熟悉的事物皆由碎片構成。他回到自己的身體之中，四分五裂的痛楚，自此日漸激烈。

右眼始終像一個謎團，紗布久久不曾揭開。他心裡就猜到了幾分。

「痛是會沉睡的，即使沒有麻醉劑。」這是醫生看了掛在床頭的病歷後，對他的第一句話。「所以，你盡量不要去喚醒它。」他仍然閉著眼睛。他看過，便知道自己能看到的，和看不到的。他沒有向醫生查詢右眼的災情，同時慶幸醫生沒有告訴他。次天早上開始，他每天都問走到他床邊，給他派藥丸和早餐的護士：「跟我一起進來的女孩怎麼了？」

護士不是沉默良久，就是結結巴巴地說，不知道。

那天，醫生又到了他床前，雅人抓住時機問他。醫生看著他好一會才說：「沒有人跟你一起進來。」停頓良久，才補充：「如果你指的是，你打算上前去救的那女孩，她沒有送院，應該是安全的。」

「你怎麼能確定？」雅人剛放下心頭大石，轉眼又不禁懷疑了起來。

「我有看那天的新聞報導。」

或許因為醫生幾乎每天都探看他，揭開他左眼的紗布，檢查他眼睛，也有可能，醫生的眼睛像兩尾充滿生命力的魚，那一段日子，雅人覺得，醫生是死寂的大海上唯一的浮木，或他那重新拼湊起來的身體內一塊重要的碎片。

＊＊＊

在那裡，什麼事情都可能發生，包括那些耳聞目睹，或只存留在因恐懼而引發的想像之中的。可是，直至事情確切地炸開了，人成為了事件的一部分，或親眼旁觀著，才能真正體會那是一件怎樣的事。

那天，人群像浪，洶湧到不同的區域。空城三面環海，但暖暖始終沒有學會游泳。無論在泳池或在更衣室，她都感到黏答答的不適，氯氣無法稀釋的集體羞恥感。或許，是一群人欺壓過一個人、一個人被群體霸凌，是一個人剝削壓迫另一個人的記憶，存留在水和更衣的所在。

暖暖離開了工作室之後，還沒有決定要到哪一區，故意繞了一段很長的路。空城的好幾個主要區域，都是滿滿的人潮，一旦進入人群，她就必須面對真實。在那裡幾乎沒有虛飾的空隙，停留就是準備隨時戰鬥，奔跑時就要全速逃亡。

她抵達M區後，加入緩慢地移動的人群。人群的形狀，總是隨著移動而不斷改變，但她習慣想像那是一個圓，由無數的點組成的圓。她身前有人，她身後也有人。別人用身子織造了她的保護網。她也組成了別人的圍欄。

在這個圓，她知道自己是安全的，正如她知道正身在危險之中那麼確定。他們守著彼此，而在每一刻，每個人都可能成為俄羅斯輪盤的倖存者，也有可能是音樂椅遊戲中，那個在最後找不到空椅子坐下，而被蒙面者帶走的人。

在一段較長的停滯裡，暖暖甚至微微地出了神，抬頭看了一眼淺灰色的天空，凝滯的人群，很像一池死水。但，恐慌的傳遞迅速如打雷。人們不是以思考，而是以身體的直接反應決定行動。暖暖發現自己跟著其他人一起逃命，不過是數秒的事。她拚盡力氣狂奔，在生和死之間，有一片荒原，那裡藏著生命裡最深的寂靜。

暖暖逃生時，感到自己在那荒原裡，一個人。

直至另一個人在她身旁絆倒。她瞬間被撞出那荒原，腦裡閃過：要扶起他，還是遺下他？動作稍微遲疑，一隻很大的手橫蠻地逮住了她，接著是更多的大手。她動彈不得，隱隱感到，到達了自己的盡頭。那就像，鳥被貓捕獲，貓被猴子玩弄，猴子被獵人活捉，把牠的四肢綑縛變賣，買下猴子的人把猴腦敲碎吃掉。

一個男人騎在她的脖子上，按著她的腦袋，另外兩個人按著她的手和腳。她可以活動的只有眼珠，視野是有限的，她看到面前那許多的，漠然的腳，愛莫能助的腳，跑來跑去的腳，以及沒有表情的地面。失去行動能力的人，在這樣的世界之前，與裸裎無異。聲音被困在她閉鎖的喉嚨。

接著，男人把自己的胯離開她的頸背。三個速龍合力，把她頭下身上像魚那樣倒吊提起來。那一刻，她找到一個縫隙，鑽出了自己的身體，於是她看到自己，像一隻待宰的雞被扔進沸水前那樣懸掛。她穿的半截寬長裙翻過來蓋著她的上半身，兩條腿光溜溜地，盛夏的下午，她感到冷。她看到那幾個提著她，把她扔進黑色警車的男人，戴著黑色的面罩，穿著黑色的速龍服，穿著厚靴子，看起來全都一模一樣，黑得發亮，像從一個人分裂出來的無數影子。

暖暖看到自己的身體被塞進車子，車子遠去，成了馬路上很小的一點。

從昏厥中醒來後，她再次進入那個熟悉的迴旋迷宮。以往，當父親取走了她的軀殼，哥哥偷走了她的肉身，那人又侵占了她的身子，她也是被迫逐離了身體，到那迷宮去。迷宮的形狀，每次都不盡相同，但其中的邏輯從沒有改變。正如，她遇到的人物和事件各有差異，那底蘊卻是一樣的，就像戴上了不同面具的人，按照一個相同的劇本的不同變奏演出。她雖然心裡明白，卻無力推翻一切。

迴旋迷宮有迴旋樓梯，一如以往每次走進迷宮，她都無法肯定是否能繼續活著，或神志清醒地離開，這次也不例外。只是，這是她第一次感到，是她主動地選擇暫時拋下那被侵略的身體，而不是她被逐出那裡。

幾個執法者走在前方，她看著他們的背影，慢慢走在後面。他們一級一級下樓梯。她無法看清他們手上拿著什麼，只是希望數量不多，畢竟，他們揪著的，就是她將會失去的。樓梯之旁只有石壁，沒有窗子，而無論地板或天花也無法反映警車的去向。她看不到那輛載著她和幾個執法者的黑色警車。就像以往的好幾次，她分成了兩個她，一個在行駛中的警車裡，一個在迷宮裡，參與了這件事的每個執法者，也分成了兩個。他們也知道這件事嗎？她沒有權限去理解迷宮中的他們的靈魂。

他們走向地牢的審訊室。她不得不尾隨著他們，即使她手上沒有鐐銬。實在，她連主要的身體部位和肢幹也沒有了，只剩下脖子、頭顱和膝蓋。

要是她轉頭離去，便永遠剝離了自己的身體。現在掌握住她的器官的人，並不會損失什麼。也有可能，他們根本沒有真正發現自己在做什麼。

或許因為那條路太長，彷彿沒有盡頭，也許這是她多次陷入迷宮的經驗裡，離自己的肉身最遠的一次，她看到自己的身子軟趴趴的，張開的命門遍布全身各處。所謂的命門，就是別人一旦觸碰到了其中的機括，就能闖入、占領，甚至把她從自己的身子趕到外面去。所謂的命門，是只能感受和意會，而無法清晰地說明的事，因而難以存在於律法或守則之間，也沒法變成教育的語言刻在教科書上。那確切地存在於她跟另一個人之間，一個女人和另一個男人之間，一個男人和另一個男人之間，一個女人和另一個女人之間，即使這樣的事普遍地爆炸於大部分人的身上，可是每次在同一個時間只在一個人身上炸開。公義的光，照不進一個人的黑暗裡。暖暖只能拚命地追逐著，那具屬於她，而且只屬於她，卻常常落入他人手裡的她的身體。路途迂迴，走廊空氣冰涼、幽暗、窄長，直至其中一個執法者「咔嚓」地扭開左方的一扇門，她遠遠落後在長廊末端，死命地跑著趕及在門關上前衝進去。否則，她便得跟肉身分離了。

房間無光，但人的眼睛可適應漆黑，室內充斥著潮溼灰塵的氣味，不過，氧氣是充足的。

「能呼吸就很好。」她卑微地慶幸。

房間中央一張長方木桌，四個執法者坐在一端，她獨自坐在另一端，想要盡量離他們更遠一點，卻要靠近自己的肉身更近一點。她緊緊地盯著每個執法者的面具，就像害怕那些面具突然掉下來，會暴露出他們原本的臉那樣。她懼怕會看到那些面具底下，是普通尋常，就像每天都會在車站等候下一班列車時會看到的那些具有溫度的人臉。執法者被她盯得煩了，就取出刀子割她的乳頭，另一個執法者則用棍子塞進她的陰道，也有一個執法者朝她的眼睛吐口水，濃稠的口水像痰，也像在溝渠流動的液體。她一點也不感到痛，只是伸手抓向他們。

「你的乳房在哪裡？你的大腿在哪裡？你的膝蓋在哪裡？你的頭髮在哪裡？」幾個執法者都蒙著臉，不知道這些話出自誰的口中：「你的胳膊在哪裡？你的手指和腳趾，都在嗎？」他們說出了她的想法。那一刻，她羞恥的源頭再也不是肉身被脅持，而是，這幾個人，循著她的命門鑽進她的身體的內部，搜查了她的裡裡外外，以她的私隱作為材料，指控她，踐踏她。

長桌上排列著六個倒轉的湯碗，在她和四個執法者之間，遊戲的規則由執法者訂立。「逐個部位來。」

「每個部位，你都有三次機會。」坐在長桌最右方的執法者說，另外幾人互相看著對方的面罩，說這樣做既合法、合情也合理。坐在左方第一個執法者，以粗大的手掌不斷挪移湯碗的位置。她的眼珠隨著碗的底部移動。實在，移動湯碗底部並無意義，她的身軀一直被他們捏在手裡。她根本不曾目睹身上各部位被摘下來後的狀況，甚至不知道那是完好無缺還是傷痕纍纍。「湯碗裡可能是空的。」她想。

「你怎麼能肯定，你的身體，不是什麼也沒有？」坐在左方第二個執法者反駁了她的想法，其餘幾人轟然大笑。

「選一個。」坐在右方第二個執法者發出命令。

暖暖並不同意這遊戲，卻屈從地指向排列右方第二個湯碗。右方第一個執法者把碗揭開，一如她所料，內裡空空如也。

「再選。」坐在右方第一人叱喝她。

她賭氣似地沉默，左方第一人掏出警棍揮向她的牙齒，她嘗到新鮮的血腥，那喚醒了她。牙齒紛紛動搖，她使盡全身力氣，把桌上的湯碗掃到地上，哐瑯哐瑯的，碗就全都四分五裂。

左方第一人高舉著手，指間拈著她脆弱的喉嚨，右方第二人執著她的右乳，她伸長手臂去搶，但搆不著，他們的身子都比她高大太多。她一下子矮了扁了像一顆蟻。右方第二人嘻笑著用指尖旋轉她的肚臍，左方第二人也把她的陰部在雙手之間拋來拋去，像雜技藝人。左方第一人不知何時丟了她的喉嚨，改以雙手擠壓著她的大腦，腦漿從指縫間一點一點滲漏出來。

是在那無比的驚惶之間，她看到了漆黑之中的缺口，或可稱之為光，即使那非常隱約。她集中精神專注在那一絲光，用意志力走過去。那些執法者並不阻止她，或許，他們其實仍沉溺在玩弄她的各個器官，那具她正在逐漸遠離的身體。

最初，光只是幾乎不可察覺的點，慢慢擴大成了一個圓，又長成了一道縫，空隙漸寬，足以讓她一人通過。她走進去，看到房間內原來有一扇落地大窗，窗外是海，外面陽光猛烈。

「跳下去，你的肉身便再也尋不著你。」她心裡湧起一把清澈的聲音。不是執法者。她感到，那時候，四周絕對安全。

「肉身無用。」她堅決地回應那聲音之後，才驚覺，自己多年以來竟然從沒有發現這一點。她打開窗子，躍進眼前的一片碧藍。

陽光溫暖，海水冰涼。

光天白日，一切看來無可疑。

第四部分：地心

雲是唯一的見證者，看著那七個瓶子，從一點，一根線、一抹陰影，非常緩慢地逐漸成形，長在房子的角落，水以同樣緩慢的速度注進瓶子。她看到雅人在這過程中的猶豫，就像在推敲，每個瓶子的水該有的容量。覆蓋著瓶口的東西，誕生的過程最艱難且漫長。七個瓶子，瓶口都朝上，左方上排的瓶子，冒出一根白色的蛇的頭部，紅色分岔的舌向天空吐出；位於上排中央的瓶子，懸浮著一顆布滿血絲且爆裂的眼球，那是一顆孤單的眼球；上排右方的瓶口是漆黑的夜空有三顆星星。下排中央的瓶口是人的舌頭和喉嚨，像一個吊鐘；左方下排的瓶口漂著早已和身軀分離的雙手和一條腿；右方下排的瓶口卡著一柄手槍。最後一個瓶子在畫布的底部中央，瓶口空空的什麼也沒有。雲假想自己縮小，鑽進瓶子，躺在水面，看著瓶口，會看到藍色的天空。「這裡是一個出口。」雲指著最後一個瓶口，對雅人說。

她看他畫下最後一筆。

他對她說：「每一張畫的完成，都是一個開始。」

他給那張畫起名〈第八天〉，而他用於創作那張畫的時間，是八個月。

每隔一天，雲到雅人家工作時，都可以看到雅人在窗前作畫。他站在畫架之前，畫布的長度和闊度，恰好跟他的身軀相若。她總是無法抑止地想像，要是畫布隨著他的身子倒下，橫臥成一個白色的長方形，就成了一個可以盛載他的棺木。

到雅人家裡打工之前，雲並不認識任何畫畫的人，當然也不曾目睹，顏料如何塗在畫布上，隨著時間風乾，逐漸產生變化的過程。但她記得健中三那年的暑假，整個夏天都伏在案頭，在米白色的畫簿上，以炭筆勾勒出一個又一個渾身肌肉、互相比試招式的功夫人形。她放任了健一個假期。開課的前一天，告誡他不要為了無謂的玩意兒影響學業，便把他的畫簿都送到回收站。

寡言的健像一頭任人宰割的羊，比平日更沉默。除了吃飯，就把自己關在房間裡。這樣度過了總是刮著季候風的秋季。到了冬天，雲忽然發現他長高了，臉部輪廓變得深邃，可是表情也冷硬了起來。她當時以為那是成長的徵兆，但當他失蹤之後，她總是想起那個冬天，並且認為，她很可能就在那時第一次失去了他。

雅人的手執起畫筆，筆沾了顏料，碰到畫布，神志就抵達了另一個所在。他往往並不喝水，也不吃飯，甚至不停頓或休息。這樣持續了大半天之後，雲擔憂他會在無人的家倒下、暈倒或昏迷而無人發現。在他作畫的日子，即使她已完成了工作，也以各種藉口留下來，在適當的時候，把水遞給他，叫他吃飯，或故意問他各種事情，使他稍微停下來喘一口氣。

「右眼現在能看清楚嗎?」她看著他受過重傷的眼睛,從表面看來,沒有任何傷痕。她從經驗裡知道,沒有留下痕跡的傷勢很可能是最頑固而影響也最深遠。

他轉過身,放下調色盤,把雙手高舉,整個身子往上伸展了一下,打了一個哈欠,看到時鐘的指針落在二時。他能理解雲的意思,正如他已習慣了她的存在,而何者為因,何者為果,則是不明的。

他把雙掌摩擦數遍,直至掌心溫熱,然後用雙掌覆蓋著雙目,以鼻子和嘴巴朝向她說:「能看,有時甚至看得太清楚了。」他想到的是,一個人只要真正相信自己的眼目所見,完全接受曾經和正在目睹的一切,無論那多麼令人難以承受,也知道並能忍受每個人看到的不盡相同。無論是怎樣的眼睛——近視、遠視、弱視、斜視、無視或目空一切,其實都有著清亮的視野,以及只屬於他們的觀點。

畫畫令他從現實中逃離,而逃離令他能暫時遺忘既定的事實。在短暫的遺忘中,心眼中已瞎掉的部分,又復明。於是他一點一點地想起各種真相。

「你在看什麼?」有時,雅人感到從背後傳來的雲的目光。他頭也不回,就這樣直截了當地問,並不是以驅趕為目的之詰問,只是純粹的好奇,摻雜著莫以名狀的擔憂。

然而這樣的問題足以令雲嚇了一跳，喚醒了她平日假裝忘記的事。有時，她聽到的是健藉著雅人的嘴巴，責怪她從來看不懂包圍著他的圖象。不只是他隨手畫下來的塗鴉、書架上的漫畫，也是他臉上的神情、居所窗外發生的事、新聞報導裡的畫面，甚至是每天所發生的每一件事情。「你在看什麼？」在她心裡，健的質問常常反覆折磨她。為了補償，她盡力睜大眼睛，像飢餓已久的人，不斷吸食眼前的一切，消化可能存在的意義。有時，她聽到的則是，雅人藉著健的殘影，引導她、鼓勵她去揭破那些根本不會有人想知道藏在波平如鏡的現實下的祕密。

這個問題不好回答，她只能顧左右而言他。「我看到一個孕育的過程。」雲說出這句話時，雅人正在畫杯子裡的水。他正在構思一首樂曲，要是用棒子敲打這七個杯子，就可以彈奏出那一首沒有人知道的音樂。

雲並沒有撒謊。七杯不同容量的水，每一杯都會令她想起一個月分，一生只會出現一次的月分。那年，她洞悉身體內正在積聚愈來愈洶湧的水，是因為頻密而原因不明的嘔吐。她帶著憂慮告訴醫生這種狀況，檢查之後，醫生卻笑著指出，她正在經歷的是只有女性才能得到的命運——孕育一個新的生命，可是她憂愁的眉毛並沒有舒展。醫生收起笑容，小心翼翼地問：「你未婚？」雲搖頭：「先生在辦公室，走不開。」

醫生再問：「是在擔心經濟狀況嗎？」

她再次搖頭，但補上了一個安慰醫生的笑容說：「這是意外。」

雲從不懂游泳，也不會靠近海。打從孩提時期開始，她就頻繁地做溺斃的夢。父親會在白天跟她訴說，如何為了逃避飢荒的鄉間，以及得到自由，從北方的城市，泅泳幾個日夜，橫渡一個巨大的海，抵達這個城市的邊陲。「只有具意志力的人，或死過一次又一次的人，同時又得到上天的憐憫，才能活著到了這片土地。」

雲對於水的恐懼，早在生命初期已形成。懷孕於她的最大恐怖是，有一團水在她的子宮形成，浸泡著一個胎兒。每一刻，每一分，每個小時，胎兒也在水中孕育，卻也隨時可能在水中溺斃。滋養胎兒和殺死胎兒的是相同的物質，她想。丈夫反覆告訴她，這想法不合邏輯，但她的睡眠總是被深夜的嘔吐終斷。當她在洗手間內，把胃裡翻湧著的東西，全都吐進馬桶，她感到自己又輕了一點。體內的潮汐褪去，而天還沒有亮。丈夫在床上好夢正酣。那時候，她躺在床上，已適應了黑暗的眼睛盯著天花板，想起死去的父親年輕時如何渡海，如何在漆黑的夜，漂浮在冰冷的海面。她甚至感到自己就是他其中一名同伴，不是氣力不繼而在海中斃命，就是成了鯊魚的餐點。她閉上眼睛就可以看到，她和還沒有名字，也沒有完整形體的胎兒，一同在無垠的海洋中央浮沉，從還沒有出生至存活在世的距離，是她難以企及的遙遠。他們都看不見岸。她甚至沒法看到胎兒，但能感到那是一個他。

「健是早產嬰，不足七個月就來到這世上。」雲從來不曾對朋友訴說過這樣的事，但她卻自然而然地告訴雅人。這並不是祕密，只是事情發生了，又過去了。她把經歷過的丟在記憶的房間裡，就再也不曾想起，如同久未整理的雜物，漸漸長出了黴菌。

「有一點驚險。」雅人說。

「他早一點出生，比留在肚子裡安全。」雲無法向當時為她接生的醫生、護士、丈夫以及所有人解釋這一點，沒有一個人能真正理解溺斃的危險。護士把嬰兒放進她懷裡一陣子，便急匆匆地收回嬰兒，放進氧氣箱。雲知道箱子內沒有水，便在病床上安心地沉沉睡去。

雅人的畫裡，有一種揭穿底蘊的力量。當雲專注地盯著畫的線條和色調，就會被吸進一條通往過去的隧道。此前，她從不知道畫有著這樣的奇妙魔力。為什麼當時要阻止健繼續畫畫和看漫畫呢？她心裡往往一邊感到愧疚，一邊感到非如此不可的無力感。在種種的無所適從之下，她藉詞到廚房去，從冰箱裡取出食材，洗洗切切熬一鍋湯。淮山烏雞湯、川芎白芷魚頭湯、無花果青紅蘿蔔豬腒湯，或，把髒衣服塞進洗衣機，調校到浸泡模式。當食材在沸騰的熱水中飽受煎熬或衣服被浸在泡沫中不斷翻滾，她終於可以梳理自己交集的百感，交錯的思緒，安定自己凌亂的心神，同時不必擔心雅人會催促她下班。她可以告訴他，工作還沒有完成。

她要借助清洗一隻已死的雞，把手伸進它的胸膛，摘掉它的肝和膽，平定自己起伏不定的心念。在母體住了七個月的健，在氧氣箱又躺了足夠的日子，才被她和丈夫帶回家。那時，雲面對著的是一個已顛倒過來的世界，包圍著他們的一切（包括丈夫以及她自己的身體）全是海。她必須拚盡全力，才能建立一個僅僅足以容立她和兒子的岸。生育的經驗令她洞悉了海的本質，依附在她四周，是世界得以運轉的方式。她在辦公室的會議裡，和同事午餐時，不動聲色的冷嘲熱諷，和丈夫看似風平浪靜，卻處處暗湧的婚姻生活，以致，在她生產後成了另一個形狀的身體裡，她只是苦苦地划撥著手和腳，盡量隱藏狼狽的姿態，不露出掙扎求存的痕跡。懷孕和生產，令她穿越了一扇生之邊界的門。在那邊界之外，除了死亡，還有無止盡的虛無。每次，當她又碰到一個有孩子的女人，試圖探問她們生育的體驗。她們要不尷尬地迴避她的問題，以眼神責備她談及了不該觸碰的部分；要不就是莫名地憤怒起來，彷彿是她摸到她們身上某個神祕的傷口。

「這也是我的傷口嗎？」在令人不適的沉默中，她在心裡反問自己。因為她曾經在身體之內種出了另一個人，她感到自己本來嚴守的界線已被打開了一個缺口。可是也因此，她覺察了前所未有的危險。她生出了一股強烈的欲望，把健留在安全的岸上。如果可以的話，她希望他終其一生，也不必掉進隨時會把人吃掉的海。在她看來，要在這個快要陸沉的世界存活並不容易。失敗的經驗是海，親密是海，成績中下的同學是海、漫畫是海、愛情是海、音樂是海、街道是海……還有許多，她難以指出的事物都是海的化身。曾經有許多年，她都是空城政府使用填海工程增加土地的支持者。

直至健失蹤，她才慢慢發現，或許她是那一個不自覺地把他趕往絕路的人。或許，她的存在本身就是一個湧動的海。當她蹲在雅人的廚房內的前置式洗衣機前，看著滾桶內的衣服帶著白色的泡沫不住轉動，像一個地球。她想到這一點，便無法否認這個事實。

＊＊＊

門在雅人身後。有時候，畫架置於窗前，有時候，畫架在窗子附近。他都能看到光的移動。當他融在光線之內，就會忘記時鐘，重新想起時間本身。他看到日光落在畫布、畫架、顏料、畫筆，他的手以及作畫時穿的舊圍裙之上。彷彿是透明的光，其實是一種沒法洗滌的染料，光照出事物的腐壞。光甚至具備了改變一切的力量，令具有生命或沒有生命的都會在光中老化和褪色——這麼多年以來，他觀察光，描畫光的時候，曾經這樣以為。可是在一隻眼睛裂開過，又從醫院回家之後，他看到的是，光透現了人和一切事物之中易於消逝而終將死亡的本質。白天的時候，他坐在滿溢著光的窗前畫畫，不再只是為了畫出光，或表達光，而是置身於光之中，任憑光的處置。無論他在光中得到怎樣的經驗和結果。他也不抗拒，甚至願意屈從。

譬如說，他順從於一扇門，轉身就是退讓。他任由她們在他身後，在一扇門之後，做任何她們渴望的事，例如離去、出走，最後不知所蹤。不知在什麼時候開始，他和雲之間建立了心照不宣的約定。其中一項是，到了該下班的時候，她就自行開門離開，不必說再見。那時候，他總是背對著她，他有一個寬容的背部。

兩個人或一群人之間蔓生了心照不宣的時候，身陷其中的人往往一無所覺。直至親密像細菌在關係裡滋長和延綿，其中至少一個人被某種不適喚醒。

雅人認為身後的門是在保護她們，而從來沒有發現它同時在保護著自己。他總是以為，當他轉過身去，會看到除他以外空無一人的房子。可是，他偶爾會發現餐桌上有一碗正在冒煙的湯。那是蓮藕冬菇章魚湯，或金銀花白菊花蜜糖茶。「給眼睛。」雲說。

就像為了回答雅人臉上疑狐的表情，她會趕緊補充：

「衣服還在洗衣機裡。」

「老火湯需要時間沸騰。」

「晾乾了的衣服還沒有摺疊。」

「洗碗盤內仍有髒杯盤。」

她隨時都能說出一堆還沒有做完的家事。實在，這並不是藉口。她實在是感到，在雅人的房子裡，或在他身旁，她總是想起有些還沒有做到的事，卻不真正知道，那是什麼。

雅人深信，門存在於人和人之間，是為了讓彼此保留餘地。他從來不是先離開的人，他總是待在相同的空間，以背向對方暗示：「你先走，沒關係。」他已在心裡做出了預備，當他再次把頭轉過去，便會發現背後早已什麼也沒有。人活著就是在學習適應，無邊無際的孤獨，適者生存。

午後，落在客廳窗前的陽光慢慢隱退，光線沒有消失，只是轉移到另一個所在。雅人稍微活動了下筋骨，轉過身去，看到雲仍在廚房。這並非第一次，她仍在他家裡，卻是他第一次意識到，有人仍然在他身後是一件怎樣的事。

他當然並不排拒，但也不敢貿然快樂，於是，只剩下愕然與無所適從。幸而他擅長掩飾真正的感受。在廚房裡幹活的雲，好像一直在等待他在工作中喘息時把身子轉過來那樣。不一會，她就會給他一杯普洱茶，或一杯黑咖啡，還有一碗剛從鍋子裡舀出來的蛋白核桃露，或一份西多士。雅人坐在桌前，一邊吃一邊感到自己進入了健的角色。或許，在多年前的下午，當雲仍是個年輕的母親，這就是她給兒子準備的下午茶點心。

雅人笑著問雲：「你有養寵物？或有餵飼流浪貓狗的習慣？」說罷，又吃一口西多士。

「我只養人。養人比養貓狗艱難。困難之愛才是真正的愛。」雲漫不經心地說。

雅人要她坐下來一起吃，但雲只是沉默地喝一杯茶。

如果外面仍有殘餘的陽光，他們就一起盯著那束光。如果是雨天，他們一起聽雨聲。如果有風，外面的樹會不斷搖曳，直至過久的沉默被一個問題戳破。

「你是什麼時候才知道暖暖失了蹤？」

雅人記得，這個問題是在一個炎熱的下午，雲給他一杯加進蘋果顆粒的冰紅茶時，一併交給他。

他一邊咀嚼蘋果肉，一邊消化這問題。不消一陣子，許多往事紛紛從身體各處噴湧到腦海，他像個溺水者不斷咳嗽，脹紅了的臉，慢慢變成了紫青色。

雲站起來，拍打他的背部，像在安撫，也像叩門，或無望的求救。

內容已溢滿嘴巴，但他還是找不到任何一種傾吐的方式。

他想到一個像門那樣沒有後顧之憂的背部。

那是在二月微寒的晚上，在暖暖的工作室裡，他們剛用過晚餐，他還不想回家，卻也沒有足夠的精力繼續埋頭作畫。暖暖便提出遊戲。他們稱之為「遊戲」的事情，範圍廣泛，視乎那一刻他們的想法和需要的狀態。

那個黃昏，暖暖帶著狡黠的微笑說：「你累了，把一切都交給我吧。」

他點了點頭。

她說：「假設你要把一切都交給我，只留下一扇門，以便必要時可以關上，把最重要且無法跟任何人分享的東西藏在門內，那麼，你會選擇讓身上哪一個部位，作為那扇門？」

「為什麼必須是身體部分，而不是，比方說，物件？」

「我們真正擁有的，只有自己的身體而已。」

「我不知道。」雅人抱著前臂且感到為難。

「是身上哪個位置，讓你感到最安全，可以保護你最脆弱的部分？」

「背部。」他聽到自己的聲音這樣說。孩提時期的他，曾經擁有一隻龜，硬殼朝天，那是他小時候唯一的朋友。

眼睛遭到射擊之後，在醫院療傷期間，同學偉明探望他。他傾側著身子，下意識地把受傷的眼睛靠向床墊，那是最接近牆壁的東西。

偉明告訴他，畢業展覽舉行了兩天就倉促地結束。空城陷入了混亂之中：「一種新的秩序快要出現了。」偉明樂觀地說。「只是，每個人都必須付出一點什麼。」

偉明和幾位同學，知道雅人受傷送院的消息後，立刻進入了他和暖暖的工作室，帶走了牆壁上最大的畫運往展覽場地，替他寫畫作資料卡和簡介。沒有人發現那幅畫還沒有完成。他們沒有找到暖暖的任何作品，只看到地上有一個角落放滿了陶器的碎片，但沒有人想到那是一個進行中的創作。所以，暖暖在畢業展覽中是缺席的。

「你的畫暫時寄放在我的工作室裡。還有你們留在工作室的物品，大部分都轉移到我那邊去。」偉明的聲音就像玻璃上剛剛出現的一道裂紋，躺在床上的雅人一直閉著眼睛，而他聽到的或許比他張開眼睛的時候所看到的更多。

「暖暖在哪裡？為什麼她一直沒有來看我？」雅人發出這問題後，才意識到自己的疑惑出現得太遲，就像一個已死之人，在死去很久之後才明白自己早已失去了生命，而在死亡當下卻一無所覺。

雅人閉上了眼睛之內的眼睛。每次失去了一個重要的人，他又重新經歷一遍死亡，生命是長期的凌遲。

偉明離開了他的病房後，他把入院前最後一次參與的遊行，回想了一遍又一遍，碎片隨著回憶的次數逐漸頻繁而增生，或許，醫生的話是謊言，也有可能醫生所指的「女生」是另一個人。他甚至懷疑，當他奔向暖暖時，那個人根本不是她。如果那人並不是暖暖，他會不顧一切上前嗎？他沒有再想下去。

關於他所不知道的，可能永遠無法洞悉真相的事情，可能性是無限的，而對於這個廣袤的世界來說，一個人的失蹤，不過就像餅屑掉進沙發的隙縫裡，是日常的瑣碎，難以發現。

在醫院裡自己和自己辯駁的日子，雅人就像陷在一個旋轉門裡而找不到出口。

回家初期，為了讓眼睛休息，臉孔朝下俯伏而睡的期間，他無比清醒，想起了在過去微不足道的比微塵更輕的事情，每一件都有壓痛他的重量。

例如某天早上，暖暖告訴他，找不到昨天戴的隱形眼鏡。

他說，或許已掉在路上，再也不能撿回來用了。

「我倒是知道它在哪裡，但再也不可能取回。」

「在哪裡？」

「在眼球的背面。」暖暖說。

他背對著世界，把自己藏在門裡。

很可能，眼球也是一扇門，那些不知所蹤的人和事物，只是被驅逐和流放，或遷徙到眼球背面去。所以，他才沒法再看到她。畢竟，在某種意義上，他的眼球裂開過，他感到，自己的眼球至少分成了兩半。

那個炎熱的下午，他咳嗽了很久，久得像被另一個人霸占了軀體，並藉著咳嗽咆吼；久得令雲心慌意亂，想到也許要叫救護車的時候，他卻可以暢順地呼吸了，喉嚨逐漸安靜下來。他喝了一大杯冰水後說：「我想到下一幅畫的主題了。」

關於一扇門。

「每個人都擁有著一扇門。」他的聲音有點沙啞。「無論那個人是否知道那扇門的存在。」

* * *

叩門的聲音橫蠻而霸道。彷彿那群焦躁的人，已理直氣壯地穿過門，進入了他的居所。他們身上的氣息，已滲進他的房子裡。他躡手躡足走到門前，以完好的那隻眼睛透過魚眼，看到小圓孔內擠著幾個陌生人的臉。他們彷彿可以透視雅人已站在門後那樣，以洪亮的聲線警告他：若不把門打開，他們會用工具破門。「那麼你的房子就會沒有門，就算有門，也無法上鎖。」其中一個人的聲音聽起來像患上了重感冒。在這句話之前，他們之中已有人大聲喊出：「執法者！立刻開門！」

那是早上七時十五分，雅人正站窗前看著街道，準備開始一天。那時他才明白，自從空城的城市保安法頒布後，每所房子的門都是形同虛設的，所有私人住宅都可以被隨時闖入。因此，他必須以自己的力量，找到身上那扇可供他躲藏的門。

* * *

雲飛奔到巴士站時，已是早上的九時五十五分。

早上，一個惡夢纏住了她的意識，讓她坐在床上發呆很久，看到時鐘時才想起，那天是星期三，要去雅人的家工作。

她揹著環保袋和來不及梳理的頭髮，走進空蕩蕩的車廂裡，在上層的中央挑了一個靠窗的位置坐下。當她把手機掏出來，看到六個未接來電，和一項新的語音訊息，全都來自雅人。那刻，一片烏雲就覆蓋著她的胸口，彷彿掩著她的呼吸道。她好像感到，即將知悉的事情，她早已經歷過，或許，還不止一遍。

健失蹤之後，她一再想起他失蹤之前所發生的事。接著，她想到那天如何接到消息，難以置信，渴望這是個誤會，而健會若無其事地突然出現在家的門口，或那扇時常關著的房間的門之旁。直至她終於願意接受這是事實。

她開始想像那些在她經驗以外，卻全都有可能發生的事情。那些事情的共通點就是，比她真正經驗過的，少一點恐怖，她寧願置身在其中，而不是她真實地經歷過的那些。後來，她在腦內杜撰各種可能的事，她相信自己曾經有機會扭轉健後來失蹤的結果。

第一個未接來電的撥打時間是七時十八分，最後一個在七時二十分。七時二十二分的語音訊息是：「我被捕，請幫忙打掃房子。我需要律師。」

有一個她陷入慌亂而僵住了，無法思考。她看著車窗外，熟悉的街道迅速往後退，就像許多曾經屬於她的東西拚命逃逸。她想抓住但力不從心。另一個她便接管了行動導航系統，掏出手機，翻出之前儲存在記事本內的被捕者支援熱線，在對話方格鍵入雅人的姓名和居住地區，以及她的聯絡方法，簡單交代了情況，要求派律師前往申請保釋。她想了一下，加上一句：「他在兩年前的示威行動中，被射傷了一隻眼睛。」

當她打開雅人房子的門，電話響起來，另一端是一把疲憊但強自打起精神的沙啞嗓音。她向雲多索取了一項資料，然後告訴她，義務律師已前往離雅人居所最近的執法者大樓。「但，不一定能找到。他們多半會推搪著說，沒有逮捕這個人，即使人已在審訊室。」她聽到雲的沉默裡有著憂慮，便以應對沉默的專業技巧說：「但最後都會找到，最多只是多花上一點時間。」

掛線後，雲看到雅人的房子滿目瘡痍。顏料、畫筆、調色盤散落一地。書架上的書本被掃到地上，暴露出書架後的牆壁赤裸的顏色。洗手間內的瓶瓶罐罐東歪西倒。衣櫃內的衣服被扒出來。空蕩蕩的行李箱被打開丟在客廳中央。地板滿是黑黑髒髒的鞋印。那是雲第一次穿著鞋子踏入雅人的房子。她一點也不想自己乾淨的腳掌覆蓋在執法者汙穢的鞋印上。誰也不知道他們的腳曾經踐踏過什麼。

她驚覺，賊人破門而入把房子洗劫的景象，跟執法者上門搜查和拘捕而留下的痕跡，非常相近。唯一的分別只是，他們無法因此而向執法部門求助。

在雲看來，沒有雅人的雅人房子，分解成幾個不同的層次。一層覆蓋在另一層之上。

「請幫忙打掃房子。」雲忽然意會到，這句話的另一層意思，或許，執法者會再登門造訪，在不知多久之後。她先從廚櫃找出一個黑色的大垃圾袋，然後，踏在地板上執法者留下的鞋印上，一步一步沿著他們的搜查路線，在房子各個所在停留和檢查，以執法的眼睛，仔細檢視有沒有漏網的足以檢舉雅人的證物。她拾起所有的物件翻來覆去看一遍，以執法的腦袋，盡力做出犯罪的聯想，例如，貯存在書桌底的舊報紙和過期雜誌，內容有沒有任何違禁的句子和字眼；書架上的書名和作者，甚至是抽屜內的筆記本、信和紙張，她都逐一細閱過。對於許多處於灰色地帶，可能會讓他入罪，但其實無傷大雅的內容，她都狠下決心，扔進垃圾袋子之中。「沒有任何人應該因為這些零星瑣碎而入獄。」她一邊丟掉東西，一邊憤憤不平地這樣想。

她並不是第一次這樣做。她為健做過相同的事，在他失蹤之後。雖然執法者再次上門收集證據的機會不高，但也不是絕對不可能，她只能趕快動手。

她沒有再看時鐘一眼。如果可以的話，她渴望超越時間本身，重返過去——她還沒有認識雅人之前；她還不知道陷入惶恐和絕望的感覺之前；健失蹤之前，她只會打掃自己的家，卻不知道打掃的真正意義的時候；當她還不會頻繁地進出別人的房子的時候。

她現在已經知道，收拾和清潔是一件怎樣的事，那原來是深入對方的空間，按照他的需要和習慣，分類、排列物品、拭抹時日帶來的灰塵、騰出更多清淨的空隙，讓他安放自己，而不是不斷丟掉對方重要的部分、裁切他，把他扭曲成自己心中理想的模樣。打掃的工作看起來微不足道卻深具力量，既可帶來親密和彼此理解，也可以是殘忍和不動聲色的折磨。自健失蹤以來，雲真正想做的事，只是每天把家裡重新清理，至少一遍。

當她把屋內所有可能引起執法者疑慮的物件丟進膠袋，密封，再扔進垃圾房後，便褪下執法者的角色。回到雅人的房子時，日光已差不多消失淨盡。她亮了客廳的燈，換上清潔人員的角色，戴上膠手套，放一盆水，拿著抹布，一點一點地擦去執法者掃蕩和搜掠的痕跡。

夜色掩至，離開那個家之前，她以一個母親的角色，打開了屋內所有的燈。她不知道他會在何時回家，只是希望當他回到屋子時，有一室像希望那樣奢侈的明亮迎接他。

* * *

他有兩隻眼睛。兩隻眼睛是兩個洞穴。兩個洞穴是兩個窗口。兩個窗口可以讓他進入不同的世界。他在兩個世界之間來回往返，來回逃竄——一隻眼睛掩護另一隻眼睛，一隻眼睛識破另一隻眼睛，一隻眼睛忍受另一隻眼睛。在囚車內，他的雙手戴著鐐銬。他告訴自己，他仍然擁有兩隻不同的眼睛，互相拉鋸，互相平衡。囚車裡是黑暗的，但他知道，黑色鐵網之外，是早上的陽光，人們在趕往辦公室的路上。要不是突然被捕，他絕不會在這個時間外出，諷刺的是，竟然是執法者把他拖到外面的世界去。

在執法者沒收他的手機之前，他的時間僅僅足夠打出幾通電話和發幾則訊息。他從完好的左眼看到的是，他的右眼受傷後，在清醒時第一件要做的事是打電話給身在V國的靈。打了許多遍都無人接聽。終於，他對著空寂的留言信箱，把原本要對她說的話，以自言自語的方式說出，掛斷電話後，不再期待收到回覆。

從醫院回到家的某天下午，他收到一封電郵，來自陌生的郵址。打開郵件，寄件者是靈，只有寥寥的幾行字，告訴他已把一筆款項存進他的賬戶。他立即打電話給她，仍然是長長的響號，一直不歇止地繼續下去。

那筆錢足夠支付醫院的費用，以及讓他有一段很長的日子，生活無憂。

他閉上左眼的窗子，留在右眼的漆黑和寂靜之中。那裡一直是黑暗的所在，令他始料不及的是，他的眼睛迅速適應了視線中新增的盲區，那裡是無盡的黑。在凝定中，他看到唯一的亮光，便拾綴僅有的力氣，再發一則訊息給雲。然後就徹底地安靜下來。任憑執法者如何粗暴地對待他的房子和身體，他始終咬住牙齒不發一言。他從沒有想到，在這種情況下，他居然可以說得上心安理得——不必再惴惴不安地等待風暴來臨，畢竟，他已身在風眼之中。

右眼成了一個洞穴，他走進深處更深的所在，對現況或未來均不抱任何期待，無論那幾個執法者在囚車內如何對待他，他不還擊也不掙扎。

他們把他帶到一幢執法大樓，押著他到一個狹小的房間，筆錄他的口供。他低著頭，盡量使用簡單的句子，或沉默的權利。他沒有想過雲真的替他找到一名律師。那只是他在右眼的幽暗所催生的自動反應下所發出的一則訊息，就像在人遭遇凶險時會不自覺地呼救，是求存的本能。

他張開受傷的右眼時，在心裡那個有足夠勇氣對自己殘忍的角落，祈求自己會得到跟暖暖同樣的對待。沒有人知道她的下落，沒有人找到她被扣留在哪一幢執法大樓。更有可能的是，根本沒有人尋找她。認識她的人，不是像雅人一樣自身難保，就是正在忙於尋找其他更親近的失蹤者。當終於有人想起她時，能夠找到她的黃金時機已過去。雅人甚至不知道她身分證上的名字。在空城，沒有身分證上的名字和號碼，就無法證實那人在法律上的存在。如果沒有法律上的存在，即使他們被丟進海裡，失去呼吸、身子發脹，即使幸運地被打撈到，也只是一具無名屍首。雅人留意了多天以來的新聞，那些浮屍都不是暖暖。

雅人感到自己的頭顱很重，房間內的冷氣刺骨地冷，他瑟縮在自己的風衣裡，不久後就閉上兩隻眼睛睡去了。

不知在什麼時候，有人用力搖晃他的肩頭說：「你的律師來了。」他張開兩隻眼睛，打開兩扇窗子，從洞穴中走出來。他看到他，像抓緊一根野草，同時離所有的失蹤者更遠。

* * *

雲打開自己的家的門，迎向她的是一片無人的氣息。

那夜，她走進健的房間，又打掃了一遍。成為家務助理之後，她才發現，收拾有人正在居住的房子，跟已經離去的人的房間，是截然不同的心情。清潔者要分辨和適應這兩種狀態，才能迎向那些房間。不曾有人住在其中的房間，本來並無面目，只是，被居住其中的人通過之後，就會被填得滿滿的，長出了各自的臉。當雲洗擦人們正在居住的房子，就是在清掃他們遺落在地板和牆角的皮屑，鋪在家具上的灰塵，留在桌上的紙巾和垃圾，以及碗盤內用過的髒餐具。滿滿的都是生活中苦惱的痕跡。那苦惱卻是活著的熱情和證據。再也沒有任何人的房間，則只有時間累積的皺摺，紙張愈來愈黃，掛在牆上的日曆停留在相同的月分，電腦再也無人使用。空氣中再也沒有那個人的氣息。打掃雅人的房子時，雲要清理一天下來積聚的過盛，騰出空間迎接另一天。打掃健的房間時，她清除的是無人而帶來的死寂，再把自己的生之氣息帶進去。

忙碌了一整天之後，她傳短訊給塔羅師M。她看到雅人在畫七個瓶子的第一天，就決定不再到攤檔，改為向網上找到的M問事。每月都有一天，她問M相同的問題：

「兒子在哪裡？他會回來嗎？」

那夜，雲等了很久，也沒有收到M的回覆，就像所有人都突然失蹤了那樣。

＊＊＊

「我回來了。」

雲早上起來，在手機裡得到這樣的訊息。

雖然回家的並不是健，但她還是感到失而復得的喜悅。很久以來，她丟失了愉悅的能力。她甚至以為身體內能夠感知快樂的神經死掉了。她把鎖匙插進雅人家的大門時，因為知道屋內有人而心裡踏實。

原來尋獲是這樣的感受。她想。

門打開，雲被窗外透進室內的刺目陽光照得瞇起了眼睛。背光的雅人的臉則埋在陰影裡。他正蹲在地上，身旁是一幅平躺在地面的油畫。他們看了對方一眼，不約而同地想到，日常的重逢並非理所當然的事。但他們什麼都不說，假裝沒有發現自己心裡的激動。似乎只要對生活裡任何值得珍視的事物漠然無感，便有助躲避命運之獸再度襲擊。

雲若無其事地轉身關門脫去鞋子，把盛滿蔬菜和水果的環保袋放在餐桌上，走向雅人。她這才看到，地上的油畫，有幾個灰髒髒的鞋印，令人難以忽略的，帶著惡意的踐踏。

這是她無法清除的汙跡，只能蹲在他的對面，讓油畫橫在他們之間。

「搜查證物的人，卻沒有把唯一能算得上是證物的東西帶走。」雅人浮現了一種她沒有看過的笑容，話裡也有一種讓她感到陌生的腔調，彷彿組成聲音的深層質感改變了。她告訴自己，他們認識的日子尚短，起碼，對於眼睛受傷之前的他，她一無所知。

只是，她當上了他的家務助理之後，看到雅人臉上罕有笑容，但同時也從沒察覺他表現出憤怒或沮喪。在他們共處的時間裡，他多半是在無喜無悲地畫畫，偶爾小休一下。可是，當雅人說出那句話時，笑意中卻藏著因怒意而來的尖刻的諷刺。

她本能地退開，把桌上剛買回來的食物帶進廚房，把蔬果分門別類地置放在冰箱不同的角落時，忽然明白，自己對於雅人的了解，終於無可避免地隨著時間而深刻了起來。

雅人蹲在油畫之前，就像在瞻仰躺在棺木裡的遺體。確實，把景象畫在畫布實現出來之後，油畫就成了記憶的遺容。雅人會認為自己已忘記那念頭，雖然有時，回憶會不請自來。那是他受傷後構思的第一幅油畫，意念來得比〈第八天〉更早。這張畫受邀參與一家餐廳舉行的小型展覽，主題是：「模擬．無可疑」。為了趕及死線，他曾經日夜不休地趕工，幾乎忘記臉上身上都有著傷。

畫中有白浪頭湧動的湖水藍大海，微笑的雪人分布在海的不同位置，肢體、頭顱和軀幹分崩離析，各自在海中正在溶解。在現實中，雪人和海不可能並置。但雅人的畫筆要呈現的是常理不容許的事。在畫的右上方是兩座山峰，那其實是女人的乳房，乳頭是被撕去表皮的傷口，淌著血，像兩座火山，熊熊熔岩正在溢出。

「月見」餐廳的老闆蓄著一頭鬈髮，臉上掛著黑色粗框方形眼鏡。

他和雅人第一次見面時，給他調了一杯芒果茉莉綠茶。無論接收貨物、準備餐點和飲料，甚至送餐，都由他一人在打點。他讓雅人坐在面向牆壁的一張二人桌，那堵牆壁就是展示畫作的位置。在那狹小的空間裡，只有七張桌子，而桌子和桌子之間的走道，僅容一人通過。雅人面前的牆壁，被塗成水泥灰色，充滿工業風的味道。老闆一邊在水吧後切水果，一邊高聲告訴他，兼職的員工，下週才來上班。

他找到十位藝術家，讓每人得到兩週的展期，在灰牆上懸掛「無可疑」作品。雅人為了盡量利用展期的每天，隔天就去餐廳，趁著開店前的空檔更換展示的油畫，打算展出七張作品。可是，就在餐廳開業的第五個月，也是雅人最後一張展出的畫〈重生〉從牆壁上卸下來的次天，穿著白色制服，頭戴黑得發亮的帽子的衛生部人員，突然走進餐廳，對鬈髮老闆說，他們收到匿名舉報，表示餐廳不符合消防條例。兩個月後，相同部門的職員再次登門，要檢查餐廳是否有取得合格飲食牌照。他們的說法仍是，收到熱心市民的投訴。一個月後，一隊穿著厚重靴子的執法者推開餐廳的門，逕直進入廚房找到鬈髮老闆，對他說：「我們收到舉報，你的餐廳內有僭建物，你是否曾經改建？」老闆說，那是業主的物業。執法者逐一抄下了店內十個食客的身分證號碼，然後盯著牆上的藝術裝置良久，皺著眉說出：「這堵牆上的釘子數量太多，很危險，你身為餐廳負責人，究竟有沒有安全意識？」

鬈髮老闆的笑容，始終掛在臉上。那是一個對任何人都拒於千里的微笑，也是對著一個不好笑的笑話充滿憐憫的微笑。那隊執法者離開後，餐廳員工又若無其事地下單、送餐和收錢，食客繼續用手機拍照和低聲聊天，就像什麼事也沒有發生過那樣。

為了配合「模擬．無可疑」展覽，餐廳推出展覽期間的限定優惠套餐——「死因無可疑三明治套餐」。最初，只有雞肉芝士三明治和番茄免治牛肉三明治兩種選擇。餐牌上的說明：「雞肉和牛紛紛自願被殺，成為人類果腹的食物，死因無可疑。」無論是套餐的名字和宣傳文字，都在網路上引起了激烈的議論。有人欣賞鬈髮老闆的幽默感，但有更多人在餐廳的社交媒體上留言：「乾脆推出人血饅頭套餐吧！」

「錢是這樣賺的嗎？」

「吃相很難看。」

「這就是革命分子——看準時機撈一筆。」

也有人說：「每個人都有權用不同的方式，記念那件我們再也沒法公開討論的事。」

老闆始終保持緘默，沒回應任何留言。不久後，再推出素食套餐，被自殺的是鹽滷豆腐和牛油果他他。

油畫〈重生〉以木框裝裱後，沉甸甸的，而且雅人只剩下一隻眼睛，看東西有時會失去焦距，一人運送不免狼狽。偉明主動提出開車載他和畫回家。

那個下午，他們抵達「月見」時，已過了午餐時段，餐廳內只有零星的客人和只餘剩食的杯盤。鬈髮老闆從儲物室，搬出用保鮮紙包裹著的油畫，交到雅人手上，順道問他：「要吃一份三明治嗎？」

雅人瞥了一眼餐牌，剛好看到「被自殺的雞」，文字之旁，是一隻白胖的，頭頂紅冠，眼目渾圓的雞。他問鬈髮：「怎能做得出來？」雅人把餐牌上畫有雞圖案的一面遞到他面前，並不掩飾錯愕和惱怒的神情，語氣聽起來就像在質詢。

「你指這個嗎？」鬈髮把廚師放在送餐區上的一碟三明治捧到雅人面前說：「就是把已沒有生命的冰鮮雞切件醃起來再烹調。」他笑嘿嘿地說，神情不再拒人千里，反而真誠得像個青春期少年，摻雜著猙獰的天真。

「如果你指的是這小店，這裡不只供客人拍照和吃飯，也是消化、排泄和放下的地方。這裡的洗手間跟廚房是一樣的乾淨整潔。」

他把雞肉三明治送到客人桌上後，再回過頭來，走到雅人身旁拍了拍他的肩膊說：「不要對網上言論太認真。那裡只是一個沒有門的開放式洗手間，每個人都在那裡發泄，尤其是，現在這裡的人已經無法隨便去罵他們真正憤恨的對象，只能把氣都出在同伴身上。」

雅人搬著沉重的畫，轉身離去之前拋下一句：「每個人都有責任。」他的語氣冷漠又冷靜，就像在責備他人，但更近似在責備自己。或許，二者並無二致。

鬈髮終於收起臉上的笑容，不笑的時候，他彷彿換上了另一張臉。他朝著雅人正在離去的背影大聲說：「發生在空城的事，沒有一個人是無辜的。我不求自己完美，才可以繼續做各種事，有時做錯，有時做對，不怕對錯，才能一直幹下去。」

店子很小，他的聲音在店內迴蕩。

偉明看到雅人出來，跟他合力把畫搬到車廂後座，確保穩妥，才關上門。他們都在前座扣上了安全帶，偉明的手也放在駕駛盤上，發動車子之前，眼睛看著前方，嘴巴對著雅人說：「你在這件事上也得到了參加展覽的機會。雖然，賠上了一隻眼睛，但也因此，有人注意到你的畫，你也算是，有所得著。」話中的刀鋒，被平靜的語調包覆著，卻也足以刮過雅人的皮膚、耳膜、心窩，最後在他們二人之間的空氣裡留下了一道疤痕。疤痕像蠕動的蜥蜴。雅人很久也說不出任何話，轉過頭去，看到偉明背光的側面，陰影形成的凹洞。雅人常常渴望知道，人如何才算是徹底地認識另一個人？是看透他凹凸不平的崎嶇內在，還是撫過他人每一吋光滑無皺的表皮？他一直以為，外表溫和謙讓，待人友善體貼的偉明，不會有幽暗的另一張臉，就像他一直把注意力放在暖暖的憂愁和脆弱，而忽略了她努力維持的外在表相，他甚至不知道她真正的名字。他第一次直視自己的盲點。

雅人再次得知鬈鬈老闆的消息，是在展覽的第十週，餐廳開業的第八個月，鬈鬈到達X國後，才在餐廳的網站上公布，他永久離開空城的事實。他再也無法忍受日夜不休的，各種形式的威嚇和滋擾。他對「模擬．無可疑」的參展藝術家致歉。

雅人看到這消息時，想到另一個人。雖然已經多年不見，甚至可能再也不會碰面，但他一直不曾忘掉聶偉達。在政治及行政系畢業後，聶立即出任議員Y的助理。直至Y被取消議員資格，不久後又因曾經參加選舉，被控意圖顛覆及分裂國家罪名。聶偉達立即帶著新婚妻子逃到C國，安全抵埗後就在媒體上宣布：「我永不回來。」

有時候，立場最鮮明，態度最尖銳的，也是最早和最快退縮的人。他們耗光了在這件事上所有的能量和熱情，只能回到自己的硬殼裡去。想到這一點，雅人感到眼球疼痛，不由得緊閉雙目。

雲從廚房瞥見雅人閉目抱膝蹲在畫前，不知道他究竟在祈禱還是在熟睡，便慢慢走到他身旁，對他說：「或許多塗幾層油彩，就能蓋過鞋印。」

雅人抬起頭，如夢初醒地張開眼睛，彷彿第一次看到自己那張被踐踏過的畫。他看著畫半晌才說：「這樣就好了。這張畫總算完成了。這樣比它之前更完整。」

⋆ ⋆ ⋆

人一旦否認已經發生的事，否定的力度就會加深了事情在心的烙印。有些發生了的事，是刀子劃破皮膚的血痕，另一些則是地震後形成的路面地裂，也有一些成了臉上的皺摺，最後的一部分成了手心的掌紋。

雅人被拘捕過，雲絕口不提這件事，但事情像粒子懸在空氣裡。他們都感到它無處不在。自此，雲每次在雅人的家結束一天的工作，收拾環保袋準備離去時，他總是請她等一下：「我跟你一起走一段路。」她什麼也不問，安靜地等待。

他們一起跨出房子的門檻，等電梯緩緩上升，經過大廈的大堂，走向殘餘著陽光的街道。被捕之前，雅人除了偶爾到醫院複診，幾乎足不出戶，皮膚有一種衰弱的白，仔細看是帶著淡淡的灰影。他們一邊走，一邊有一搭沒一搭地閒聊，誰也不去碰觸那件事的開關。

他們一起走過五個街口，在那街道的盡頭必須分道揚鑣。他們會不約而同地揚起道別的手，向對方揮動一下。雲總是認為這是為了練習日後更長久的別離，因而有時故意不去看他臉上的表情。

那街道盡處接駁著橫向伸展的街，往右方拐，是巴士總站，朝左方拐，再走十分鐘，是執法大樓。雅人保釋的條件，除了交出護照和所有旅遊證件，還有一週四天，向執法者報到。

他們第十次一起出門那天，天文台發出黃色暴雨警報。雲提議雅人不必跟她一道走，在家裡再留一會，待大雨停竭才出門：「反正今天結束前報到就可以。」

但雅人拒絕：「只要再過一會，我就會失去走出這個房子的動力和決心。」說罷，他穿上了透明雨衣。

那天，在街道盡頭快要道別之際，雲問他：「你要到哪裡去？」

「報到。」他不明白她為何明知故問。

「那只是執法機關為你設定的路線。那麼你呢？你有為自己設定一個目的地，畫下一條路線嗎？」雲停下腳步，深深地看進他被墨鏡遮蔽著的兩隻眼睛。

雅人卻把視線投向遠處不可知的一點，彷彿她向他投下的不是一個問題，而是一顆很小的爆彈。

他不語，她伸出手，搭在他的手肘上好一陣子，就像在確認他的靈魂到底是否還在身體裡那樣。半晌，她轉過身，頭也不回地走向車站。

雅人朝另一個方向走，即使他還沒有回過神來。下班時分，人潮從各個方向湧出，穿梭在街道上，沒有人可以在街道停留，否則就會被不自由主地推擠到離目的地愈來愈遠的所在。像雅人這樣，心裡還沒有出現任何目的地的人，在街上是絕無僅有的。趁著巍峨的執法大樓還沒有出現在他眼前，他放慢了腳步，摘下太陽眼鏡，不由得瞇起了眼睛，有一半是反射性的心理作用。自從受傷之後，每次當他外出，必定佩戴墨鏡，以阻截各種不可知的意外或傷害；另一半是他的眼睛仍在適應戶外的光線，雖然那時候已接近日落時候，他仍感到日光像審訊室的光管燈光，一種剖開眼目般的亮。

對雅人來說，視線不受任何阻礙之物，撫過街道所有風景，才算得上是真正進入了街。只有雙腳踏在其上，才是經過街道。他不禁哆嗦了一下，和街道如此接近，是受傷之後不曾有過的事。他早已不再認為可以把自己縫進任何一條街道，只是，當他知道執法大樓已在前方不遠處的時候，他忽然感到，不必沿著路筆直地往前走，他可以拐彎，想像街道成了一個漩渦，而他是一滴水，藉著繞圈子，不斷繞圈子，反向心力地擴散出去，迎面而來是行色匆匆的路人，而身後趕路者又在不自覺地簇擁著。如果他是一滴水，就像三文魚那樣逆流而上，或許因此，沒有戴眼鏡的眼睛，看見的街道是一尾被剖割過，已不再流血的魚。店子的櫥窗，餐廳的招牌，巴士站的候車亭，以至低矮樓宇的簷篷，全都像失血的肉塊，雅人緊緊盯著面前的事物，試著找出其中仍然保留著生命氣息的部分。

* * *

那扇白色的門像一個沉默的嘴巴，雅人不知道為何可以認出它，也驚訝於竟然可以在那裡遇上它。他看著門良久，想起一種臉皮的顏色，便為那顏色起名：無言白。

記憶裡的視線，沿著這樣的白搜索，找到：泡在水中過久的皮膚，沒有寫上任何句子的紙張，眼睛失去安寧之後，醫院裡吸滿了糞便摻雜著消毒藥水氣味的牆壁，不陰不晴的天空。記憶的尖角仍在眾多的白之間徘徊。

白門毫無先兆地打開，鐵閘的欄柵之間，出現了一個女人的臉，頭髮亮澤濃密，挽在腦後，露出沒有經過任何修飾的臉。那張臉像一個被打掃得一塵不染又沒有多餘擺設的房間。雅人愣在那裡。他非常肯定自己沒有叩門，也沒有要求那扇門為他開啟。那個女人的問題卻像繩索套住了他：「你站在這裡幹嘛？」直截了當的語氣中，並沒有不耐煩或凶狠。

他湧起了轉身離去的念頭，但那問題刺穿了一種記憶的白，那種白困住了他。他不假思索地說出：「余向海醫生要我來找你。」

雅人和女人同時微微地錯愕。說出這句話之前，他的腦子還沒有聯想到醫生。

不一會，女人把鐵閘也打開。在雅人面前的單位，散發著濃郁的馬鞭草和依蘭依蘭的香氣。

* * *

「他為何要你來找我？」女人問。

醫生從沒有說明這一點，雅人卻是從醫生沒有說過的話之中得到答案。要是醫生沒有穿著那件白袍子，也沒有在醫院的病房內工作，就會向他做出更詳細的解釋和更清晰的指引。但這樣的假設不可能發生，醫生必須是醫生，而雅人必須受過那樣的傷，他們才有相遇的契機。

「他給我一張紙，紙上有這個地址，畫了一個山的圖案，就是你的店子招牌上那個。他告訴我，你曾經是他在醫院裡最賣力的同事。」雅人沒有說，醫生形容她是「對療癒有著瘋子一樣的熱情和天真，但沒有一所具模規的醫院可以容納這樣執著的人」。雅人認為自己無法翻譯出醫生的話中那種羨慕、妒忌和近乎愛的不甘。

女人緊繃的表情稍微柔和了起來：「那不是山，而是一頂帽子。」她想起醫生，就像多年來每次想起他，也順帶想到他的妻子、孩子、婚姻、他從未改變的髮型，還有他的醫學理念和行醫方向。在她看來，他過於仰賴外在的目光和評價，活成了別人期望的樣子，有一個樣板的家庭、事業和人生。醫生是逃避真正自我和自由意志的人。但她從不知道，對醫生來說，那就是真正的他。

雅人垂下眼睛說：「我眼睛不好，沒有看出來。」

女人便凝神注視他的雙目良久。接著，她要他閉上眼睛。不是以語言指引，而是用她溫熱的掌心把他的眼皮蓋上。那一刻，那動作使他感到自己如願以償地死了，並在死亡之中短暫地休歇。她牽著他的左手，把他領到一個衣帽架子前，要他伸展雙臂摸索，為自己挑選一頂帽子。

雙目緊閉的時候，他才看到女人經營的空間。踏入房子之後，內裡的一切彷彿從四方八面向他壓迫過來。直至他用眼皮阻截了眼前的景象，腦袋才得到解讀事物的空隙。那裡有深棕色油亮的木地板，占據了一整面牆壁的衣帽架上羅列著不同顏色和材質的布料。另一堵牆壁上有兩扇巨大窗子，皆被窗帷遮擋。窗子下方排列著形狀各異的椅子，他很想坐在其中一張之上，把自己像一幅布那樣完全攤開。

他的指尖觸及一塊亞麻布，想起在工作室昏天暗地作畫的日子，他和暖暖在炎夏的午後，會在地上攤開一幅亞麻布充當床單，在那裡打盹。亞麻布就像他們的防空洞。他把布捏在手裡，是布投向他，他這樣相信。

女人又領著他和布料遠離了那堵牆壁，直至她要他把雙眼張開，才停下腳步。他看到一張暖色的沙發，忍不住像撲向一個人的懷裡那樣，蜷進沙發中央。

「你要不要細看自己的腦袋中有什麼呢？」她俯視他說，彷彿他已掉進一口很深的井而難以自救那樣。

「那裡，可能是空空的什麼也沒有。」雅人感到懼怕，眼前的女人像深不可測的外太空那樣無所不知。

「你有勇氣去面對，腦中貯存的影像嗎？」女人耐著性子再問他一次。「當然，大部分的人安於盲目。」她盯住他的右眼。他訝異於面前的女人竟然可以看到這麼多，這令他再次想起醫生，或懷念醫生仍然在空城生活的那段日子。

「請打開我的眼睛。」他重新閉目，就像向一個水池許下願望，也像向命運投降。

「你想清楚了嗎？」她先告訴他，他挑出了一件某人遺留在那裡的白色麻質上衣，要是他決心打開眼睛，那件上衣就會成為保護他的頭顱的帽子。

「要是你打開了自己的眼睛，就必定有什麼被關上，而且那很可能是永遠。」她說，世上萬物都是等價交換。他仍然閉目，向她坦陳，這並不是一個選擇，他只能這樣做。

她熟練地用白麻衣包裹著他的頭顱，以帽子之狀，覆蓋著他的額和眼，只露出鼻子和嘴巴的下半張臉。

「告訴我，你的眼睛在哪裡。」她說。

他的右掌隔著衣物放在看不見的右眼之上，而左掌落在能正常視物的左眼，她忽然看到，他的兩片手掌像鳥被折斷的雙翼。

「你弄錯了眼睛的位置。」她指引他：「你用來看的那器官，真正能透視萬物的那眼睛，在這裡。」

她把兩根手指垂直放在他的雙目中間的空隙，如果兩隻眼睛是房間，那裡就是通道。

「這裡是第三眼。」她說。

他從不知道這眼睛的存在。

「有時候，第三眼不一定長在你身上。曾經有這樣的個案，他的第三眼長在了某個親密無間的人之上，只是因為那人開啟了他的另一種視野。」女人的聲音像一根鬆弛的弦，隱藏在話裡的動機與意圖難以摸索和辨認：「起碼，你仍然有著這顆眼睛。有許多來到這裡的人，真正的眼睛已經像原始人的尾巴那樣，完全退化，沒有留下任何痕跡。」

「如果陷入這種狀況該怎麼辦？」他問。

「不去追求『看見』的人，比較容易安於現狀。」

* * *

雲抽到寶劍二。塔羅牌中的小奧祕。塔羅師M失聯的第二個星期三，雲在抽屜深處找出健在她四十八歲生日送上的塔羅牌。曾經有好幾年，塔羅牌都被遺忘在房間和記憶的角落。她在心煩意亂時，就全神貫注地收拾房子，於是，在櫃底、沙發旁的間隙、電視機後、儲物櫃的雜物之間，找到健的記憶磁、卡片、信件、第一份工作的職員證，還有他小時候心愛的橡皮擦。她鼓起勇氣，把他珍藏在衣櫃深處的漫畫和筆記本逐一翻開細看，那是他留下的像影子那樣的痕跡，跟平日所見的他並不相同，彷彿影子才是他的實質本體。

雲根據網站上的地址，找到M的工作室。當她走進那幢工廠大廈，按下門鈴，出現在門後的少女，皮膚白皙，一雙塗了淡橘色眼影的眼睛，像冬日的湖。她看到雲的來訪，並沒有現出訝異的表情，只是說，她遺失了手機，一併失去了許多客戶的訊息。就像為了安慰雲那樣，她說：「面對面開牌，有時結果會更準確。」

很可能是為了補償，也有可能M在那個下午並沒有其他預約，她容許雲不限時間地訴說和提問：「只要在我的能力範圍以內，我都會盡量解答。」

此前，當雲問事，M為她抽的都是不同的牌陣，但這一次，她們相對而坐，塔羅牌在她們之間的一張小茶几之上。M要雲只抽出一張牌。

雲把塔羅牌在雙掌之間掂量了一下，便像淘米那樣把所有牌的次序翻倒了一遍，然後從中抽出一張，以背面朝天放在茶几中央。

M把牌翻開：聖杯二。一對年輕男女緊緊相擁，二人手中各自捏著一隻金澄澄聖杯。他們頭頂上方有獅面鷹，一隻白貓在女生腳下磨蹭。

「你看到什麼？」M問。

雲以為會得到一個答案，沒想到卻被丟下一個問題。問題像一個迫不得已被打開的簾幕，內裡的東西太多，全都是多年以來，她避而不談的關係和事物。

雲細看牌，牌上穿黃底黑格子衣服，頭戴紅花冠的是健。「健有一個新的世界，在那裡，他交了要好的女友。」她看到遠處如茵綠草，紅色屋頂平房。「他們將會建立新的家庭。」雲心裡的欣慰，藏著陰霾。在他們的上方，不知名的惡獸正在俯視眈眈：「頭上的獅子要襲擊他們了嗎？」

M盯著牌卡好一會，雲以為，她會以塔羅師的角度說出想法，但她只是指示雲閉上眼睛，左手按著心房，右手放在那張牌卡之上。「現在，你看到什麼？」

「一個又髒又亂的房子，我沒有氣力去收拾，卻沒有門，可以讓我走到別的地方去。」雲沒有料到自己會說出這樣的話。

M要她睜開眼睛。「現在，你在牌卡上看到什麼？」M的嗓音像季候風經過雲的耳膜。

雲慢慢張開雙目，重新適應室內的光線。她把目光再次投到聖杯二牌卡，卡上的圖畫依舊，用色也沒有改變，可是，本來隱藏在圖象底層的東西，彷彿從某一扇門後掙扎而出，湧向她。

穿黃底黑格子衣服，頭戴紅花冠的，不是男生，而是個中年男人。他不是健，而是健的父親，被他擁在懷裡的女人，是雲年輕時模樣，穿著她一直喜歡的湖水藍外套和白裙子。那頭依偎在她腳下的白貓，是小時候的健。

夫婦二人同時拿著的金色杯子，雲知道，內裡是空蕩蕩的什麼也沒有。雲的手不禁捂著自己的嘴巴，她不想自己忍不住發出的聲音被任何人（包括她自己）聽到。

雲從不知道，這麼多年過去了，她仍然緊抱著一個已然失蹤的幻影，而看不到健。直至厄運臨到他們頭上。

* * *

雲久久無語。M輕聲問她：「你有看到什麼嗎？」

「我沒有預期會看到這些。」雲蒼白著臉說。

這個答案，無疑令M放下了擔憂：「你有看到。雖然那不一定是我們所喜歡的畫面，但也證明，你看到了真實的東西。」

「健還會回來嗎？」雲再次按捺不住這樣問：「他什麼時候才會回來？」

M盯著雲的臉，彷彿那也是一張難解的牌卡，好一陣子之後，她臉上浮現了饒有深意的笑容。

「將來會發生的事並不存在於牌卡之中。」M說：「牌卡只是反映你此刻的心念，而你的心念會促使你走進不同的未來。所以，牌卡的訊息可能會隨著時間而改變，因為人的心念總是雜蕪又搖擺不定的，但也因此可以創造出有許多可能性的未來。」

雲一時無語，M的話卡在她的胃部，她沒有料到會得到這樣的結果。

「那麼，花這麼多錢問卜是為了什麼？」雲喃喃地自問。她說不出的是，耗上大半輩子去追尋、思念、回憶那些親密而一去不返的人，是為了什麼。

「是為了從更高的角度去審視自己看到什麼。」M說出的不是應付失望顧客的說法，而是她多年來對於以塔羅跟陌生人溝通的信念。

後來，當雲再抽到聖杯二，就會想起M。要是M當時告訴她的是一個明確的答案：健會回家，或健不會回家，她必定不會再去找M。

某個星期三的晚上，雲給自己翻開了一張寶劍二：女人坐在圖畫的中央，雙目被白布蒙著，但她並不慌亂，正襟危坐，氣定神閒。雲想，幸好女人沒有看到在她面前的兩個武士打扮的男人，向對方揮劍對峙，兩把利刃交錯，形成一個凶險的十字。女人就坐在「凶」的正中央。然而，無論如何，刀子沒有揮向她，但難道因此，她就可以獨善其身嗎？雲並不這樣認為。為了逃過眼前這景象的誤區，雲以雙掌捂住了雙眼，企圖以掌心的溫暖，舒緩眼睛在白天承受的疲憊。好一陣子之後，她放下手掌，就看到牌卡上的劍，成了兩根粗大的針，空中有看不見的線，兩個持針的男人正在縫紉夢遊女人那懸在空中的命運之網。那網像蜘蛛所編織的那麼脆弱而透明，坐在他們中央的女人對此一無所覺。

洗牌的時候，雲在心裡默念的問題是：「丈夫的失蹤、健的失蹤，還有空城裡的無數人口失蹤，於我的意義是什麼？」

她細看牌卡好一段時間，直至目光和精神漸漸失焦而渙散，她忘記了身處的所在、自己的身分和身體、現實給她設定的安全邊界……意識滑向虛無的一點之前，她看到蒙眼女人的身後是暗湧處處的海。持劍或持針的男人，一個是健，而跟健對決的人，是熟悉的身影。在彎月之下，她還沒有心理準備要知道他是誰。她只知道，坐在「凶」之中，被白布蒙眼的自己，快要做出抉擇了。

＊＊＊

雲走進房子，先把蔬果和肉類放在廚房，再走到雅人跟前，從環保袋掏出一封厚甸甸的信，交到他手上。

「那一次，徹底打掃你的房子時，為了把握時間，許多東西不及細看，我都扔掉了，但這封信，我覺得應該留下來。」她補充：「我沒有讀過。」便轉身回到廚房深處。

信封是密封的，他並未開啟。雖然信封上沒有一個字，但他記得，暖暖把這封信交到他手裡時，是三年前的夏季，那個下著暴雨的午後。那時，他把信隨手塞進帆布袋的內層口袋，打算回到家細看，可是，那個下午之後所發生的事，輾碎了許多藏在生活裡的微枝末節，讓他們永遠失去了某些日常的片刻。失去很多之後，他們就完全適應了失去後的空城生活，有時難以具體地說出失去過什麼。

雅人從雲手上接過信封之後，呆了好一陣子，他甚至不敢相信自己會忘掉這封信。他無法立即把信展開來讀。只能把信先塞進牛仔褲的後袋。每次他站起來、坐下，或從一個位置移動到另一個地點，都可以感到褲袋中的信像一個欲言又止的嘴巴。他唯一的盼望是，它可以安心地等待，他正在累積展讀的勇氣。

雅人坐在R博士對面時，信再次出其不意地從他的口袋張開了嘴巴。那不是合適的時刻，他選擇忽略它。

那天，R博士戴著一副紅框眼鏡。雅人先注視她的左眼，再定睛看著她的右眼。他常常以兩隻眼睛的眼神是否對稱和平衡去判別那人是否值得信賴。

她從沒想過要對雅人透露姓名。她希望所有前來求助的人，一旦離開這所店子，就不必再回來，於是就能順利地彼此淡忘，再也想不起對方。名字是無用的牽絆。R一直如此確信。可是雅人第一次到訪時堅持要知道她的稱謂：「要是沒法指稱你，我們之間的線，就沒法連起來。」

R怔了怔，沒有想到眼前這個陰鬱的年輕人如此執拗，便說：「你可以叫我Dr. R。」R博士或R醫生。R故意讓二者都在這稱謂中成立，而沒有選擇哪一個，她同時逃逸和抵達了兩個階段的自己。

他把視線從R的眼睛挪開，落在懸掛在牆壁前的款式和形狀各異的帽子之上。回想R的眼睛，就像兩個住在相鄰單位內的相似卻互相排拒的人。她的眼眶也像兩頂相同的帽子，而帽子內各有一個相異的星球。雅人信任她。

「你再來是為了什麼？」R問。

雅人是在第二次見面的時候，掌握了跟R的溝通方式——他向她提出一個問題，她就回以他另一個問題。當他問她，這店子的名字，她問他：「你認為這樣的店子，名字該是什麼才適合？」在他臉上原有的表情倏然消失，另一個表情還未及湧現，R就把握了其中空白的部分解釋：「如此，每個來到這裡的人都有著自己對於店子的定義，定義是路徑，指向人最後會抵達什麼地方——這才是你們來到這裡時種下的緣分。」雅人一點也沒有質疑這種說法，不一會就說出：「帽子山。來到這裡的人，都要換上不同的帽子，攀爬自己未知的部分。」

R彎起了嘴角和眼睛，笑容像一個碗，然後說出店子的名稱：「它是『帽子洞』。在店內提供的帽子，並不是為了修飾人們的臉形，也並非用來遮掩他們沒有梳洗的頭髮，或不想被任何人看到的眼睛，而是為他們頭顱內無處安放的思緒，或日漸增生的念頭和回憶，擴展一個空間。」

「帽子是無限的空間。」R說：「這裡的帽子全都被我施加了『念』。一旦遇上彼此契合的頭顱，戴上它，再戴上它，以一種信任的方式，即使脫了下來，無論是帽子或頭顱，都會擁有更多能量。頭顱的主人可以源源不絕地把擠迫著腦子的東西，全都轉移到帽子裡去。」

「不過，並非所有的人都需要這樣的帽子。大部分的人需要的只是一頂普通的可以覆蓋頭部的帽子罷了。我把這些人稱為客人，而那些在尋索真正的帽子的，則是『個案』。」

雅人的眼睛亮了起來，灼灼地看著她，未及說出問題，她就告訴他：「毫無疑問，你是個案。」

雅人沒有告訴R，他看到的店子，其實是一座光裸的山。每個身在其中的人都要脆弱而一無所有地攀爬，只能前行，沒有退路。可是他本能地隱瞞著真正的想法。他對自己說，對著面前這個才認識沒有多久的人，絕不能任何事都和盤托出。尤其是在目前的空城，對像他這樣的一個隔天便要到執法大樓去報到的人來說。

他知道，那些無處不在的監視者和告密者，以至為了維護空城的政情穩定而定出的各種新的惡法，都沒有讓他沉默的能耐，只是，那喚起了他沉睡在心底很久的自我隱藏的欲望。有時，他甚至渴望把自己埋進土裡去。

R竟然對他毫無保留地坦承店子裡的狀況。雅人驚訝得難以置信——畢竟店子暴露在一個任何人皆可到達的公共空間，執法者和其他政府部門隨時都可以收到投訴或以例行檢查等各種藉口妨礙店子繼續經營。同時，R臉上坦然自在的態度，又令他生起了鄉愁，彷彿看到昔日的空城人那樣。

他已經很久沒有在城市裡碰到像R這樣爽朗愉悅的本地人——不僅是因為，許多人都像醫生那樣移居外地，即使留在城市裡，人們還是出現了無法逆轉的改變。

「人們只是表露了從前不曾有任何機會展現的本性嗎？」他的困惑無法通過思考而得到答案，而無止盡的思索，又讓他陷進了更深的孤寂感之中。

他看著眼前的R，站在店子水泥牆壁前，胡桃木長方形鏡子之旁，穿著俐落立體剪裁的衣褲，頭髮盤在腦後，臉容光亮潔白，沒有妝容的痕跡。她給他一種養尊處優的印象。

「就是這種中年人。」他想，沒有為空城犧牲過，沒有以肉身撞向鐵馬和欄杆和橡膠子彈，只是剛好誕生在空城的黃金時代，迎向了經濟起飛的列車，便平步青雲享受時代帶來的各種好處。「這些人根本沒有為城市的過度發展吃過任何苦頭。他們當然保有事不關己，或任何噩夢都不會臨到他們頭上的天真。」想到這裡，他心裡燃起了莫名的怒火。他發現了自己對於R博士和醫生那一代人的憤恨，他無法掩飾也難以平靜下來。對於自己有這樣激烈的感覺，他本能地排斥著。恨是親密的情感，他從不願意把這珍貴的感覺隨便種在任何人身上。

R發現，他落在她身上的目光，隨著視線而來的灼熱感透進她的太陽神經叢輪，鬱悶感滲進心輪，以致，眉心輪也在隱隱作痛。她看到一個在縱谷中踽踽獨行的身影，要往山的更深處走去。她想一把抓住他，告訴他前方不是路，只是路的幻影而已。

「你為何再來？」R第二次問他。

他的目的地其實是另一條街的盡頭，那執法大樓。但那並非他的選擇，而是命運為他所選的道路。有時，人為了達成一個結果，會嘗到許多不同的苦果。他不願去想，苦果就是自己的結局，才會拐了一個彎，到了這店子。他並不打算告訴R自己等待審判的狀況。起碼，在這店子裡，他要暫時得到一個忘掉一切的空間。他再次感到褲子的口袋裡，信封的尖角在戳他的皮肉。

「上週，我遇到一個……東西。我想要打開它，但害怕把它打開的後果，是目前的我無法承受的。」他把手伸進褲袋，用手觸碰質感粗糙的信封，撫平它對自己的干擾。

「去選一頂帽子吧。」R用眼角瞟了一下帽子牆壁。

他走到牆前，快速地掃視了一下眾多的帽子，只是覺得所有帽子都有嘴巴，滿溢的語言從帽子開口處雜亂紛陳地吐出，太聒噪。為了保護眼睛，他只能蓋上眼皮，以身上其他部分承受帽子的傾吐。不久，他的手伸向一頂沒有開口的帽子，他感到它像一個打不開的蚌，便把帽子捏在掌心搓揉了一會兒。他再次張開眼睛時，感到被一片深夜的藍包圍，聲音如潮退中，四周回復寂靜。

R看到他手執一頂草織高帽子，像一個淡褐色，散發著澄澄光芒的籠子。把帽子倒過來，便可以蓋著頭顱。店子開業以來，她沒有見過有誰選上這帽子。她莞爾。

「戴上帽子。」她指示他：「然後躺在沙發上。」

他透過草帽看出去，彷彿和世界相隔著一團柔和的光暈。對他來說，帽子太大，帽沿滑落到他的鼻梁，他嗅到微微的藥草香氣。草織的帽子為他遮擋了外來的日光，他才發現眼睛早已累得幾乎無法撐開來，便脫去鞋子，橫躺在店子中央的仿古黑沙發上。寂靜的空氣按摩著他身上所有緊繃已久的弦，不一會，店裡只有雅人均勻的鼻息。

「現在，帽子在你的腦袋上方創造了一個密封的空間，無論你把什麼放進去，也可以在現實中發酵和醞釀，沒有任何人能發現，也沒有任何人可以剝奪。你要把什麼收藏在那裡？有些什麼，你要實現在生活中？」R的聲音彷彿從遙遠的星球傳來落在他耳膜中那樣，只差一秒，或更短的時間，他便會跌進無意識睡夢兔子洞裡，無論她說什麼也抓不住他。可是，剛好在那一瞬間，她的聲音勾住了他最後一絲清醒的意識。

他開著一輛白得發亮的車子，也可以說，他坐在一輛高速而平穩地行駛著的車子中。他的雙手握著駕駛盤，但並無任何駕駛的概念，車子按照他的心念而行。駛過公路，鐵絲網的頂端，許多建築物的天台，越過湖和海，經過公園和辦公室的窗子，車子穿過雷雨帶、森林，抵達了他和母親分離的第一個夏天，但沒有多做停留，拐了一個彎，又駛往大學，一年級第一個學期，白教授課堂的課室，但那並不是他的目的地。車子載著他，進入了暖暖從前的工作室，她坐在地上畫畫，對於他連同車子闖入並不感到意外，頭也沒抬起便問他：「要留在這裡嗎？」

他想說好，但車子逆反了他的意志，繼續行駛。他扭過頭去看著她，直至她只剩下很小的一點。車子進入了黑夜之中，黑夜的黑，像埋在地底的湖泊隱隱發亮。

他知道，即將前往的地方是「蕪」，那裡比深夜曖昧一點，比白天灰暗一點。

「你要到那裡去嗎？」他聽到暖暖問。

——我是沒有選擇的。

＊＊＊

掛在牆壁上的，全是收集「念」的帽子。每一頂都由R設計，採集材料，在藍月亮的晚上織造出來。

躺在黑沙發上的雅人，閉上的眼皮留下了一道很小，小得難以察覺的裂縫，縫裡的眼球正在快速地運轉。當他處於深眠之中，另一個藏在他身軀之內，白天沉睡的靈魂會短暫地醒來。從高處俯視他，並且已全然知悉他正在經歷的，以及他未來將要承擔的一切。那是在很久很久之前，他們的共同選擇。如今，雅人只是踏過自己曾經建造的橋。只是那不是堅固平坦，而是搖搖欲墜的橋罷了。

＊＊＊

線性禁止

——給人

／暖暖

當你找到我的時候
就失去了我，但你是在
失去我之後
才遇上我的
兩者暗示著因果關係
你能確定原因嗎
時間從來不是線性的
它屬於鐵
時代是這時代禁止的名詞
動詞　連接詞　形容詞
和歌詞
我們最好的時光是灰
虛度如日的白
「什麼都會過去」
亡者給我們提示

有人青春正茂忽然死去
活著的人忘卻生還滋味
只有未老先衰者才能體會生
輕飄飄
我們早已習慣倒果為因
有時倒果為果
但你知道結果的意思嗎
時間燦若繁星
永遠不在我們手裡

所有目的地都已
封鎖
在封鎖線之外有更多
封鎖線

我們在那刻醒來後發現
身體已被置換成籠子
你愛自己的身體嗎
你怎能不愛自己的囚籠
這是一次無期的徒刑
這是一場無功的徒勞
時間是　時間是　荒中的蕪
荒中長滿無中有蕪

水浸眼眉

／暖暖

那些人離開
並不帶走所有
留下吐過的痰
不約而同塞我肋骨
從脇下抽出
插穿我的鎖骨
他們是偵測孔洞的專家

「這是我給你的項鏈」
他們密議過
設定密碼相同
我的脖子負擔日益沉重

我的頭再也無法高高抬起
要活　就得承受
枯了的肋骨　失竊的頸項　氣味像風中鹹魚
我想把他們全數丟進海裡
讓枯骨繁榮
脖子長出後代
鹹魚得水
可我得先讓自己溺斃
一次之後再一次

白色車子載著雅人進入無時間隧道。在隧道深處，雅人反覆細讀暖暖給他的信，又在腦中擬著給她的回信，無從說起的語言太多，文字終於逐一粉碎消失。這些信全都存在，在他想不起的過去，或已被他遺忘了的未來，也在被他忽略的目前。信一直躺在記憶的河床。許多片段像被浪捲起的垃圾那樣湧上他的腦海，譬如說，暖暖對他說過的所有若無其事的狠話。「你能成為一名藝術家，唯一的才華就是，你媽很有錢。」那時他假裝沒聽到，專注在調色盤的顏料上，混合一種恰到好處的濃度，但當時，他必定不慎把這句話，還有對暖暖的情緒，摻進了顏料之中，以致那幅畫的一角，就像有一團正在蔓延的焚山之火。

坐在車廂裡的雅人，忽然非常懷念，如此毫無保留地對一個人生出憤恨的感覺，而他們之間的連繫，比那恨意更強也更深。是暖暖令他明白，他有痛快地恨的自由。現在，他再也沒有恨的動力和熱情，那對象消失了，許多事物也隨之失了蹤。隧道恍似遙遙無盡頭，他有點懷疑會一輩子被困在那裡。

* * *

是抹茶的香氣。

已經睜開的眼睛，把他帶回來這邊。他看到暴露鋼筋和橫梁的天花，一堵水泥灰的牆壁。帽子已脫離了他的頭顱，不知落在哪裡去了。他撐起身子，坐在沙發上，視線剛好碰到懸在眾多帽子中央的時鐘。離執法大樓的最後報到時間還有兩個小時左右。

R把一張椅子挪到他的對面，又把另一張椅子放在他身旁，椅子上放著木托盤，托盤上有兩杯熱氣氤氳的茶，杯子是冰涼的白。R跟他相對而坐，把一杯茶交到他手裡。

窗外傳來巴士壓過柏油路，駛過街道的聲音。

雅人說：「我要離開，否則就太遲了。」

「把帽子也帶走吧。」R放下茶杯，站起來。

他把籠子似的帽子捏在手裡仔細端詳後，對她說：「我要如何給你診金？」

R搖著頭說：「醫生早已為你付過了。」

雅人震驚得說不出話。他確實希望她所說是真話。彷彿醫生一直都在參與他出院後的生活和治療。他不敢細問，也不想去檢視其中的細節。

「把那輛白車子一直停泊在你的頭和帽子之間，那空隙的部分，是無限延伸的。你需要那車子時，你總有一天會需要它的，這天很可能很快會到來，沒有人知道。」

R把他送到大門時，這樣叮囑他。

還有不足十四天，他就不必再到執法大樓。彷彿是一段長久的旅程完結了，他會被送到更遠的，不知名的地方。坐在法庭裡戴著假髮的法官，那個沒有看他一眼的陌生人，將會宣判他的案件。

⋆ ⋆ ⋆

R走到窗前，看著雅人沿著街走到盡頭，終於被黑暗和建築物吞掉身影。她以一種目送往事陰影的目光，盯著已經沒有雅人的街道。

她並沒有撒謊，醫生早已付清了雅人的賬單。即使醫生本人對此一無所知。雅人踏進店子時，令R再次想到醫生。多年以來，她把關於醫生的記憶摺疊在腦室內一個隱密的角落，連同記憶所附帶的羞恥感。

她曾經以為，跟醫生如同盟友，會在那個綑纏著他們的制度裡，帶來翻天覆地的改變。他們同時背離自己原來的伴侶、家庭、年幼的孩子、傳統的醫療方法、醫院的制度，放下穩定的事業、專業身分和薪水，共同創造出一個新的供他們立足的空中之島——她以為他們會跑到城市邊緣地區租下一幢三層的低矮房子。地面是診症空間、二樓是飯廳和客廳、臥室和書房則在三樓。他們在彼此身上發現了一個新的自己，她以為他們此後就會有一個煥然一新的人生。可是，醫生在計畫正在一步一步地從抽象逐漸變成具體時，卻臨陣退縮。

他說：我沒法這樣做。

R辭去醫院的職務，獨自進行原來的行動。後來的日子，他們沒有再見面。

當雅人戴上遮蓋眼睛的帽子，她也在一旁戴上了自己的帽子。在帽子裡，她才看到她誤把帽子當作是自己的頭顱——她曾經相信，被醫生拋棄之前的人生，才是她原初的模樣。但是原來，經過那個劫難，在無路可逃，無處可躲之後，不得不創造出「帽子洞」，並一頭鑽進去的那個人，才是她真實的面貌。她以另一種方式，把新的自己生產出來。醫生留給她的烙印，並沒有長成她的頭骨，那只是一頂她親自編織的帽子，既然如此，她當然也可以把帽子脫下來。

R走到鏡子前，把帽子從頭上解下——這才是遇見醫生而得到的禮物。只有被什麼囚禁過的人，才能明白得到釋放的滋味。

她把帽子送給雅人。

* * *

事情發生了之後，雲反覆質問自己：「這一切是否有跡可尋？」
她想到：聖杯八。
那天夜裡，她在困惑之下，為雅人抽出一張塔羅牌。
當她在早上挽著幾袋食物和日用品，抵達雅人的房子，發現大門敞開，屋內滿溢的陽光卻是灰色的。她從沒有見過那樣灰撲撲的陽光，不禁驚呆了好一陣子，定神看清楚，才發現雅人正在收拾房子。屋內除了油畫、畫架、素描本和為數有限的畫具之外，雜物本來就不多，而且執法者上門拘捕時，雲又為他扔掉了大部分的東西。「房子愈來愈單薄了。」她心裡想，連生活的氣息也稀淡了許多。她逕自走進廚房，把所有帶回來的東西都布置妥當，也把蔬菜洗淨，肉類醃了放進冰箱冷藏，再走到客廳時，發現原本放在壁櫥和書櫃上寥寥可數的物事更精簡了一點。
廳子中央橫放著一字排列的油畫，而放在畫架上的一幅，是雅人的舊作。雲認得畫裡的七個瓶子，可是那些瓶子正經歷著的是活埋——雅人手中揮著最大號的畫筆，沾上白色塑膠彩，一層又一層地塗抹，新的顏料覆蓋在原有的瓶子，以及從瓶子延伸出來的蛇、火，以及一切之上。雲不禁詫異地問：「你在做什麼？」
雅人轉過頭來，臉面背光，她看不清他的表情，可是聲音裡沒有任何不快或喪志，甚至隱隱帶著愉悅的笑意：Just let them go. 此前，他一直以空城語跟雲交談，以致她多花了一點時間才弄懂他以另一種語言所說的是什麼。

雲繼續站在那裡，看著雅人在舊的畫作上繼續塗顏料。一直以來，畫布就像是他內在世界的牆壁，如此，他才能開墾維度更廣闊的通道。至於他要前往的是什麼地方，她沒有問，也認為不必知道，只是每次看到他對著畫布凝神工作，就知道他必定可以好好活著。

可是當她看到，他的畫架左方堆放著幾幅已被白油彩封閉的畫，右方則是靜候處置的作品，她感到那客廳就像一個刑場。彷彿，雅人並非在破壞自己的畫，而是在屠宰自己。時鐘的長短針重疊在「1」，雲帶著不忍，準時離去，甚至沒有跟他說再見。那時，她認為他們隔天就會再見。

夜裡，她取出塔羅牌，心裡默想困惑，祈求指引，把牌卡背面朝上，扇狀排開，用右手拈出一張，翻過來。

共八個聖杯，五個豎立，兩個傾倒，一個有血傾瀉而出，另一個則湧出水。最後一個聖杯，被白衣女人捧在胸前細看，遠處是幾座巍峨巨山。一名紅衣男人拄著拐杖，走到山下，正要往上攀爬，衣角飛揚。

他已決定捨棄所有杯子，雲想。

＊＊＊

雅人離開住所的時候，看到街道剛剛自黑夜的深眠中甦醒過來。鳥鳴格外清晰，清道夫在掃地和整頓垃圾箱。一天尚是新淨的。他心裡湧起了一種熟悉感。已經有很長的一段日子，他不曾在清晨出門，除了被捕那天。在他看來，世界呈現了一道巨大的裂縫，那道裂縫仍在不斷擴展之中。他得小心翼翼地避開那道縫隙。

那之前的一天，他如常走到「帽子洞」，但門是關上的。他按鈴，門打開了一道縫，R從縫中探出臉，看到他，微微地訝異，接著，疑狐便填滿了臉所有的部分。

他不知道要說什麼。只是隔了一天，好像所有事物都完全變了樣子。

「這裡，已經沒有你需要的東西了。」R臉上仍然掛著溫和的笑意，但語氣完全沒有商量的餘地。

雅人沒法告訴她，雖然這裡離執法大樓只有一段很短的路程，可是沒有這裡作為中途站，他沒法走下去。畢竟還有十一天。

R注視著他的臉好一會，忽然好像看到了什麼，也不交代半句，就把門縫和他一併留在那裡，轉身跑回店內。她再次走到門前，從縫裡塞給他一張紙條。

「到這個地方一趟。但現在已太晚，明天一早出門再去，預備在那裡逗留一段時間，最好預備乾糧和水。」她簡單地說明之後，便把門關上。門徹底地關閉之後，再也沒有為他打開過。

地之心圖書館的位置，並沒有出現在公用的地圖上，雅人在網路上搜尋了一整個晚上，也沒有找到任何資料。他只找到地心公園，面積非常小，位於公路旁的一個三角形地帶。要不是R給他的紙張上，手繪了一個簡陋的地圖，寫上了圖書館的名字，巴士路線和車站的站名，他認為根本無法找到目的地。

出發之前，他曾經懷疑，R或許會給他錯誤的資料，隨便打發他離開，但他隨即又想到醫生。醫生一直給雅人指引出治療的方向。

「反正，當做是當天來回的小旅行也很不錯。」雅人安慰自己似地這樣想，R的紙條上，標示的車站位處城市的邊陲，而地心公園接近空城邊境的位置。那是已被沒收護照的雅人，可以抵達的最遠的所在。他決心開展這樣的旅程。

那天，雅人在天亮前起來，仔細梳洗過，把白色泡沫抹在臉上，剃去鬍渣，又用吹風機為頭髮造型。他已經有太長的一段時間，沒有待在鏡子前耐心修整自己的容貌。

離家之前，他把一張紙條用水瓶壓在餐桌上，紙條上留著一句簡潔的句子。

＊＊＊

他看不到前方有路。

根據R的地圖，他走到地心公園，那裡只有一個滑梯，幾棵樹，三個鞦韆。或許因為下著微雨，雨像小型動物的飄在空中的毛。一個人也沒有。他屈著腿坐在其中一個鞦韆上，輕輕地晃著，腦裡升起一個念頭：「或許R所指的圖書館，其實是一個公園，這是一個隱喻。」但他瞄到一個木牌子，以麻繩綑縛懸在一棵樹的軀幹上，牌子上畫著一個箭咀，以歪斜的手寫字寫著：「地之心圖書館」。他走到樹前細看那木牌，視線沿著箭咀方向轉移。確實，有一道樓梯隱藏在粗壯的樹身之後，他的左掌在樹幹上游移了一陣子，就像在對它道謝。

樓梯扶手的油漆已剝落，裸露鏽跡斑斑的內部，梯級散落著菸蒂、紙巾和紙屑，一窪又一窪的積水，牆壁上的光管有一下沒一下地閃著。即使在白天，梯間潮溼而幽暗，雅人沿著梯級一步一步踏進更深處，不知道要走多少層才有光。他多次湧起停止前進的念頭，可是一旦折返，只是回到原來已無路可退的生活裡。

「這只是一次旅行。」他心裡想，因為是旅行，或許前方並不會有別的路。

一直走到第九層，牆壁上才再次出現了隱約可辨的字。那是用粉筆手寫的字體：「地之心圖書館」，並以箭咀指示方向。「這簡直像一個惡作劇。」他在心裡失笑。

令他感到驚訝的是，對於這樣的惡作劇，他坦然置身其中，或許，這得歸功於他原本就身處在惡作劇般的城市秩序之中，而得到了隨時適應任何荒謬狀況的訓練。

遠處有微光。他走過去，便看到「地之心圖書館」的橫匾。對於圖書館竟然真正存在，他感到微微訝異。他推開門，看到塑膠椅子和桌子，配矮小沙發，無論是書架或其他器物，都像是變大了的玩具。幾個戴著眼鏡的孩子散布在不同角落，各自捧著一本書，低頭細看。沒有耳語和任何吵鬧的聲音，也沒有任何成人，除了職員。他走向詢問處，向職員遞上R的名片：「她要我來這裡。」

穿著制服的職員仔細讀了卡片上每一項資料，才抬起頭疑狐地打量他：「你來是為了什麼？」

雅人不得不坦承：「我不知道。」

職員透過玻璃窗下方的缺口向他送出一張白紙：「寫下你的全名。」然後打一通電話，談了好一會，不時抬起眼睛細看雅人。

雅人轉過身端詳圖書館的平面圖，他位於「地——兒童館藏」的樓層，往下一層是「特別館藏／報刊閱覽室」，最後是「地之心底層——實驗／研究室」。

職員掛上電話後叫喚他。

「接待人員在地之心底層等你。」職員要他確定：「你真的要進去嗎？」

雅人不解。

「不可以帶手機進入研究室。」職員解釋：「這是本館規定，訪客不可拍照，也不可做任何形式的記錄。地之心圖書館不可在外面的世界曝光。」

雅人不明所以，但手機並非不可捨棄的東西，他把手機交給職員。「我離開時可以取回手機和其他私人物品嗎？」

「當然。」職員向他保證：「如果那時候，你仍然需要它們。」

地之心底層的溫度更低，或，那裡的氣氛更像一個無盡的黑夜。穿著深灰色西裝的灰髮男人站在櫃枱後，看著雅人從電梯出來，彷彿已經站在那裡，等待他很久那樣。「你為什麼而來？」他這樣問雅人。

雅人只能重複答案：「我不知道。」

灰髮男人的表情像是感到非常滿意：「R必定已經告訴過你，這裡沒有任何你需要的東西。」

雅人搖了搖頭，他從沒有向R提及，他要尋找什麼。

可是他不想告訴灰髮男人這一點。在地之心底層，他沒有開口說話欲望，只是聽到灰髮男人的答話裡有拒絕的意味，便轉身打算離開。

可是男人的聲音在他身後再次響起，像為了阻止他進入電梯似地說：「除非你簽下這份同意書，同時，放下你的身分證，交給我們保管。」

「你已經沒有什麼可以失去了。」這句話浮現在雅人的腦海裡。實在，他沒有任何可以去的地方了。他便接過男人的同意書，在上面簽下自己的名字。在他的簽名上方，有這樣的句子：「在這座圖書館中耳聞目睹的一切，均來自本人深層意識，與圖書館無關。本人對於自己的所知所感，負一切責任。」他把身分證交給男人後，感到背包彷彿毫無重量，異常輕盈。男人領著他，走向通道盡頭的一個寬廣房間。

房間內以玻璃間格劃出了許多大小相同的空間，每個空間都有一張單人床，一把椅子和一張小几，几上放著一副耳筒。

男人轉過頭對他說：「你的編號是42。」

雅人看到即使部分床鋪已被占據，但空床還是大多數。躺在床上的多半都是年輕人，穿著輕便的休閒服，鞋子放床側。有幾個人在默默流淚，大部分的人都非常平靜，閉目處於深眠中。沒有任何人發出一點聲音。灰髮男人說：「他們在專注地閱讀。」又把他帶到一個兩旁都沒有人在使用的空間，把一部閱讀裝置塞進他手裡。「你可以選取要細讀的章節，機器會隨著你的心意播放。」灰髮男人轉身離去前向他解釋：「我們已在電腦內輸入了你的資料，內容不會出錯。」說完，拍了拍雅人的肩頭，使他感到那是道別的意思。

雅人把鞋子和外套都放在床前的地上，把背包當作枕頭，在床上伸展四肢和身軀。在一個沒有人知道他的地方，他決意暫時安心地忘掉自己：「反正，我並沒有什麼可以再失去了。」過了好一會，他坐起來，打開閱讀裝置，發現裡面只有一本書：《眾生的夢辭典》。他點選它，看到自己的名字，他按下去，目錄便出現在他眼前：

I　妄眼
II　陰穴
III　溺鼻
IV　氣肺
V　山丘
VI　罩口
VII　鬱肝
VIII　煎皮
IX　耳門
X　心山
附錄：生前生

他猶豫了好一陣之後，選擇〈生前生〉。只有兩個圖案：一本打開的書和一副耳筒。但能按下去的只有一個。他只好戴上耳筒，接駁裝置後，重新躺到床上，看著天花板，細數那一片白之間無數像蜘蛛網的裂紋。錄音開始播放，他便閉上眼睛。

「被囚禁的命運，並不是從你觸犯法律那一刻開始。有些人終生守法，卻在監獄裡度過了大半輩子。有些人卻始終在法網之外，隨心所欲。人的命運只是球桌上的圓球，從球棍的碰觸、滑動、入桿，都由可計算或不可計算的撞擊釀成。」

雅人心裡響起了警號，圖書館內的職員如何能洞悉他的身分？畢竟，他從沒有向R透露過什麼。但也有可能，他們已在網路上搜尋過他的名字，搜尋到關於他的案件。不過，他感到這些已不再重要，反正判決的結果，必定已經被編排。法庭裡的審訊只是一幕戲。

「法例立下那一刻，跟倒下那一刻相同，人們體內的恐懼基因，謹言慎行的基因、罪咎的基因、反抗的基因，全都甦醒過來。那是第一場內在的戰爭。法例如同所有秩序，起源於人對於失控的恐懼意識。意識始於生命的形成。當你父親的精子和母親的卵子結合，你得到肉身的雛形；當你的靈魂選擇投入這個世界，一個男人和一個女人，一個家庭，一種皮膚的顏色，一個種族，一個國家，一個年代，一連串你將無可避免會遇上的事情。當宇宙萬物，風、火、水、土，各種急速流轉的粒子組成，意識結合，你已成了你，但你還沒有『我』的認知和概念。那時候，『我』

並不重要，沒有『我』，你才能順利而毫無障礙地知曉一切、理解一切，不需要邏輯和理念。你無有恐懼，無貪無嗔無癡，無欲望。你純粹地存在著。」

發亮的白色車子停在他身旁，在荒野中，只有他和車子。他矮下身子探頭往車窗察看，車內無人，他嘗試把車門打開，門就應聲開啟。他坐在駕駛座上，想起了這是他的車子。已經有許多天，他把車子停泊在頭顱上方和帽子之間那一片無垠的空間之內。事物一旦儲存在那裡，人們便會將它遺忘，如此才能更輕盈地活著。

白色車子駛向黑夜，又從黑夜開往白晝，日和夜的轉移彷彿只在瞬間。車子盛載他，但駕駛者不全然是他知道的他，還有他一無所知的那個自己。車子駛進田間的小路，路旁躺著堆疊的屍體，屍身有彈孔，被粗根麻繩綑縛，眉心中央都有槍傷。死法一致。一種處刑的方式。從他們的衣服看來，似乎都是住在附近的居民。村子裡除了偶爾的犬吠和哭泣，並沒有別的聲音。他下車，走向一所平房，那是雙腿為他引領的方向，他對那裡一無所知。左拐，推開一扇小木門，彷彿是藏在身體深處的習慣，在他的記憶裡，並沒有這個房子，但他身體裡的其中一個他，在房子裡活過，或許仍以某種方式活著。客廳躺著一個女人的屍體，眼睛瞪得很大。不過，那雙眼睛再也不必看到各種超過她能承受的事。

她的衣服被撕碎，裸露出被剖開的胸膛和腸臟。廚房的灶頭下有一個鐵籠，籠內有一隻黑狗。狗很瘦，長著皮癬，無力吠叫，只是奄奄一息地躺著。狗旁是一個同樣瘦小的男孩，男孩在顫抖。他曾是這男孩，或許他仍是這男孩，只是他忘記了。他知道是男孩的父親，把他們困在一起。但那個父親呢？或許因為過度的驚嚇，也有可能是飢餓或營養不良，男孩很快就死去。他安慰著垂死的狗好一陣子，然後，他穿越鐵籠，走出那房子，返回白色車子上。

白色車子是他的母體，母體並非他的母親，他的母親只是其中一個載具。

車子帶著他離開了那村落，到了另一個國家，他認出那是C國，只是在遠古的年代。他並不想下車，但車子已停在那裡，暗示那是一個必須完成的旅程。他下了車，就看不到自己的肉身。只是作為無形無相的靈的他，置身在那個富商的家，像一個華美的迷宮，無法數算的房間裡，住著難以數算的妻妾、子女和僕役。對他來說，這些人類的身分和地方並不重要，他只是以他們眼中的孔洞大小而分辨他們。住在那房子裡的每個人，眼裡都有空寂的洞。有些洞會啃咬自己，有些則傾向於吞噬他人。他待在要守護的那個人的左側，打從那個人出生，還是個女嬰開始，他就跟隨著她，以一種她無法看見和捉摸的形式。他只是無形無相的靈，只能向她的左耳，吹進各種善念，有時則以她懂得的語言，對她說各種溫暖的話，尤其是當她眼瞳內的孔洞在擴張，或，許多她難以自控的時刻，譬如說，她玩遊戲的時候。她最喜歡的一個遊戲是，把幼小的活物用繩子綑起來，折斷牠們的手腳，看著牠們的身子慢慢軟下來。那時，他總是感到劇痛，無論被她活捉的是螳螂、蜘蛛、蟑螂、松鼠還是幼貓，他承受的痛楚都是相同分量。

痛得不能忍受時，他就在她耳邊唱歌，一段重複的梵音。靈無法左右人的意志，因為人有自由選擇的權利。

她在十七歲嫁給富商，住進迷宮房子之後，眼裡的洞就愈來愈大。最初，比她的頭臉更大，接著，洞又吞掉了她的心、脾、胃和腎。在他看來，她漸漸有猙獰之相，但別人卻只看到她愈發嫵媚神祕。他只能緊隨在她身後，那時他有一種奢想，孔洞可以收縮變小，把她的器臟還給她。

那個深夜，她從床上坐起來，溜到最小的妾氏的房間，先用迷藥堵住她的口鼻，讓她昏過去，再用斧頭把她的四肢都砍下來。血染滿了床舖、棉被、桌布和窗簾。他感到非常虛弱。她把她的身體醃在一個巨大的玻璃瓶內，那原是一缸香醇的酒。他被攆出了她的世界，或，她的洞，把他吃掉了。但靈不是洞的食物，洞把他吐出來。他自由了。他感到的是一種空洞的自由。

他回到白色車子上，緊緊地抱著自己。他並不懷念這個女人，只是他曾是她的一部分，她從未察覺的部分。

白色車子載著他抵達U國的海灘。黑夜已逐漸後退，但第一抹陽光還沒有從雲間迸裂出來。沙岸上的人被籠罩在濃稠的陰鬱白霧裡。一群十六、七歲的少年，團團包圍著一個最矮小的男生，毆打他。最初，他們只是把他當作一張會尖叫的沙發，畢竟他們身體內積聚了過多的怒氣和精力。不知是誰先提出：「把這小女生關進籠子，掉進海裡。」（事後沒有人承認說過這句話）又有人和議：「把這怪胎拿去餵魚。」他們歡呼著拖來了鐵籠，把瘦弱男生雙手反綁在背後，用布團塞進他嘴巴。

海是最孤寂的所在。尤其對於失去懸浮力和行動力的人來說。雅人走向他們時，已經想起，他曾是那孱弱男生，他知道在水裡窒息的感覺。他帶著這記憶抵達此生。不過，小男生尚未知道即將要經歷什麼。他無法拯救他，也無法讓他免於災難。受難對於靈魂來說，是不可避免的啟蒙，一種進化的歷程。他陪著小男生待在狹小的鐵籠內，沉沒到海的底部。在小男生氣絕之前，他一直在他耳邊唱歌，一段無形無相的靈喜歡唱誦的曲子。

他再次回到車子時已經非常疲倦，可是車子仍然向前行駛，就像拂逆著他的意志。這一趟旅程，路途比之前的都更遙遠，車子像搖籃，令他昏昏欲睡。可是他更清晰地感到，仍有一個目的地在那裡。他必須拾綴那段記憶，彷彿那是他丟失的眼球。

他下車，走進那個充滿羶氣的腥溼房子。那不是家，只是棲身之所。那時候，他挺著鬆弛的大肚子，和關在籠裡的動物住在一起。過量的酒精令他精神恍惚。實在，房子裡屬於他的物品很少，占據著大部分空間的是籠子。一個籠子埋疊著另一個籠子。每個籠子裡禁閉著的動物不只是一隻。穿山甲、果子狸、猴子、鷓鴣、野貓和野狗……菜市場的客人需要什麼，他就到山上捕捉什麼。牠們停留在他房子的日子很短暫，只是被宰前的一小段光陰而已。為了節省儲存空間，同類的動物都擠在一個籠裡，沒有活動的餘裕，排泄物沾染彼此。那裡是屠房，是囚牢，是動物的地獄。他每次屠宰一隻動物，就像宰了一次自己。他必須頻繁地喝酒，才能對動物此起彼落的哀叫充耳不聞，對牠們絕望的氣味關上鼻子，也看不到等待死亡的動物們驚恐的眼神。在清醒的片刻，他努力地告訴自己，動物是死物。

雅人走到籠子前，逐一看過動物瞪得老大的眼睛，對牠們每一個道歉，為牠們的靈魂唱歌，但，他迴避那肥胖而虛弱的男人。他曾是他，他仍然無法原諒他。

他把男人丟在身後，躲進白色車子內，關上門，然後閉上眼睛，很久很久。車子自動行駛。雖然它狀似不受任何人掌控，但他知道，是住在自己意識深處的另一個他在駕駛著。無論車子把他帶到什麼地方，也是母體給他的保護。

他躺下來，把身子蜷成團狀橫臥在前座。在地之心圖書館底層的單人床上，他可以感到車廂在微微搖晃，使他恍若回到地底深處蓄勢待發的震動之中。在清醒和熟睡之間，模糊的意識，令他清晰地了悟，車子已深入了「蕪」，也有可能是「巫」、「無」、「毛」或「模」。存在於語言能指稱的地帶之外，而他正在返回屬於意識的有形世界。車子停泊在他頭顱上方的空間，位於遺忘的日常，他歸返深眠。

他躺在床上，快速轉動的眼球漸漸緩慢下來，快要到達凌晨，夜既深廣且尖銳，刺醒了他的神志。他慢慢地張開眼睛，看到天花布滿蜘蛛網般的裂紋，感到身子浸沒在一層薄汗中，而腦袋像剛被洗滌過那樣，沒有一絲髒垢，沒有任何多餘或殘留的思緒，那是無夢也無念的眠。他感到一種久遠的徹底平靜。

他坐起來，解下耳筒，裝置內的有聲書已播放完畢。他一點也想不起內容，但並不在乎。閱讀裝置上顯示時間已是清晨五時，他竟然睡了整整一夜，而且，已錯過了執法大樓關門前的報到時間。他的腦際空白了一瞬，接著便冷靜下來，沒有憂慮，也不慌亂。他做出了一個決定。

他站起來伸展四肢，抓起自己的背包，穿上外套和鞋子，把耳筒和閱讀裝置留在床上，便動身尋找可以離開的出口。進入研究室的門已被鎖上，畢竟，那並非圖書館的開放時間。他在自己的單人床之旁找到「緊急出口」，用力推一下，門便開啟。

清晨露水帶來的溼氣撲鼻而來，外面樹影森然。世界仍在微暗中昏睡。他經過了樹群，便看到那座山。

即使素昧平生，但還是被他認出了，那就是他要前往的山。「山上是另一個世界。」沒有任何憑據，他肯定了這一點，而決定上山。起碼，在日出之前，被任何人逮到之前，他是自由的。

* * *

叩門的聲響非常霸道，不是請求把門打開，而是恫嚇著若不開門，就要把門撞穿。

雲湊近魚眼，看到幾個面目凶暴的男人，其中一個朝她大吼：「戴雅人是否住在這裡？」

她把門打開：「是，但他沒有回來。自前天早上出門後，就沒有回來過了。」

他們穿靴子的腳又踏進了房子，在地板上留下難以抹掉的鞋印，翻遍屋子每個角落，以一種不滿的目光，掃視寥落的家具。雲很想告訴他們，排在窗前的那一組已全部塗上一層厚厚白色顏料的油畫，是雅人失蹤前一天才完成的。或許，他塗掉自己所有的作品，是一個暗示，至少，放在窗前的畫架上，刻意用美工刀挖開一個正方形的洞的大型油畫，是他吶喊的嘴巴？執法者或許可以這些線索，開展尋人行動。可是，執法者顯然並不擔憂他身陷險境，而傾向懷疑，他在案件宣判前棄保潛逃。他潛逃到哪裡？執法者以威嚇的語氣告誡雲，協助疑犯逃亡，最高刑期是監禁十年。

雲微笑，任由他們抄下她的身分證號碼。在這個城市裡，所有人都是待宰的羊。但她漸漸感到，生命裡大部分的事情都無關宏旨。畢竟她早已失去了她的骨肉，如今又失去了一個令她想起自己尚有骨肉的人。

執法者隊伍離開房子後，她用稀釋過的漂白水用力洗擦地板，像每一個工作天那樣把房子收拾妥當，又做了六份餐點，分裝在六個不同的便當盒裡。要是雅人蹓回房子，打開冰箱，就可以把食物翻熱吃下，至少不會挨餓。

之後的許多年，她仍然保持著每週到雅人的房子打點一切的習慣。雖然冰箱裡的食物總是原封不動，但雲仍然自覺必須這樣做，似乎唯有如此，她才有活下去的力量。

有時候，也有客戶請她占卜塔羅牌，尤其是失去所愛的人。

雲一直以為，雅人的房子會在某天被收回去，而房子的新主人會告訴她，不要再來。可是這天卻一直沒有出現。

或許，雅人仍然活在房子裡，只是所有人，包括她，也再看不見他而已——偶爾，雲會湧起這樣的想法。

很可能，健也是如此。雲漸漸這樣深信不疑。

（完）

裸山

作者　韓麗珠
繪者　智海
裝幀設計　鄧彧
內文排版　黃暐鵬

副社長　陳瀅如
總編輯　戴偉傑
責任編輯　孫梓評
行銷企畫　陳雅雯・趙鴻祐・張詠晶

印刷　中原造像股份有限公司
出版　木馬文化事業股份有限公司
發行　遠足文化事業股份有限公司（讀書共和國出版集團）
地址　二三一〇二三・新北市新店區民權路一〇八之四號八樓
電話　〇二—二二一八—一四一七
傳真　〇二—二二一八—〇七二七
客服　service@bookrep.com.tw
客服專線　〇八〇〇—二二一—〇二九
郵撥帳號　一九五八八二七二・木馬文化事業股份有限公司
法律顧問　華洋法律事務所・蘇文生律師

初版一刷　二〇二五年七月
初版三刷　二〇二五年八月
定價　五〇〇元
ISBN　978-626-314-841-3（紙本）
978-626-314-846-8（EPUB）

國家圖書館出版品預行編目(CIP)資料
裸山／韓麗珠著.——初版.——新北市：
木馬文化事業股份有限公司：遠足文化事業股份有限公司發行，2025.07
384面；14.8x21公分

ISBN——978—626—314—841—3(平裝)
857.7　　　　114007039